U0625351

SHORT STORIES OF LIFE SERIES

母亲的小故事

于冬梅◎编著

时代文艺出版社
SHIDAI WENYI CHUBANSHE

图书在版编目（CIP）数据

母亲的小故事 / 于冬梅 编著. —长春：时代文艺出版社，2011.4（2023.7重印）

ISBN 978-7-5387-3569-7

I. ①母... Ⅱ. ①于... Ⅲ. ①故事－作品集－世界 Ⅳ. ①I14

中国版本图书馆CIP数据核字（2011）第054663号

出 品 人　陈　琛
选题策划　朱凤媛
责任编辑　苗欣宇　田　野
装帧设计　孙　俪
排版制作　沈　荣

本书著作权、版式和装帧设计受国际版权公约和中华人民共和国著作权法保护
本书所有文字、图片和示意图等专用使用权为时代文艺出版社所有
未事先获得时代文艺出版社许可
本书的任何部分不得以图表、电子、影印、缩拍、录音和其他任何手段
进行复制和转载，违者必究

母亲的小故事

于冬梅 编著

出版发行 / 时代文艺出版社

地址 / 长春市福祉大路5788号　龙腾国际大厦A座15层　邮编 / 130118

总编办 / 0431-81629751　发行部 / 0431-81629758

官方微博 / weibo.com/tlapress

印刷 / 永清县晔盛亚胶印有限公司

开本 / 710×1000毫米　1 / 16　字数 / 252千字　印张 / 15

版次 / 2012年1月第1版　印次 / 2023年7月第3次印刷　定价 / 58.00元

图书如有印装错误　请寄回印厂调换

目录
Contents

母亲的账单

目录 | STORY

STORY

超越生命的母爱

超越生命的母爱

我所做医学实验中的一项，是要用成年小白鼠做某种药物的毒性试验。在一群小白鼠中，有一只雌性小白鼠，腋根部长了一个绿豆大的肿快，便被淘汰下来。我想了解一下肿块的性质，就把它放入一个塑料盒中，单独饲养。

十几天过去了，肿块越长越大，小白鼠的腹部也逐渐大了起来，活动显得很吃力。

有一天我突然发现，小白鼠不吃不喝，焦躁不安起来。我想，小白鼠大概寿数已尽，就转身去拿手术刀，准备解剖它。正当打开手术包时，我被一幕景象惊呆了。

小白鼠艰难地转过头，死死咬住已有拇指大的肿块，猛地一扯，皮肤裂开一道口子，鲜血汩汩而流，小白鼠疼得全身颤抖，令人不寒而栗。稍后，它一口一口地吞食将要夺去它生命的肿块，每咬一口，都伴着身体的痉挛。就这样，一大半肿块被咬下吞食了。

第二天一早，我匆匆来到它面前，看看它是否还活着。让我吃惊的是，小白鼠的身下，居然卧着一堆粉红色的小鼠仔，正拼命吮吸着乳汁。我数了数，整整十只。

小白鼠的伤口已停止了流血，左前肢腋部由于扒掉了肿块，白骨外露，惨不忍睹。不过小白鼠精神显得好转，活动也多了起来。

恶性肿瘤还在无情地折磨着小白鼠。我真担心这些可怜的小东西，母亲一旦离去，要不了几天它们就会饿死的。

看着十只渐渐长大的仔鼠没命地吸吮着身患绝症、骨瘦如柴的母鼠的乳汁，心里真不是滋味。我知道了母鼠为什么一直在努力延长自己的生命的原因，但不管怎样，它随时都可能死去。

这一天终于来到了。在生下仔鼠21天后的早晨，小白鼠安然地卧在鼠盒中间，一动不动了。十只鼠仔围满四周。

我突然想起，小白鼠的离乳期是21天。也就是说，从今天起，仔鼠不需要母鼠的乳汁可以独立生活了。

面对此景，我潸然泪下。

童心与母爱

在我十四岁的那年夏天，我和妈妈伴着几个比我小的孩子在一个海滨度假。

一天早晨，我们在海滨散步时遇见一位美貌的母亲。她身边带着两个孩子，一个是十岁的纳德，另一个是稍小一点的东尼。纳德正在听他妈妈给他读书。他是个文静的孩子，看上去像刚刚生过一场病，身体还没有完全恢复。东尼生得一双蓝色的眼睛，长着一头金黄色的鬈发，像是一头小狮子，既活泼，又斯文。他能跑善跳，逗人喜欢，生人碰到他总要停下来跟他逗一逗，有的人还送他一些玩具。

一天，游客们正坐在海滨的沙滩上，我弟弟突然对大家说，东尼是个被收养的孩子。大家一听这话，都惊讶地互相看了看。但我发现，东尼那张晒黑了的小脸上却流露出一种愉快的表情。

"这是真的，是吗？妈妈，"东尼大声说道，"妈妈和爸爸想再要一个孩子，所以，他们走进一个有许多孩子的大屋子里，他们看了那些孩子后说："把那个孩子给我们吧。'那个孩子就是我！"

"我们去过许多那样的大屋子，"韦伯斯特夫人说，"最后我们看上了一个我们怎么也不能拒绝的孩子。"

"但是，那天他们没有把那个孩子给你们。"东尼说。他显然是在重述一个他已熟知的故事，"你们在回家的路上不停地说："我希望我们能得到他……我希望我们能得到他。'"

"是的，几个星期以后，我们就得到了。"韦伯斯特夫人说。

东尼伸出手，拉着纳德："来，我们再到水里去。"孩子们像海鸥似地冲到海边的浪花里。

"我真想不通"，我妈妈说，"谁舍得抛弃这样一个可爱的孩子呢？"过了一会儿，她又补充道，"明明知道他是被人收养的，但他却丝毫不感到惊讶。"

"相反，"韦伯斯特夫人答道，"东尼感到极大的快乐。似乎觉得这样他的地位更荣耀。"

"你们确实很难把这件事情告诉他。"我妈妈说。

"事实上，我们并没有告诉过他，"韦伯斯特夫人回答说，"我丈夫是个军队里的工程师，所以我们很少定居在什么地方，谁都以为东尼和纳德都是我们的儿子。但是，六个月前，在我丈夫死后，我和孩子们碰上了我一位多年不见的朋友。她盯着那个小的，然后问我，哪个是收养的呀，玛丽？"

"我用脚尖踩着她的脚，她立刻明白了过来，换了个话题，但孩子们都听见了。她刚一走开，两个孩子就拥到我的跟前，望着我，所以，我不得不告诉他们。于是，我就尽我的想象力，编了个收养东尼的故事……你们猜结果怎样？"

我说："什么也不会使东尼失去勇气。"

"对极了，"他妈妈微笑着应道，"东尼这孩子虽然比纳德小一些，但他很刚强。"

在韦伯斯特夫人和她的孩子们将要回家的前一天，我和妈妈在海滨的沙滩上又碰见那位母亲。这次她没有把两个孩子带来，我妈妈夸奖了她的孩子，还特别提到了小纳德，说从来没有见过一个孩子对他的母亲有这样深的爱，文静的小纳德竟对他母亲如此的依赖和崇拜。

不料夫人说道："你也是一位能体量人的母亲，我很愿意把事实告诉你：实际上东尼是我亲生的儿子，而纳德才真是我的养子。"

我妈妈屏住了呼吸。

"如果告诉他，他是我收养的，小纳德是受不了的。"韦伯斯特夫人说，"对于纳德来说，母亲意味着他的生命，意味着自尊心和一种强大的人生安全感。他和东尼不同，东尼这孩子很刚强，是一个能够自持的孩子，还从来没有什么事情使他沮丧过。"

去年夏天，我在旧金山一家旅馆的餐厅里吃午饭，临近我的餐桌旁坐着一位高个子男人，身着灰色的海军机长的制服。我仔细观察了那张英俊的脸庞和那双闪烁着智慧的眼睛，然后走到他跟前。我问："你是安东尼·韦伯斯特先生吗？"

原来他就是。他回忆起童年时我们一起在海滨度过的那些夏日。我把他介绍给我丈夫，然后，他把纳德的情况简单地告诉了我们。纳德大学毕业后，成了一位卓有成就的化学家，但他只活到二十八岁就死了。

"母亲和实验室就是纳德那个世界里的一切，"东尼说，"妈妈曾把他带到新墨西哥去，让他疗养身体，但他又立即回到他的实验室里去了。他在临死之前半小时，还忙着观察他的那些试管。死的时候，妈妈把他紧紧搂在怀里。"

"你妈妈什么时候告诉你的，东尼？"

"你好像也知道？"

"是的，她早就告诉过我和我妈妈，但我们都一直保守着这个秘密。"

东尼眼睛里闪烁着晶莹的泪花，沉默了好大一会儿。

"我很难想象，在我的一生中，我还能献给母亲比我已经献出的更加深切的爱。"他说，"现在我自己也有了一个孩子。我开始思索，在这二十多年里，母亲为了不去伤害养子那颗天真无邪的童心，而把亲生儿子的位置让给他，她自己心里会是怎样一种滋味呢？"

（美）卡斯林·诺利斯

桌子

在这张桌子上准备两个人的晚餐时，我再一次被这张陈旧的橡木怪物吓了一跳。如果我和丈夫面对面坐着，我们甚至没有办法把盘子从桌子的这一头递到另一头。因此，我的椅子总是和他的椅子紧紧地挨在一起。其余的六把椅子则总是空着，等待偶尔有客人来家或是家庭聚会时用，但这种情况很少，因为我们离其他家人都很远。一个朋友送给我的风水书上说，用这么大的桌子吃饭会破坏一顿好饭的风水。在桌子周围和下面打扫卫生的时候，桌子经常会撞伤我的胯骨。如果我们扔掉这个陈旧的大橡木桌子，再买一个更合适的活动翻板桌子的话，我们还有地方再放上一把我们喜爱的舒适坐椅，或一个舒服的摇椅和一个书柜。然而，我目前还不想这样做。

35年前，我们的第一个孩子出生后，我忽然有一种强烈的渴望，想把我们住第一套房子时所用的打折家具和救世军提供的家具全部淘汰，换上更好的家具。我们在南卡罗莱纳州的一个小镇上参加了平生第一次拍卖会，我们中标获得了一套上个世纪末的餐厅用品：黑色的橡木柜、中式橱柜、餐具柜和五把不太结实的椅子，总共只花了不到100美元。不久以后，我们刮去了这些家具的外皮并重新上了漆。

在我的第三个孩子出生之后，我们搬进了一套有正式餐厅的新房子。这样我们就需要买一个餐桌。一听说在附近的一个小镇上有室外拍卖，我们就把孩子带上车，希望可以找到一张旧橡木桌，样子要和我们餐厅里其他的家具相似。我们到晚了，好像桌子都已经卖完了。但就在这时，拍卖商站在了一张桌子上要求投标。我们根本没有看清这张桌子就开始投标，并成功中标。买这张桌子花的钱比买其他那些家具稍微贵一些。当拍卖的人群转移到农场用具上时，我们才开始仔细地查看我们的战利品。它看起来非常坚固耐用，有一个直径为3英尺的巨大底座，这比我们预想的要大得多。我丈夫想把它搬回家时，脸都累白了。这时拍卖商的助手又拿来了5个可以加到这张桌子上的活动桌板。

几个小时之后，我们终于胜利地回到了堪萨斯州。后座上的孩子们铺着垫子坐在被临时拆成两半的桌子上。桌子的活动桌面和底座垂在福特车的后备箱外面。把桌子重新装好后，它就正式成为我们的餐桌。在随后的20年里，它只被挪过几次地方。在我们家的录像和照片里，它已经成了固定的明星。一圈高脚椅围着它，孩子们坐在临时加高的椅子上，或是站在椅子上高举着叉子，桌子中间摆着一口冒着热气的锅。桌子上点缀着一盘盘的西芹火鸡，牛里脊肉，以及做成小丑、小狗史努比、火车和老虎等各种形状的自制生日蛋糕。有时桌子上摆放着玻璃餐具、银餐具和瓷餐具，有时则摆放着卡通形状的纸盘子。

在这个旧橡木桌子周围，我们曾经聚集过——5个人、7个人、9个人甚至18个人或20个人。我的祖父母也加入过，还有父母、姑姑、阿姨、叔叔和堂兄弟姐妹们。有一次，甚至连"圣诞老人"都坐在桌子旁喝了点可可、吃了点小甜饼。在招待我们的美食俱乐部的时候，我们把桌子拖进客厅，并且把所有的活动桌面都安在桌子上。我会浆好、熨好两块超大号的床，然后，我们就招呼所有的人坐在同一张桌子旁——在我们的朋友中只有我们家才能做到这一点。

20年前，我们又一次搬入新家，促使我们又买了一套老式的餐厅用具。这张旧橡木桌子的桌面已经磨损、刮坏了，必须总用一块布盖在上面，它的腿也有点摇晃了。我们把它搬进早餐室，把其他的餐厅家具搬进家庭活动室。当我们的儿子结婚时，我提出过要把这套家具送给他们。但是，他们更喜欢时尚的家具。说实话，这张桌子可能再也没用了，即使它现在正值盛年。可当一个朋友向我要它，打算装饰他女儿的房子时，我惊奇地发现我竟很快回绝了。

现在，我们已经成为了祖父母。我觉得在这张桌子上画画、涂胶水、搭积木，肯定再合适不过了。说不定有时候我们还要再用上那些活动桌面呢。这张旧橡木桌子就像是我们的家庭。

创造我的女性

我从一生下来就很幸运。我是几个女人共同创造的产物。虽然生下并抚养我的荣幸只给了我妈妈一个人，但是还有三个家庭女成员对我的成长作出了贡献。她们的重要性就好像是她们一起用黏土把我捏了出来似的。这些女人——我妈妈、两个姑姑和一个没有正式家庭关系的阿姨——曾经被我认为非同凡人。现在虽然我知道她们也都是平常人，但是她们仍然在我的生命中占据着重要的地位。她们对我都有独特的影响力。她们的性格在很大程度上决定了我过去是一个什么样的人、现在又是一个什么样的人。

妈妈创造了我的心。她把她的慷慨和仁慈传给了我。她的温柔使我粗硬的性格变得柔和许多。她使我懂得了爱别人、交谈和赠送礼物的快乐。我讨厌做家庭主妇，也是因妈妈而起。她选择的生活角色就是家庭主妇，然而，我亲眼看到她和父亲的婚姻结束时，她变得多么无依无靠。她的信念被践踏了。我看到了妈妈的生活，于是，我的生活态度发生了180度的大转弯，我发誓永远也不做经济上的依赖者。

我的两个姑姑是我成年生活的榜样，我会不知不觉地模仿她们。我像妈妈，但也很像两个姑姑。莉姑是我们家的"大火球"。她身材矮小、性情激动、大胆好斗。什么都必须由她来发号施令，她对此也毫不掩饰。她对所有事情都有自己的主见，而且一有意见就会立刻说出来。如果她认为什么事情对你有好处，她会马上告诉你——不管你愿不愿意听。大家都听莉姑的，我也亲切地称她为"盖世太保"。

虽然这个"盖世太保"有时会令人生气，但她对我来说还是非常重要的。她把她的坚毅、精力、努力和信念传给了我。她告诉我，观点是有益的，我也有权有自己的观点。我从莉姑那里学会了表达我的想法，得到了走出家门、追求自己的目标的自信。我从她身上懂得了掌握主动的价值，尤其是要在自己的生活中掌握主动。

安姑是我几个姑姑中年纪较大的。她对我的影响也很大，但非常微妙。她习惯于保持沉默，但却有钢铁般的意志，这两种特点在她身上奇妙地组合在了一起。

安姑是家庭的支柱。很多人，包括我在内，多年以来一直认为她很无情。后来有一天，我看到安姑也有支撑不住的时候。她的情绪只失控了一小会儿。当时，她正在说我刚过世的父亲——她最喜爱的弟弟。她说着说着，声音就嘶哑了，但是她仍坚持着继续说下去，很快又恢复了控制。她全凭自己的意志阻止了感情的宣泄。那一天，我认识到了安姑坚强的意志力和她深沉的性格。就在那一瞬间，我透过她坚毅的外表了解到的东西，胜过了我多年观察所得。我还非常惊叹她控制自己眼泪的能力。

我从安姑那里学到了尊严、骄傲和自我控制，学会了沉默是金。她使我明白，有些感情是属于个人的，过于表露只会减弱感情的深度。我知道，安姑的感情内敛是一种自我保护，是为了坚持自立，避免崩溃。对我来说，这很难学会，但最终我还是学会了在什么时候、以什么方式模仿她的坚毅和自控。

我家里还有一个对我产生影响的女人，她不是正式的家庭成员，也从来没有被我称做"婶子"。这个人就是琼。琼是一个领先时代的女性。她和我最喜欢的查理叔叔住在一起，但是查理却仍然是别人的丈夫。因为这种不可饶恕的伤风败俗行为，琼的家庭已经不再承认她了。虽然她比我父母这一辈的人年纪小，但由于她和查理叔叔的关系，她也属于他们这一代的人。但是琼却非常特别。在我家的上一辈人中，她是唯一被我看做是朋友、而不仅仅是亲戚的人。

现在我知道，琼吸引我的原因是她的随心所欲、率意而行。在一个连车都不让女人开的家庭里，这需要极大的勇气。从琼那里，我体会到了独立的快乐和解脱感，当然也有孤独。多年以来我才认识到，她为自由付出了高昂的代价。我知道这令她很伤心。

琼告诉我，与男人接触是一种乐趣，男人并不是什么奇怪而神秘的敌人。她还向我示范了怎样从男人身上获得乐趣，同时又不失风度。她还教我如何发现少数的几个既能平等对待我、又需要和欣赏我的男人。我现在仍然可以看到她梳着黑色的短发、高昂着头、欢笑着享受生活。她对吃过的每一顿饭都赞不绝口；她敢于抓住生活的衣领，用力地抖一抖；她敢做我们家里其他人根本没有想过的事情。我第一次坐飞机就是和琼一道。

她们就是创造我的女人。我是她们和我的精神共同结合的产物。她们的优点和怪癖现在已经缠绕在我身上了。我自己的性格中，有她们的深深烙印。

为母亲所做的一切

　　1872年，苏格兰基臣缪尔郡的一个山村里的一间小木屋正被一个巨大的悲痛的阴影笼罩着。

　　那间木屋里有3个孩子——两个男孩和一个女孩——他们与父母住在一起，但是那个幸福的家庭再也不存在了。当大卫，一个13岁的孩子，不幸地死去时，这个家的其他成员都感觉到他们的生活好像再也没有欢乐了。

　　这个灾难对母亲的打击太大了。从那天开始一直到她去世，她的身体始终处于虚弱的状态。

　　母亲年轻时的名字叫玛格丽特·奥格尔维，在她8岁的时候，她的母亲就去世了。她成了家里忙碌的小主妇。她洗碗、拖地、做饭、缝衣服，她感到对幼小的弟弟负有神圣的抚养义务。她从井中打水，整天地洗衣服和熨衣服，并经常检查父亲的袜子和家里的其他衣服是否需要缝补。

　　在那些担当母亲的责任的日子里，她经常感到孤独寂寞，或许这就是为什么在她有了自己的家和自己的孩子以后，如此疼爱他们的原因吧！大卫死亡时是13岁；女孩要小一点，而詹姆斯则刚刚6岁。詹姆斯当时敏锐地意识到了死亡的含义，这部分是因为他失去了一个最要好的玩伴，但是，更主要的是因为他的母亲的巨大悲痛。一天晚上，他偷偷地溜进母亲的房间，母亲正在黑暗中静静地哽咽着。他关上了门，悄无声息地站着，唯恐打断了母亲的悲痛。但或许是因为他呼吸急促，也或许是因为他也在哭泣，总之，母亲听到了他的声音。

　　"是你吗？"母亲问。

　　他没有回答。

　　"是你吗？"母亲又问了一遍，只是这次的语气更急切了一些。

　　詹姆斯知道母亲一定以为是大卫。

　　"不，妈妈，不是大卫，是我，"他支吾着说。在黑暗中，他听到了哭声，与此同时，他被母亲紧紧地抱在了怀里。

他能够使母亲暂时忘了悲痛吗？他能够使她发自内心地微笑吗？这也是詹姆斯一次又一次地问自己的问题。他决定至少应该试一试。无论什么时候他看到门外发生了可笑的事情，他都会赶紧跑到母亲的房间里，给她表演刚才发生的趣事。他在母亲的房间里表演时一定像一个蹩脚的小丑。有时候，他还把脚倒立起来，斜倚在墙上，然后激动地喊道："妈妈，您笑了吗？"他的母亲的确经常被他逗笑，然后詹姆斯就高兴地朝他的姐姐大声嚷道："快上来，看妈妈——她在笑呢！"

他开始在一张纸上记录母亲笑的次数，母亲每笑一次，他就在纸上画一道杠，而且他还习惯地把这些记录拿给来看病的医生看。医生第一次看到这些记录时，大笑了起来，詹姆斯对他说："我希望我的妈妈也能像你那样笑一次。"

当他的母亲知道他在记录自己的笑时，她也笑了，但接着就哭起来，最后又笑了。詹姆斯看到母亲的反应后，说道："母亲比往常多笑了两次，今天她一共笑了7次。"

在玛格丽特·奥格尔维心里的创伤逐渐愈合时，她又开始了阅读那些她非常喜爱的故事了。她喜欢传记和探险小说，每天晚上她都要给詹姆斯和他的姐姐大声朗读这些故事，姐弟两个一边注视着母亲带着忧伤而祥和的脸庞，一边认真聆听着她那甜美的声音。她大声朗读着《鲁滨孙漂流记》、《天方夜谭》和《天路历程》。这3个故事分别是关于荒凉的小岛、有魔力的花园和勇敢的骑士穿越黑暗危险的境地的故事。

詹姆斯·巴里渐渐长大了，他被送进了邓弗里斯市的一所学校，后来又进了爱丁堡大学。这段日子是玛格丽特·奥格尔维最孤独的日子，同时也是生活最拮据的日子。詹姆斯毕业以后，他宣布他要成为一名记者，而母亲也对此表示理解。他在诺丁汉的一家报纸工作了一段时间以后，决定到伦敦碰碰运气。他曾经给一位出名的编辑写了一封信，征求他的意见，编辑回答他说："还是不要来了吧。"但是巴里的反映却是径直奔赴伦敦。

玛格丽特·奥格尔维对伦敦有着许多奇怪的幻想。她在书上读了一些关于伦敦的故事，里面描写了一些孤独、饥饿和无家可归的人，因为没有地方去，就在海德公园的长椅上和其他地方度过整个晚上。因此，她想象着詹姆斯也会经历那样的情景，于是她开始忐忑不安起来，在屋子里一边来回走动，一边不停地念叨："我在想，詹姆斯今天晚上会在哪里过夜呢？"

在他的才能还没有被人认识以前，詹姆斯在伦敦的日子的确不好过，但他从来没有跟他的母亲提起过他的任何不幸遭遇。有许多次，他的晚餐仅仅只有一块面包和一杯咖啡。如果他的母亲知道这些，她的担忧肯定会更厉害了。

但是成功终于来临了，而且这么巨大的成功是詹姆斯想都没有想过的。他写了一本又一本书，他的许多著作都是关于苏格兰生活的。他形成了自己的风格。在他还很年轻时，他就写道："一个孤单的人，过着幸福的田园生活，还有我美丽的女神，在茅草屋的窗边，还有一位小仆人。"后来，他就在兰克雷米尔开始了他大量的写作，这对于他的母亲而言意味着极大的安慰，她为自己天才般的儿子感到骄傲。

接下来的几年，玛格丽特·奥格尔维的心灵获得了极大的幸福。她对于儿子成功——或许在今天叫做出名——的秘密只稍微懂一点。她在他写作时一直在旁边看着他，有时会一直到深夜。她会逗他，跟他开玩笑，还经常责备他，但是儿子和母亲之间一直保持着温柔甜蜜的关爱。

这里就有一个巴里自己讲述的故事："我搀扶着母亲上楼。母亲说，我们两个现在换了一下，我小时候是她扶着我上楼，现在她却成了小孩。她又拿出了《新约全书》；那本书时刻都放在能随时拿到的地方；在那里面放着一绺头发，是她去世时留给我的。她开始读《圣经》了，但是她每读一会儿，就抬头看我一眼，我明白了，就像她对我说了什么话一样，我赶紧出来，把母亲一个人留在屋里，让她和上帝单独在一起。这是因为，在她很小的时候，她的母亲就离开了她，所以她习惯于偷偷地一个人默默地祈祷，没有任何的听众。直到现在，每当我看到她跪下来开始祈祷，我就轻轻地离开，给她关上门。我从来没听到过她祈祷的声音，但是我非常清楚她怎样祈祷，以及她在祈祷什么。当门一关上，那位老人的世界就和她的孩子的世界隔开了。在上帝眼里，老人和她的孩子并不是生活在同一天的人。"

她看着他写作；这些故事有时候使她高兴，更多的时候使她焦虑。他在写作时，就好像与故事中的人物生活在一起。他的脸上经常流露出奇怪的表情，有时微笑，有时皱眉。他一直弯着腰，屈着腿，直到最后他决定不再写了，站起来伸展一下身体。有时，他突然大声地笑起来，他母亲就认为这是一个插嘴提问的最佳时机，然后她就问他的"痴病"是否应当结束了。

有许多显耀的荣誉向詹姆斯·巴里涌来，但是没有任何事情能比知道他能够照看他亲爱的母亲并使她感到舒适更让他感到高兴和满足了。

当他还是一个小孩时，他曾经对着母亲说："妈妈，有一位高贵的贵妇人正从山坡上走过，她披着一个漂亮的披肩，披肩的一边是白色的，一边是黑色的。您耐心等着，等我长大了，我会给您买一个一模一样的披肩。"无论什么时候他知道母亲心里想要什么，他都会说，"只要等我长大，妈妈！"

巴里的姐姐对妈妈的爱并不少于巴里，事实上，她除了考虑母亲的舒适之外几乎不考虑其他的任何事情。当玛格丽特·奥格尔维最后一次得病时，善良的邻居们都来看望了她，但是当他们都走了时，她的女儿仍然留在她身边，并对她说："他们都走了，但是我还在这儿，我永远不会离开您。"

"不，你会离开我的，"虚弱的母亲说，"如果你永远不离开我就好了。"

一天，詹姆斯收到一封电报。上面是一个惊人的消息：姐姐突然病逝，母亲的病情也正在加重。他离家有3天的路程，但是他尽快地往回赶。他们告诉他的母亲，她的儿子正在回家的路上。她听到这个消息后，不顾赢弱的病躯微笑着说："火车有多快，他就会回来得多快。"然而在他到家之前，也就是在詹姆斯的姐姐去世的第三天，他的母亲紧接着也去世了。她们的葬礼在同一天举行，那天正是玛格丽特·奥格尔维76岁生日。

詹姆斯·巴里——现在是詹姆斯·巴里伯爵——据说是有史以来最谦虚的伟人之一，但是他却有一次说了大话，而那句夸张的话丝毫不会令人感到害羞："从我是一个小男孩开始，我这一生中所能为母亲做的每一件事情，我都努力做到了；回首往事，我甚至找不到一件使我感到遗憾的事情。而我得到的主要回报，就是我知道我的母亲理解我为她做的这一切。"

爱是什么

我是在单亲家庭中长大的，我的妈妈和我非常亲密，相依为命。每个周末，妈妈和我都会到湖边去野餐和喂鸭子，我会打扮得很漂亮，把梳子当做麦克风，又唱又跳愉悦妈妈。我们几乎所有的时间都腻在一起。妈妈相信上帝把我送给她是有特别的原因，后来，我也发觉了这一点。

有一次，妈妈问我"爱是什么"，我回答说："我的妈妈就是爱。"她听了笑得十分灿烂，是我所见过的最灿烂的笑容。

有一天，妈妈抱怨脚痛，医生诊断没什么问题，但是她却痛到不能走路。医生进一步检查后才发现，妈妈的左脚长了一个很大的肿瘤。当时我对这病没有任何概念，因为我还太小，小到不知道癌症的严重性。当时只有六岁的我，怎么也无法想象癌症会在两年后带走我最亲爱的妈妈。

不过，在诊断之后，我的生命变得很沮丧，因为妈妈被送到州立医院动手术。那里的医生在手术后表示一切都会没事的，但是妈妈的左脚已经被严重感染，而且必须切除。在她接受医疗的三个月中，我只见过她一次。她不在的日子里，我不仅很想她，而且感觉非常失落。

当她回家后，我们又像以前一样快乐地厮守在一起。当她可以再开车时，我们一起去逛街，而且我还会要求她尽可能开快一点。那时，我们都以为"客人"（癌症）已经走了，可是我们错了。

癌症又回来了！并且癌细胞已经蔓延到了她的肺。妈妈决定要奋力一搏，医生也试过各种办法，化疗让她头发掉光并且病恹恹的，接着她又尝试放射治疗。我不知道她是如何办到的，她始终坚强地面对一切，不管她有多痛，总是尽可能地面带微笑。

妈妈的病情在1989年恶化，医生宣布无药可治。她知道她就快要死了，于是希望死在家里。

3月3日，所有住在城里的亲人都来了，我知道大事不妙了。

当我最后见到妈妈时，她看起来是那么的虚弱无助，她用她仅剩的力气抱住我，那也是她最后一次抱我……那天晚上，当我要出门到舅舅家过夜时，我还跟她说："妈妈，明天见。"她含泪看着我说："明天见，我的心肝宝贝。布兰迪，永远都不要忘记我有多么爱你。"

即使她快走了，妈妈还是保护着我，让我怀着还能再见到她的希望。隔天中午，我的妈妈，我的"爱"走了。

妈妈教我如何去爱，以及什么是坚强与勇气。她教我怎么从所有的人和环境中发现好的一面。现在我已经二十岁了，每天都谨记着从妈妈身上学到的坚强，她仍是我生命中最好的朋友，而且永远都不会改变。

妈妈的眼睛

在世界射击锦标赛的现场，发生了有史以来从未有过的急死人的新鲜事：50米手枪慢射冠军普钦可夫失踪了！在即将颁奖的节骨眼上，刚刚打破世界纪录的普钦可夫神不知鬼不觉地在众人的眼皮底下消失得无影无踪。

普钦可夫失踪得很不是时候，在恐怖、爆炸、劫持、绑架等字眼屡见报端的大背景下，他的失踪不禁使组委会头头脑脑的神经顿时紧张起来，他们一个个心跳加速血压升高。广播喇叭更是声声急字字催："普钦可夫，马上去领奖台！马上去领奖台，普钦可夫！"

实际上，普钦可夫安然无恙、毫发无损。此时此刻，他正躲在一个谁也发现不了的角落里与他的妈妈通电话："妈妈，妈妈，您看见了吗？您听见了吗？赢了，赢了，得了冠军，打破了纪录！"

"看见了！听见了！电视机开着呢，评论员的声音大着呢。你听，你听，广播里正喊着你的名字，快，快！领奖去！"千里之外的妈妈柳莎无比高兴、无比激动，她的嘴巴大大地张着，双眼一动不动，一副喜极欲哭、欲哭无泪的样子。

"妈妈，妈妈，您知道吗？用妈妈的眼睛瞄准，靶心就像又大又圆又明的月亮，手枪的准星一动也不动的，子弹长了眼似的直往靶心钻。"普钦可夫热血沸腾、言犹未尽。

这也难怪，对于一位双眼曾患恶性黑色素瘤的人来说，能够逃脱无边黑暗的厄运，迎来鲜花如海光明灿烂的世界，这全赖妈妈柳莎的眼睛和医生巴甫琴科的妙手回春。

8年前，10岁的普钦可夫被确诊双眼患上恶性黑色素瘤。几十所医院几百名大夫像串通好了似的，众口一词：做眼球摘除术！不然的话，快则三月、慢则半年……

命运如此残酷，天真活泼的儿童就得面对要么死亡要么黑暗的选择。这选择沉甸甸的，压得人透不过气来。普钦可夫直愣愣地望着母亲，用清纯而困顿的嗓音说："妈妈，书上说'光明无限好、世界很精彩'，我还没看够呢；书上说'生命是第一可宝贵的，对人只有一次而已'，我才刚刚起步呢。"

柳莎完全明白儿子的意思。是呀，光明与生命二者兼而有之是再好不过了。可是，她非常清楚：感情战胜理智的结果是非常可怕的，她不能忘却丈夫的前车之鉴，她一字一顿地说："儿子，你爸爸的病与你的一模一样，他不听医生的，结果呢……"柳莎再也说不下去，她声音哽咽，眼泪在眼睛里打着旋儿。

柳莎与儿子当机立断：两害相权取其轻。

决定一经作出，柳莎变卖财物，仅仅两天的时间，她一股脑儿地把汽车、钻戒和满头金发换成了现金。她卖得那样的果断、那样的坚决，她要让儿子在手术前看中国的万里长城、埃及的金字塔、美国的大峡谷、法国的凯旋门……

母子俩一路欢笑，怎么看也看不够，怎么说也说不完。普钦可夫忘却疾病，完全沉浸在了幸福里。

这样愉快的旅程却不得不在中国长城的烽火台上戛然而止，因为柳莎的随身听的声波有力地撞击她的耳膜：眼科专家巴甫琴科发明了视神经诱导接合剂，使移植眼球的梦想变成了现实，一只盲犬已重见天日。

柳莎母子分秒必争日夜兼程，很快就来到巴甫琴科面前，要求马上手术：把母亲的一只眼球移植给儿子。

巴甫琴科看见了柳莎的眼睛，那是一对世界上最漂亮最湛蓝最纯洁的眼睛。

"眼球移植还从来没有在人身上试验过。"巴甫琴科说。

"总得有第一个吃螃蟹的人。大夫，把我的一只眼球移植给我的儿子，我和儿子就都有一个光明的世界。大夫，平白无故多出一个光明的世界，合算，合算。求您了。"柳莎说。

尽管柳莎的眼球和普钦可夫的眼眶配合得天衣无缝，尽管巴甫琴科努力努力再努力，人类史上第一次的眼球移植还是失败了，世界上徒添了两只义眼，一只在柳莎的眼里，另一只在普钦可夫的眼中。上帝就是这样，撒下了希望的火种，又浇灭了光明的火苗。

柳莎要进行第二次眼球移植：把她的第二个眼球移植给普钦可夫。于是，就有了一场艰难的对话。

"你是否知道最可能的结果？"巴甫琴科问。

"知道。"柳莎回答得很干脆。

"你坠入黑暗，你儿子也见不到光明呢？"

"知道，我做好了一切准备，能接受最坏的结果，能忍受一切痛苦。"

面对这样的母亲，巴甫琴科沉着冷静地做了第二例眼球移植手术。上天保佑，手术成功了。

柳莎和普钦可夫出院的那天清晨，天特别的蓝，风特别的暖，太阳和月亮都赶来看人间最动人的一幕：柳莎背着她的儿子，儿子闪着明亮湛蓝的右眼，发着走、停、左拐、右转的口令，母亲迈着坚定有力的步伐一直向前。

（俄）布洛宁

保罗的生日礼物

保罗的母亲洗涮好晚餐器具，便来到保罗的床边。保罗的小床搁在厨房里，因为厨房内的火炉使房间异常的温暖。

母亲微笑着说："孩子，我想去趟雷利家，去把他们家的收音机借来听听，你说好吗？"

保罗感觉到睡衣口袋里的那封信。他迅速抓住母亲的手："不，您别出去了，您已经累了，妈妈。"

母亲坐在床上，紧挨着保罗说："你一定以为妈妈把你的生日忘掉了吧？"

保罗将他的手放在口袋内按住信，以免信纸沙沙作响。"哦，不，妈妈！我自己都忘了今天是我的生日。"

"11岁，"她说，"想想看，你现在就11岁了。"

"您今晚就待在这儿，您总是在听收音机时就入睡的。"

她吻了儿子的额头。"我爱你，孩子。你知道，我多想送你一件礼物呀。"

"但是，妈妈，"他坚持说，"这张新床不就是您送给我的礼物吗？"他坐起来看看窗外，"我今天什么都不需要，真的，妈妈。"

母亲站了起来。"今天会有个令你吃惊的节目。我很快就会回来的。"她解开自己的围巾搭在保罗肩上，"在我们睡觉前，有个精彩的节目，你等着吧。"她笑了，脸上劳累和忧虑的痕迹，似乎都消失了。

保罗注视着母亲走进风雪之中，那瘦弱的身影不久便融入了惨白的世界。他觉得自己喉咙好像被什么堵住了，忙低头去读那封信。

他打开里面的信纸，呆住了，他认出信是母亲写给市广播电台的。这时候，保罗已经不能控制自己了，他急忙读下去——

先生们：本月26日将是我儿子11岁生日。我知道在每天晚上8：30分的"家庭之圈"节目里你们会念生日祝福。因此我想你们是否能在他生日那天念他的名字，并给他以生日祝福。

他病在床上已经10个月了，但他从不抱怨，他坚持自学课程。我希望您在广播中这样说：新泽西市的保罗·哈克特，今天是你11岁的生日。祝贺你，保罗，因为你是一个勇敢而乐观的孩子，应该得到最好的运气，祝你生日快乐。

在信的顶端是电台的答复：

我们很遗憾地通知您，"家庭之圈"的生日问候节目至本月25号取消。对不起。

这时候，保罗看见母亲捧着收音机向家里走来，走得很慢。她看上去很瘦小，雪花落了她一身，"白发"被风搅得乱乱的，保罗眼睛也像沾上了雪花，湿湿的。

她把收音机放在桌上。"现在是8：10分，还有20分钟节目就开始了。"

她打开收音机，于是，屋子里飘满了温馨的音乐。音乐一停，"家庭之圈"节目就立即开始了。

"妈妈！"他轻轻叫了一声。

"什么？孩子。"

"哦，没什么，您休息吧。"保罗咬了咬嘴唇。

音乐终于停了。保罗的表情有点紧张。

"现在是'家庭之圈'节目，请父亲、母亲和孩子们注意了，现在是……"收音机里传来广播员淳厚的男中音。

保罗眼睛死死地盯着窗外。他屏住了呼吸。母亲的手正紧握着他的手。

"首先，"播音员说，"我们广播一项启事。本来我们打算取消'生日问候'节目……"

哦！计划变了！可是妈妈的信怎么退回了呢？除非在他们改变计划之前，就退回了信！或许他们已把我的名字记下来了吧。

"今天过生日的有马丁·泰德……查理斯太太……史密斯先生……詹姆士·沃克

超越生命的母爱 | STORY

夫妇。"

名单结束了。

但是应该还有更多的名字，至少还有一个名字没念呀！保罗身子在发抖。会不会一部分名字放在开头，而另一部分名字放在结尾呢？

接着放歌曲，圣经朗诵，节目预告。好一阵，节目全部结束了，没有保罗的名字。

保罗感到自己的眼泪流了下来。慢慢地，他扭头看母亲。

母亲早睡着了。睡梦中她微笑着。

保罗擦干眼泪。他摇了摇母亲，"妈，"他大声说，"妈，你听见了吗？你听见他们说什么吗，妈？"她的眼睁开了。"什么？孩子。天啊，我怎么睡着了，他们说了些什么？"

"他们说今天是我的生日，说我是勇敢而乐观的孩子，并祝我生日快乐。哦，妈妈！"他把头埋进了母亲怀里。母亲微笑着，眼里闪耀着爱怜与自豪的光芒。

保罗也含着泪花笑了。他觉得自己收到了一份他将珍藏一生的生日礼物。

孩子们走了

随随便便的一个挥手，最后一个孩子也消失在成年人的行列里，留给他母亲的是空虚和惆怅，也是充实和满足。

他的父亲严肃地和他握了握手，我轻轻地在他脸上吻了一下，然后，他只用一个词"再见"了结了我们在一起的18年生活。

他转身快步走向那远处的大学校园。他还只是一个刚刚跨入成人行列的年轻人，似乎迫不及待地要去体验冒险的滋味。

我回到家后伤心得流了泪。他是我两个儿子中的小儿子——我心目中的婴孩。在他揭开我们生活中这新的一幕之前，我几乎从未受到过这样的震动。现在，一切都变了。当然，科瑞格也会像他的哥哥马克那样，在感恩节、圣诞节和暑假回到家来。从某种意义上说，他仍然和我们在一起，而且永远在一起，但他们的房子空了，大学校园是我们的分界线。

我的丈夫兰多和我最终经受住了这一切。事实上，恰恰是我们自己又开始了一种新的生活，又建立了一种新的关系。我们为孩子们的独立感到骄傲。但是，一切的确都发生了变化，这一点我早已预料到，即使在马克以往因故回来期间也是如此，因为他毕竟已经是一个成年人了。每当邻居有孩子上大学，我就会想起科瑞格走进大学校门时的情景，这种记忆仍然使我感到十分难过。

我已经开始认识到我并不是由于失败而哭泣，我是因为成功而哭泣。我们只习惯那种梦想未能实现的悲哀，然而谁又能料想到，实现了目标竟也会给人带来极度的痛苦呢？

我的两个儿子都长得健康、英俊，而且也非常聪明，他们很容易得到那些令人羡慕的东西——奖励、文凭、上大学的资格。然而我们却对这一成功所带来的后果——离别的痛苦缺少精神上的准备。当我们这些做父母的对孩子说"有一天，你们将会长大"时，那一天不过是指遥远的将来，而绝不是今天！这又苦又甘的真理是：这一天来得太快了。

现在，每当我在超级市场看到一些年轻的妈妈把带孩子去买东西看成是日常小事，而且以为它将永远持续下去时，我就禁不住想对她们诉说我的体验和发现。在科瑞格走后不久的一天，我看见两个男孩在戏院的过道里打闹，他们的妈妈大声训斥着他们。我知道兄弟间的打闹是件再平常不过的事，可我还是难以控制地跑到那位母亲面前说："请享受您生活中的这一幕吧，它不会持续很久的。"我想那位陌生的妈妈一定会以为我精神不太正常。

当孩子走后的第一个秋天我路经中学校门时，我仿佛感到一种失去亲人般的痛苦。我多么希望有两个小男孩从人群中跑出来，扑到我跟前说："妈妈，又给我们带什么好吃的了？"

房间里没有了孩子，看上去真像是被遗弃了似的。玩具都堆到了阁楼里，毕业照片仍放在钢琴上。在那些快乐的日子里，整幢房子总是回响着孩子们跑啊跳啊的脚步声，而现在，寂静笼罩着空荡荡的房间，以往这里所充满的孩子气息已经不复存在。

我们时常带孩子到外面去长见识，开眼界，然而事实上发生的却往往相反，他们总是用自己的眼光引导我们去看待一切，直至我们感到非常疲倦时才肯罢休。譬如，一次马克曾教我不要歧视蒲公英，说它们是一种十分美丽的花。与孩子们在一起吃东西也觉得格外有味，就连餐桌上不受欢迎的细条实心面，吃起来也似乎成了食物品尝家嘴中的佳肴。

我们曾多次带孩子外出旅游，可他们几乎总是来充当我们的解说员。他们走了以后，我们也去看过马戏表演，参加过游行，但那就像在没有向导的情况下访问外国一样。

我成为母亲前曾是个记者，原来一直打算有机会再回去工作，然而我却发现没有人能真正代替我在家中的位置，我挤出时间所能写下的，仅仅是潦草的食品清单而已。

现在我已经认识到，在家带孩子要比做任何其他工作更具有挑战性，更值得去尝试。工作只是工作，而当我和孩子们待在一起时，我却可以得到任何想要得到的东西。名声吗？我只要为他们烤一炉杯形烧饼即可出名；好运吗？带他们到出售一角钱商品的小店买蛋卷冰淇淋我就感到足够幸运；承认吗？当孩子们嘴上老挂着"我妈说的"时，我便成了各方面的权威。

我仅仅是在现在才认识到做一个家长的重要性。我做什么或者不做什么也许将会影响孩子们的一生。我不能从头做起，更无法让时光倒流，我只希望那些在我繁忙时或身体不舒服时犯下的错误，能被我全力以赴在他们需要时所给予他们的爱抵消掉。

如今，他们的父亲和我已经很少主动提出什么忠告了。我们知道，每一代人都有其自己的错误，我们尽量不去责备他们，因为社会将会给他们以足够的批评。我们除了表现出一个好的家长在他们离开的最后时刻所应有的行为——让他们走之外，别无其他选择。然而，这些高个子的年轻人并不是我所失去的，我失去的仅仅是那两个存在于影集和记忆中的小宝贝。

我现在已有时间重新开始我旧日的工作。但是这一自由的获得却是以失去了我们曾经扮演的重要角色作为代价的。

可以说，家长这一身份是一种独一无二的特权与责任紧密结合的产物，它的获得，其价值远远超过了对任何权力、地位和财富的占有。在那过去的美好里，我们做父母的都觉得自己好像是上帝的代理人一样，正在履行着教育下一代的职责。

当我们意识到一切都无法重新开始时，家长这一身份就变得更加令人敬畏了。我们的孩子不仅仅是继承了我们的基因，而且更重要的是继承了我们的榜样。我们永远不能回到开始。

科瑞格离家上大学后，我常凝视着他那只依然时常在充满阳光的角落里打着盹的猫。往事犹浮眼前，然而却不见孩子的身影……

如今，我们的心和房子都有了空寂的地方。但是，在我们的后代身上却留下了抹不掉的与我们共同生活过的痕迹，这些痕迹是那样的持久，以至于其中的一些将会传给他们的孩子，以及他们的孩子的孩子。

（美）玛丽·珍妮·钱伯斯

请回家吧

玛利亚家的房子虽小，但够用了。它只有一个房间，且坐落在一条多尘的街上，位于巴西近郊，和许多贫穷的邻居一样，铺着红砖的屋顶，是一个舒服的家。玛利亚和她的女儿克里丝汀娜，尽力在灰色的墙上添点色彩，在坚硬多尘的地板上添点温暖：一份旧日历、一张退色的亲属照片、一个木制十字架。家具十分简单，房间两旁各放着一张简陋的床、一个洗脸盆，和一个燃烧木头的炉灶。玛利亚的丈夫在克里丝汀娜在襁褓时便已去世，年轻的母亲倔犟地没有再婚，自己找一份工作，独立养育年纪尚小的女儿。15年之后的现在，最糟的日子已过去，虽然玛利亚当女佣的薪水只勉强够用，却尚属稳定，能提供食物和衣服等需要。现在克里丝汀娜终已长大，可以找工作贴补家用。

有人说克里丝汀娜学会了母亲的独立，她不愿接受早婚的传统观念。她并非没有机会选择丈夫，她那棕色的双眼和橄榄色的皮肤，常吸引一群仰慕者来到她家门前。她常常仰头大笑，笑声充满屋子，十分感人。她还有一种女人少有的魅力，让身边的男人觉得她像尊贵的女王；而她特有的戒备心，使她始终与男人保持相当距离。

她常跟妈妈提到要到城里去，梦想有一天离开多尘的邻舍，走进繁华的都市。光是这种想法便教母亲担心不已，玛利亚往往立刻提醒女儿都市生活的艰难。"那里的人不认识你，工作难找，生活无情，还有，你在那里凭什么谋生？"

但是，女儿听不进母亲的劝告。

玛利亚十分清楚克里丝汀娜将做何事，或凭什么为生，因此，当某天早上起来发觉女儿的床铺空空如也，她心都碎了。玛利亚知道女儿去了哪里，也知道到哪里去找她。她马上收拾了几件衣服，带着所有的钱，冲出屋子。

在去巴士站的路上，她最后进了一家杂货店，她坐进摄影摊，拉上帷幕，花许多钱来拍照。终于，她带着满口袋大大小小的黑白照片，坐上下一班开往里约热内卢的巴士。

玛利亚知道克里丝汀娜无法谋生，她也知道女儿的个性倔犟不会轻易放弃。骄傲加上饥饿，人会做出不可思议的事情。玛利亚明白这一点，于是开始寻觅。酒吧、酒店、夜总会和其他流浪者与妓女出入的地方，她全都去找，在每一处留下她的照片——贴在洗手间的镜子上、用钉子钉在酒店留言板上或系在电话亭上。在每张照片后面，她都写上几句话。

不久钱已用尽，照片也用光了，玛利亚只好回家。当巴士开始漫长的旅程返回村子，一身疲惫的母亲哭了。

数星期之后，年轻的克里丝汀娜走下酒店的楼梯。她年轻的脸庞显得十分疲倦，棕色的双眼不再闪耀着青春，只诉说着痛苦与恐惧。欢笑已失落，理想也成了梦魇。上千次她想到简陋但安稳的旧床，而非无数张陌生的床褥。然而，昔日的小村庄已显得那样遥远。

当走到楼梯最后一级，她注意到一张熟悉的脸庞。她再看一次，大厅镜子上贴的果然是她母亲的照片。克里丝汀娜双眼仿佛在燃烧，喉咙哽咽地走上前拿下照片。写在背后的是令人难以拒绝的邀请："无论你做了什么事，无论你成为怎么样的人，都没关系，请回家吧。"

她果然回家去了。

母亲的爱

我生长在一个小镇。那里的小学离我家走着去只要10分钟。

我仅仅知道中午的铃声响时，我总是上气不接下气地冲回家。母亲总是站在楼梯的顶层，向下对我微笑。她的神态告诉我：在她心中，我是唯一重要的。对此，我终生感激。

我永远忘不了三年级时的一个午饭时间。在校节目演出中，我被选为剧中的公主。母亲煞费苦心地陪我练台词。但不论我在家念台词多么自如，一上台，每个词都从头脑中消失了。

老师终于把我搁在一边。她解释说她已经为该剧设计了一个叙述者的角色，要我担任。她的话是亲切婉转地表达的，但仍然刺痛了我，特别是当我看到我的角色由另一个姑娘扮演时。

那天中午我回家时，没有告诉母亲发生了什么。但她觉察到我心神不安。她没有建议我们一起练台词，而是问我是不是想到院子里散散步。

这是一个阳光明媚的春天。格架上的蔷薇藤正在变绿。高大的榆树下，我们可以看到一丛丛黄色的蒲公英钻出草地盛开，宛如一个画家用金色的染料在我们的风景画上涂抹过。

我看到母亲漫不经心地在一丛蒲公英旁弯下腰："我打算挖掉所有这些草。"她边说边连根拔起一株蒲公英，"从现在起，我们只在这个园子里留蔷薇花。"

"可是我喜欢蒲公英！"我表示异议，"一切花都是美丽的——蒲公英也是如此。"

母亲严肃地看着我："是的，每一朵花都以自己的方式给人以愉快，对吗？"她想了想问。

我点点头，感到高兴，我赢了。"不可能每个人都是公主，这并没有什么羞耻。这一点，对人们来说，也是事实。"她补充说。

相信她已经猜到了我的痛处，我开始大哭，告诉她发生的事。她听着，放心地笑了。

"你将是一个可爱的叙述者。"她提醒我，"叙述者角色同公主角色完全同样重要。"

在后来的几个星期里，她不断鼓励我，我逐渐对担任这个角色感到自豪。中饭时间用于念我的台词和谈论我将穿什么。

演出的那天夜里，我很紧张。

开演前几分钟，老师走到我面前："你母亲要我给你这个。"她说着递给我一朵蒲公英。它在茎上耷拉着，边已经开始卷了。只看它一眼，知道母亲在外边，想起我们那天中午的谈话，就使我振奋。

演出结束后，我把塞在我戏装裙里的那朵花带回家。母亲在一本词典中把它夹在两张擦脸纸之间。母亲一边做一边笑着说，我们也许是唯一夹留这样花草的人。

我经常回想起与母亲一起沐浴在柔和的太阳光中的日子，那些时刻是我童年的逗号。

几个月前，母亲来看我。我请了一天假，陪她吃午饭。餐馆里一片喧闹，商人们焦急地看着表，谈着生意，母亲现在退休了，她和我坐在这些人中间。从她脸上我可以看出她喜欢工作。

"妈妈，我小时候，你待在家里肯定非常厌烦。"我说。

"厌烦？家务劳动令人厌烦，但你决不令人厌烦。"

我不相信，所以又说："可以肯定孩子不像职业那样吸引人。"

她说："职业是吸引人，我很高兴我曾经有职业。但职业就像没扎口的气球，只有不停地打气，它才能保持膨胀。孩子是种子，浇灌它，精心照料它，它就会长成美丽的花儿。"

当时，我看着她，想象着我们又一次坐在家中厨房的桌旁，突然明白了母亲为什么一直把那片褐色的蒲公英夹在那本旧词典中的两张褶皱的擦脸纸之间。

（美）布兰迪·潘婷

母亲的来信

母亲来信了。

在初来城里的日子里，文卡总是焦急地等待着母亲的信，一收到信，便急不可待地拆开，贪婪地读着。半年以后，他已是没精打采地拆信了，脸上露出讥诮的冷笑——信中那老一套的内容，不消看他也早知道了。

母亲每周都寄来一封信，开头总是千篇一律："我亲爱的宝贝小文卡，早上（或晚上）好！这是妈妈在给你写信，向你亲切问好，带给你我最良好的祝愿，祝你健康幸福。我在这封短信里首先要告诉你的是，感谢上帝，我活着，身体也好，这也是你的愿望。我还急于告诉你：我日子过得挺好……"

每封信的结尾也没什么区别："信快结束了，好儿子，我恳求你，我祈祷上帝，你别和坏人混在一起，别喝伏特加，要尊敬长者，好好保重自己。在这个世界上你是我唯一的亲人，要是你出了什么事，那我就肯定活不成了。信就写到这里。盼望你的回信，好儿子。吻你。你的妈妈。"

因此，文卡只读信的中间一段。一边读一边轻蔑地蹙起眉头，对妈妈的生活兴趣感到不可理解。尽写些鸡毛蒜皮，什么邻居的羊钻进了帕什卡·沃罗恩佐的园子里，把他的白菜全啃坏了；什么瓦莉卡·乌捷舍娃没有嫁给斯杰潘·罗什金，而嫁给了科利卡·扎米亚京；什么商店里终于运来了紧俏的小头巾——这种头巾在这里，在城里，要多少有多少。

文卡把看过的信扔进床头柜，然后就忘得一干二净，直到收到下一封母亲泪痕斑斑的来信，其中照例是恳求他看在上帝的面上写封回信。

……文卡把刚收到的信塞进衣兜，穿过下班后变得喧闹的宿舍走廊，走进自己的房间。

今天发了工资。小伙子们准备上街：忙着熨衬衫、长裤，打听谁要到哪儿去，跟谁有约会，等等。

文卡故意慢吞吞地脱下衣服，洗了澡，换了衣。等同房间的人走光了以后，他锁上房门，坐到桌前。从口袋里摸出还是第一次领工资后买的记事本和圆珠笔，翻开一页空白纸，沉思起来……

恰在一个钟头以前，他在回宿舍的路上遇见一位从家乡来的熟人。相互寒暄几句之后，那位老乡问了问文卡的工资和生活情况，便含着责备的意味摇着头说："你应该给母亲寄点钱去。冬天眼看就到了。家里得请人运木柴，又要劈，又要锯。你母亲只有她那一点点养老金……你是知道的。"

文卡自然是知道的。

他咬着嘴唇，在白纸上方的正中仔仔细细地写上了一个数字：126，然后由上到下画了一条垂直线，在左栏上方写上"支出"，右栏写上"数目"。他沉吟片刻，取过日历计算到预支还有多少天，然后在左栏写上：12，右栏写一个乘号和数字4，得出总数为48。接下去就写得快多了：还债——10，买裤子——30，储蓄——20，电影、跳舞等——4元，1天2卢布——8，剩余——10卢布。

文卡哼了一声。10卢布，给母亲寄去这么个数是很不像话的。村里人准会笑话。他摸了摸下巴，毅然划掉"剩余"二字，改为"零用"，心中叨咕着："等下次领到预支工资再寄吧。"

他放下圆珠笔，把记事本揣进口袋里，伸了个懒腰，想起了母亲的来信。

他打着哈欠看了看表，掏出信封，拆开，抽出信纸，当他展开信纸的时候，一张三卢布的纸币轻轻飘落在他的膝上……

（苏联）克拉夫琴科

谁爱谁更多

还是个小女孩的时候，在加尔各答，妈妈和我常做一个有趣的游戏。游戏总是以她的提问开始，"你有多爱我呢？"

我会举起双手，比量出大约一英尺的距离，回答说："有这么多。"

然后，妈妈就会比量出大约一英尺半的距离，说："我爱你有这么多，那么我爱你要多一点。"

"不对，我爱你有这么多呢！"我反击道，把双手拉开有两英尺远，直到我的胳膊不能展开得再宽。这时，妈妈就会无奈地宣布她不可能爱得比那样还要多了。我于是胜利地欢呼雀跃着跑去与街上的女孩们玩跳绳，完全相信自己是最好最乖的女儿。

甚至在我长大点后，不再适合玩这样的游戏，不再稚气地告诉妈妈我爱她了，我依然相信自己是最好的女儿。

我不是总在妈妈需要的时候，随时跑一大段路到露台上查看晾晒的腌芒果吗？（好吧，好吧，就算我时不时偷吃几片。但没人会注意这些呀——妈妈每年做的腌芒果足够一支军队吃了。）我不是一直照顾弟弟——那两个天底下最邋遢的男孩子吗？给他们擦净鼻涕，拿给他们放学后吃的小零食。（好吧，好吧，就算有时候我让他们分点饼干、甜点给我。那也是因为他们已经吃得太胖了，少吃点有好处。）

进入少女时代，我觉得自己更懂事更乖了。无论我在忙活些什么，我都会停下手边的事，跑去街角的杂货铺为妈妈买回用光的调味品（是的，有时候我忘记把剩下的零钱给她，可是她也忘记向我要了）。

相反，妈妈却好像越来越不爱我了。有些时候，她简直像女巫一样威胁我说，要是我的成绩没有进步，就把我送到巴德哈曼省的二叔家去，这对于一个生活在凉爽的加尔各答的女孩子来说比死还要糟。另外有些日子，她会让我坐下，然后给我讲那些让家庭蒙羞的女孩的故事。让家庭蒙羞的方式多得不可胜数，妈妈拿定主意，一定不能让我出这种事。基本上，一切我想做的事，从去美国留学到烫头发，她都反对。她总是说："除非从我的尸体上跨过去。"很显然，我爱她超过了她爱我——如果她对我还有点爱的话。

我在美国念完了研究生，结了婚后，与妈妈的关系才大大改善了。我们之间形成了这样的惯例：她从印度写信来，满篇都是絮叨话，并且把我最爱吃的腌芒果精心打包寄给我；我则从美国给她打电话，告诉她我所做的一切（是的，几乎一切），并且给她寄她特别爱吃的快餐香草布丁。我们给予对方的爱是同等的，或者说，我一直是这样认为的，直到我的第一个儿子阿南德出生。

儿子的出生以始料不及的方式打乱了我条理分明、井然有序的成人世界。我在产后令人疲惫的低落情绪中熬过了六个星期。当我和丈夫抱着因疝气疼痛而哭闹不止的婴儿通宵达旦走来走去时，我真想逃开这一切。我甚至怀疑是不是我根本就没有资格做母亲。而母爱——母爱究竟意味着什么？

一天早上，当我又得给阿南德换尿布的时候，他咧开那还没长牙的小嘴冲着我笑。嗯，我想："这个棕色的、瘦精精的小东西还是蛮可爱的。"从那一刻起，事情迅速发生了变化。当我意识到这一切时，我已经在婴儿室加床，与我的儿子相伴着度过了许多个夜晚。

当完全进入了母亲的角色，我才认识到：以前，我从来没有真正体味到一个人能够爱得如此深沉。我之所以这么说，是因为我感觉，我对儿子的那种本能的、沁彻肺腑的爱，与我对另外两个最亲爱的人的爱——我的丈夫和我的母亲——完全不同。我吃惊地发现，那些"我会用自己的身体挡住汽车救我儿子"之类的陈词滥调都是真的。这绝不是我独有的感受，与我谈过话的母亲都有同感。我想，这是从人类起源时就植入的某种天性。我的丈夫向我保证说，父亲们也有同感。

成为母亲也让我体会到了妈妈爱我之强烈，尽管我们曾以种种方式让对方生气。

超越生命的母爱 | STORY

作为女儿，无论我多么关心她，都永远无法与母爱相提并论。我所能给妈妈的最好的感谢，就是以我自己的方式，把母爱传递给我的孩子们。

去年母亲节，我给远在印度的妈妈打电话，试图告诉她我有多么感激她，因为现在我终于理解了做母亲意味着什么。对我而言，表达自己的感情一直很唯一——尤其是通过电话，又是对我的妈妈。尽管如此，我还是结结巴巴地说道，人的一生充满瑕疵，是为人之母的经历使我们体验到，爱便是：完美，自然，毫无条件。

妈妈得意地咯咯直笑。我几乎能看见电话那头，她的脸上那种"我早这样说过"的笑容。而后，她说："孩子，等你做奶奶的时候，你就更明白了。"

有许多次，我的两个儿子阿南德和阿布赫尔，和我玩儿时的旧游戏。"我们爱你更多！"他们说，胳膊拉开得老远，小小的身子笃定地弓起来。"没错，你们爱我更多。"我说，止不住想笑，一如我的母亲多年前那样，"是啊，你们爱我更多。真的。"

（印度）齐特拉·巴纳吉·迪瓦卡路妮

真正的勇气

你知道什么叫勇气吗？而你又知道什么样的勇气才是真正的勇气吗？我知道。我知道什么叫勇气，我也知道什么样的勇气才是真正的勇气。

那是6年以前的事了。当时，我正乘坐飞机去旅行。正是在那次旅行中，正是在那架飞机上，我知道了什么是勇气，什么才是真正的勇气。从那之后，它一直珍藏在我的记忆之中，直到如今，只要一想起它，我的心中仍旧会禁不住涌起阵阵暖流，眼中也会盈满热泪。

那是一个星期五的早晨，我们乘坐的1011次航班从奥兰多机场起飞了。机上所有的乘客心情都非常舒畅，而且都精神饱满，充满了活力。通常，这趟一大清早的航班主要是为那些到亚特兰大出差的各行各业的业务人员服务的，他们大都要在亚特兰大进行为期一两天的商务活动。他们中间有许多都是带着真皮公文包的各行各业的设计师和执行总裁，还有一些是经验丰富的商人。我坐在后舱，随意地翻阅着一些消遣书籍，以打发这虽短暂却很无聊的飞行时间。

但是，飞机刚起飞，突然就上下颠簸、左右摇摆起来，很显然，一定是某个部件出了毛病。

这时，那些有经验的乘客，当然也包括我，都互相看了看，而且还会心地笑了笑，并没有因此而显得惊慌失措。因为大家以前都遇到过类似的小麻烦。如果你经常乘坐飞机的话，对这种类似的麻烦你也会习以为常，不会大惊小怪的。

可是，这种心照不宣的无所谓的感觉并没有能够持续多长时间。就在飞机起飞后几分钟，飞机突然开始急剧下降，一侧机翼也倾斜着向下俯冲。尽管飞行员用尽办法想使飞机爬升，但是，一点作用也没有。飞机仍旧继续下降。没多久，飞行员声音低沉地向大家进行了广播。

"各位乘客，我们的飞机遇到了一些麻烦，"他严肃地说，"从目前的情况来看，飞机的鼻轮操纵失灵，而且，显示盘上显示飞机的水压系统也失灵了。现在，我们将返回奥兰多机场。因为水压系统失灵，我们不能保证飞机的起落装置到时候能够正常工作，所以，我们的机组人员将会为你们做好迫降的准备。而且，如果你们向窗外看一看，你们将会看到我们正在倾倒飞机上的煤油，因为为了使飞机能够安全着陆，我们必须尽可能地减轻飞机的重量。"

哦，上帝！这不就是意味着我们将有可能会随着飞机一起坠毁吗？

顿时，机上所有的乘客都惊呆了。他们开始还有些不相信自己的耳朵，但是，当回过神来的时候，有的人就开始大喊大叫，呼天抢地，机舱里乱作一团。机组人员一边忙着帮助人们在自己的位置上坐好，一边安慰着那些已经惊慌失措、歇斯底里的乘客。而我则坐在自己的座位上呆呆地看着窗外那不停地倾泻而下的煤油，心情非常沉重。

当我回过头来，环顾乱哄哄的机舱时，我发现那些与我同机旅行的商人们，他们的变化真是让我大吃一惊，先前那充满自信的面孔已经变得苍白，饱满的精神也被惊恐的神色所取代，就连其中最镇静的人脸上也布满了恐惧的神色。此刻，他们每一个人都是那么惊恐，没有人能够例外，而且，他们所流露出来的那种神情是我以前从未见到过的。"的确，任何人面对死亡都不会无所畏惧的，"我想，"每一个人多少都会失去平时的镇静，只不过是表现的方式不一样而已。"

我开始在这乱哄哄的机舱里寻找一个人，一个即使是身处绝境仍然能够凭着真正的勇气和伟大的信念始终保持镇定和沉着的人。但是，遗憾的是，我没有找到一个这样的人。就在我感到非常失望的时候，我突然听到在我的左边隔着几排的地方有个声音传了过来。那是一个女人的声音，一个仍然保持平静的声音。那语调、那音质仍旧一如平常，不但语调舒缓，吐字清晰，而且没有一丝的战栗，没有一丝的紧张，它是那么的温柔，那么的爱意浓浓。哦，我一定要找到这个说话的女人。

此刻，机舱里到处充满着绝望的痛哭声和歇斯底里的号叫声。一些男人牢牢地抓着椅子的扶手，紧紧地咬着牙关，极力地想保持镇静，但是他们身上却到处都写满了恐惧。虽然我的信念使我不至于像他们一样歇斯底里，但是，在这种时候，我也做不到像我刚才听到的那个那么平静、那么温柔的声音那样说话。循着声音的方向，我终于看到了她。

原来是一个母亲正在说话，就在这样的一种混乱之中轻轻地对她的孩子说着话。她大概有35岁，是那种无论如何也引不起人注意的平常的女人。此刻，她正目不转睛地盯着她那看上去有4岁的女儿的小脸。小女孩紧紧地依偎着她，认真地听着，感觉着她母亲的话语中所蕴涵的深意。母亲那深深的凝视使得这个小女孩是那么的聚精会神，那么的专心致志，周围的那些悲哀的哭泣和绝望的号叫声似乎对她没有丝毫的影响。

看着她们，我的脑海里突然闪现了另外一个小女孩的身影，她在最近的一次空难中得以幸存。据专家推测，小女孩之所以能够幸免于难，是因为在危急关头，她的母亲用自己的身体保护了她。最后，这个小女孩的母亲死去了。接下来，报纸连续几个星期对小女孩进行追踪报道，报道她是如何在心理医生的治疗下摆脱负罪感和内疚感的。医生一再告诉她说，她母亲的死并不是她的过错。此刻，我是多么希望类似的情况不要再出现了啊！

听着这位母亲的话语不断地传来，我有一种冲动，一种想听一听她们究竟在说些什么的冲动。于是，我竭尽全力地竖起耳朵去听，但是，周围那喧嚣的噪声使我一点儿也听不清楚。没办法，我只有靠近她们了。

终于，我奇迹般地听到了这个温柔的、让人感到安全感到欣慰的声音。只听她一遍又一遍地说道："我是多么爱你啊！孩子，你真的知道我爱你超过任何别的东西吗？"

"我知道，妈妈。"小女孩肯定地说。

"记住，孩子，今后不论发生什么事，我都永远爱你。你是个好女孩。我希望你能够明白，有时候发生的事情并不是因为你的过错造成的。不论什么时候，你都是一个好女孩，我的爱将永远与你同在。"

然后，这位母亲紧紧搂着女儿，并且把自己的身体压在女儿的身上，系上了安全带，等待着飞机坠毁。

然而，让人意想不到的是，在最关键的时刻，飞机的起落装置竟然工作正常，飞机终于安全着陆了，一场悲剧就这样避免了。啊，这简直就像是一场梦，仅仅几秒钟过后，那所有的恐惧，所有的悲哀都成了过去，人们的脸上又都绽开了笑容。

悲剧虽然没有发生，但是在悲剧即将发生那一刻的众生百态却给我留下了难以磨灭的印象，尤其是那位母亲那平静、温柔而又充满了爱的话语让我永世难忘。在那危急时刻，面对死亡，她所表现出来的那种镇定、那种理智、那种无畏真是让人难以置信。而我们这些经验丰富、饱经风霜的商人却没有一个说话不战栗、内心不恐惧的。只有在那伟大的母爱的支持下的伟大的勇气，才能使得那位母亲沉着冷静，勇敢地面对一切灾难。

（美）凯西·豪莱莉

我的母亲独一无二

记得我13岁时，和母亲住在法国东南部的耐斯城。母亲没有丈夫，也没有亲戚，够清苦的。但她时常能拿出点令人吃惊的东西，摆在我面前。

她从来不吃肉，一再说自己是素食者。然而有一天，我发现母亲正仔细地用小块碎面包擦那给我煎牛排用的油锅。我明白了她成为素食者的真正原因。

我16岁时，母亲成了耐斯市美尔蒙旅馆的女经理。这时，她更忙碌了。一天，她瘫在椅子上，脸色苍白，嘴唇发灰。马上找医生，作出诊断：她摄取了过多的胰岛素。直到这时我才知道母亲多年来一直对我隐瞒着的疾病——糖尿病。以致每天上班前，她须先给自己悄悄注射一剂胰岛素。

她的头歪向枕头一边，痛苦地用手抓挠胸口。床架上方，则挂着一枚我1932年赢

超越生命的母爱 | STORY

得耐斯市少年乒乓球冠军时得的银质奖章。

啊，是对我的美好前途的憧憬支撑着她活下去。为了给她那荒唐的美梦至少加一点真实的色彩，我只能继续努力，与时间竞争。直至1938年我被征入空军。

巴黎很快失陷，我辗转调到英国皇家空军。刚到英国就接到了母亲的信。这些信是由在瑞士的一个朋友秘密转到伦敦，送到我手中的。

直到胜利前夕，这些无日期的信一直忠实地跟随着转战各国，源源不断地送到我手里。

后来她的信越来越简短了。我感到有点不对劲。可是信中没有说出了什么事。管他呢。我真正关心的只有一件事：她还活在世上，我还能见到她。

巴黎快解放了，我去法国南部执行一项任务。我一路匆匆忙忙，急躁得浑身热血沸腾。除了想早点回到母亲身边，其他我什么都不想了。

现在我要回家了，胸前佩戴着醒目的绿黑两色的解放十字绶带，上面挂着五六枚我终生难忘的勋章，肩上还佩着军官肩章。

到达旅馆时，没有一个人跟我打招呼。原来，我母亲在3年零6个月前就已经离开人间了。

在她死前的几天中，她写了近250封信，把这些信交给她在瑞士的朋友，请这个朋友定时寄给我。就这样，在母亲死后的3年半的时间里，我一直从她身上汲取着力量和勇气——这些给了我能够继续战斗到胜利那一天所需的力量和勇气。

（法）罗曼·加里

母爱的力量

一天，生活在山上的部落突然对生活在山下的部落发动了侵略，他们不仅抢夺了山下部落的大量财物，还绑架了一户人家的婴儿，并把他带回到山上。

可是山下部落的人们不知道怎样才能爬到山上去。他们既不知道山上部落平时走的山道在哪里，也不知道到哪里去寻找山上部落，甚至不知道如何去发现他们留下的踪迹。

尽管如此，他们还是派出了他们部落中最优秀、最勇敢的战士，希望他们能够爬到山上去，找回孩子。

他们尝试了一个又一个的方法，搜寻了一个又一个可能是山上部落留下的踪迹。尽管他们用尽了所有他们能想到的办法，但几天的艰苦努力也不过才前进了几百英尺。他们感到他们的一切努力都是无用的，没有希望的，他们决定放弃搜寻，返回山下的村庄。

正当他们收拾好所有的登山工具准备返回时，他们却看到被绑架孩子的母亲正向他们走来，而且是从山上往下走。他们简直无法想象她是怎么爬上山的。

待孩子的母亲走近后，他们才看清她的背上用皮带绑着那个他们一直在寻找的孩子。哦，真是不可思议，她是怎么找到孩子的？

这群部落中最优秀、最勇敢的战士都迷惑不解。

其中一个人问孩子的母亲："我们是部落中最强壮的男人了，我们都不能爬到那么高的山上去，而你为什么能爬上去并且找回孩子呢？"孩子的母亲平静地答道："因为那不是你们的孩子！"

（美）吉姆·斯陶沃

超越生命的母爱 | STORY

信

时值12月31日。彼得·弗拉基米罗维奇·帕潘科夫坐在自己的办公室里，处理着即将结束的这一年的最后几件紧要公事。他一本正经地板着一副面孔，俨然一派首长的风度。每当电话铃响，帕潘科夫总是一边抓着话筒，简要而认真地回答着；一边仍继续签阅着文件。

一会儿，女秘书柳多奇卡敲门进了办公室：

"对不起，帕潘科夫，打扰您了。有您一封信，您私人的。"

说着，她把信放到帕潘科夫的桌上，随即转身走了。

帕潘科夫拆开信就念起来：

"亲爱的妈妈：

你的儿子在给你写信。我已经好久没给你写信了。因为我出差、度假、住医院了……"

"真是活见鬼！"帕潘科夫惊诧不已。他又看了看信封，上面分明写着他的机关地址和姓名，而且一点也没错。帕潘科夫真是百思不得其解，但他仍然把信继续念下去：

"我们这里现在正是秋高气爽、春光明媚、夏日炎炎、寒冬腊月的时节。

我身体还好，很好，不太好，很不好。

前不久我去逛过剧院、电影院、音乐厅、酒吧间。

我打算再过1个月、1年、5年就来看你。

我知道你没钱花了，所以寄给你30、20、10、5个卢布。

我已被任命为总工程师、厂长、总局局长。

我妻子祖莉菲娅向你问好。

你的爱子彼佳"

帕潘科夫更加莫明其妙，他又把信从头至尾念了一遍，然后又往信封里看了看。信封里果然还有一张小字条：

"亲爱的彼佳：

我多么盼望你能来封信呀！可你却是个大忙人，哪有时间顾得上这种小事呢？我只好替你写了这封信，你只要简单地把那些不该要的词句划掉寄给我就行了。

吻你！

你的妈妈"

帕潘科夫仰身靠到自己柔软舒适的安乐椅背上。

"唉，妈妈呀，你可真是位幽默家呀！而且对时间还揣算得那么准，让信不迟不早刚好在12月31日送到，这一天我可是连喘口气的时间都没有啊！"

帕潘科夫叹了口气，把文件推到一边，接着便动手删起信中那些不该要的词句来。

（前苏联）尤里·里希特

真爱无言

这是两个真实的故事。

在青海一个极度缺水的沙漠地区，人们的用水量严格限定为每人每天3斤，依靠驻军部队从很远的地方运来。日常的饮用、洗漱、洗菜、洗衣，包括喂牲口，全部都依赖这三斤珍贵的水。

人缺水不行，牲畜也一样，渴啊！终于有一天，一头一直被人们认为憨厚、忠实的老牛渴极了，挣脱了缰绳，强行闯入沙漠里唯一的也是运水车必经的公路。终于，运水的军车来了，老牛以不可思议的识别力，迅速地冲上公路，军车一个紧急刹车戛然而止。老牛沉默地立在车前，任凭驾驶员呵斥驱赶，不肯挪动半步。五分钟过去了，双方依然僵持着，运水的战士以前也碰过牲口拦路索水的情形，但它们都不像这头牛这般倔犟。人和牛就这样耗着，最后造成了堵车，后面的司机开始骂骂咧咧，性急的甚至试图点火驱赶，可老牛不为所动。

后来，牛的主人寻来了，恼羞成怒的主人扬起长鞭狠狠地抽打在瘦骨嶙峋的牛背上。牛被打得皮开肉绽，哀哀叫唤，但还是不肯让开。鲜血流了出来，染红了鞭子，老牛的凄厉哞叫，和着沙漠中阴冷的酷风，显得分外的悲壮。一旁的运水战士哭了，骂骂咧咧的司机也哭了，最后，运水的战士说："就让我违反一次规定吧，我愿意接受一次处分。"他从水车上取出半盆水——正好3斤左右，放在牛面前。

出人意料的是，老牛没有喝以死抗争得来的水，而是对着夕阳，仰天长哞，似乎在呼唤什么。不远的沙堆后面跑来一头小牛，受伤的老牛慈爱地看着小牛贪婪地喝完水，伸出舌头舔舔小牛的眼睛，小牛也舔舔老牛的眼睛，静默中，人们看到了母子眼中的泪水，没等主人吆喝，在一片寂静无语中，它们掉转头，慢慢往前走。

雷的一家栖住在地球上最大的沙漠——撒哈拉沙漠，雷是一头年长的骆驼，有6个子女，在这个全球最恶劣的生存环境里，雷的一家已生存繁衍了不知多少代，作为这个沙漠里为数不多的物种野骆驼，雷的一家人丁兴旺，活着真是一件痛苦并快乐的事。

沙漠深处有一处泉水——半月泉。有水的地方就有生命，水是沙漠动物的天堂。半月泉，顾名思义，它的范围是极其狭窄的，一侧是高高矗立的岩石，另一侧的月牙形边长不超过6米，但它的深度却达80米，说是深井更确切一些。雷的一家隔一段时间就要来此饮水。

那一年，撒哈拉沙漠天气异常酷热干旱，很多沙漠动植物死于非命，半月泉的水位在一点点下降，人们担心雷的一家是否会躲过这场劫难。雷的一家出现在半月泉的时候，人们甚至有点认不出往日风采神韵的它们，只是在见到这一湾碧水的时候，雷的几个幼小的子女才表现出十分兴奋的模样，围着泉水打响鼻。但接下来的事情却让雷十分失望，不管它们如何努力，它们的嘴巴却不能伸达水面，只差半米，它们甚至就可以饮着水了，但这半米，却是生命无法企及的高度。

雷围着自己的子女转悠，几头稍长的骆驼站到了一边，雷叫了几声，似乎在叮嘱着什么，目光中充满依依不舍，几头小骆驼眼里含着泪。这时，只见雷高高跃起，纵身跃入了深潭，"扑通、扑通"，几头骆驼相继跃入，溅起了冲天的水柱。一个美国人目睹了这个过程，他这样写道：这是我见到的生命史上最壮观、最美丽的跳跃！水终于涨起来了，刚好够小骆驼喝。

喝足了水的小骆驼们最后回头看了看半月泉，消失在茫茫大漠深处。

那天夜晚，我读到这个故事，眼里刹那间盈满了泪水。生死关头，几头野骆驼用一种悲壮得近乎完美的方式，让弱小的生命得以保全。真爱无言。我明白了为什么在这个弱肉强食的世界里，还有着那么一些与我们相生相谐的物群，纵使历经万代，也永不泯灭。

一年，生命还剩一年

1953年，美国艾奥瓦州奥托姆瓦市33岁的中年女子露西娅·麦克法兰·弗雷在医院里生下第十个孩子斯蒂芬。产后她发现左乳房里有一小硬块，可她没告诉医生，只是对丈夫伊万说："没什么，可能皮肤有点发炎，回家就能好的。"

五天后伊万和妻子高高兴兴地抱着小儿子回到家里，九个天真可爱的孩子一拥而上，他们好奇地瞅着他们的小弟弟。

露西娅像从前一样，照料着十个孩子和因患关节炎而致残的丈夫。伊万正被病痛折磨着，那弯曲的手指甚至夹不起餐具。

10个月后，露西娅左乳房里的硬快慢慢增大，医生的诊断是：癌症，必须马上切除乳房。手术后，露西娅高兴地回到家里，以为从此不必担惊受怕了。

第二年对于弗雷夫妇来说是艰难拮据的一年。丈夫的关节炎日益严重，一连几个星期卧床不起，家里的积蓄都用光了。可是更大的不幸正等待着这对恩爱夫妻，癌细胞在露西娅的身上扩散了，医生预言，她顶多还能活一年。

医生这番话有如晴天霹雳，但露西娅没有哭，也没有屈从命运的无情宣判。她脑子里只有一个念头：孩子们怎么办？露西娅不忍想象孩子们将因父亲无力抚养而被送进孤儿院的情形，她想世界上好人多，她一定会在最后的时刻到来前，给孩子们找到温暖的新家庭。

伊万无奈地同意了妻子的要求。

在随后的几个星期里，露西娅把将要发生的事告诉了每个孩子。

她跟孩子们说："妈妈要到天堂见上帝去，不能再照顾你们了，但我会给你们每个人找到一个新的妈妈，她会和我一样地爱你们。"

有10个活泼可爱的金发儿童可供收养的消息不胫而走，接着当地报纸也登载了这则消息。一对对夫妻来到露西娅门前。可伊万和露西娅怎肯随随便便地把自己的亲生骨肉送人呢？露西娅定了一份严格的考核表，用以鉴定来人是否是孩子们理想的养父、养母。考核表中的问题有：（1）你会帮助孩子同他的兄弟姐妹保持联系吗？（2）你有一笔固定的收入吗？（3）你们夫妻的婚姻美满吗？（4）你相信教育吗？等等。来访的夫妇即便答卷合格也不能马上收养孩子，但他们可把孩子带回家住几天。孩子回来后，露西娅挨个仔细地询问了各家的情况。3岁的沃沦叫嚷着不喜欢领他走的那个女人，原来那个女人到家后便不准他出声。孩子嘛，总得叫喊几句。

小儿子斯蒂芬是第一个离开家的。

收养他的是艾奥瓦州弗里蒙特县的一对中年农民夫妇，在他们接过斯蒂芬时，露西娅心里一阵痛楚，他毕竟是最小的孩子啊。孩子们直到这时才意识到可怕的诀别就在眼前，可大家都忍住眼泪，在大姐乔安娜的主持下，组成一个家庭委员会，讨论如何使妈妈在为期不长的余生里更高兴些。家庭委员会决定承担大部分家务事。

露西娅这时虽然正忍受着病魔的痛苦折磨，但她却尽量多和孩子在一起玩，教他

超越生命的母爱 | STORY

们画画，做游戏，还领他们出去徒步旅行，采集浆果。

接着要走的是5岁的小女儿琳达，她的养父克利福德·基泽是艾奥瓦州佩拉中心学院的化学教授。他与妻子露丝收养过一个孩子，他叫理查德，已经6岁了，琳达看上去倒是他一个理想的妹妹。感恩节前不久，琳达就告别了父母、兄弟姐妹，她只拿走了一样纪念品———一个用旧灯泡和盐盒子做成的圣诞老人。

衣阿华州金罗斯县附近的一个农庄主阿尔弗协德·约翰逊夫妇曾为别人抚养过六个子女，可他们希望有一个自己的孩子。约翰逊夫妇来到露西娅门上时却难于决定该收养哪一个。孩子们聪明伶俐，稚拙有趣，但其中小姑娘波琳更是活泼乖巧，逗得客人们忍俊不禁。约翰逊夫妇最后决定收养波琳。依照惯例，波琳先到约翰逊夫妇的农庄过了三个周末。当他们给她一头花斑小牛时，波琳高兴极了。回家后，妈妈温和地问她："你想回到那里去吗？"波琳用力地点点头。

约翰逊夫妇正式收养了波琳。一年后人们见到她时，她刚刚织好一块绣花台布。波琳说："这块台布是妈妈在我离开家的那天早上给我的。妈妈嘱咐我说：你要像在家一样，做个好孩子。"

领养乔伊斯的夫妇已经是爷爷、奶奶了，他们的三个孩子都已经成家立业，离开了父母。乔伊斯的新父亲说："我们原来有个女儿，可她在乔伊斯这么大时就不幸夭折了，我们虽然已是桑榆之年，但还渴望有个孩子。"

寒冬临近时，乔安娜、弗吉尼亚、卡尔、小伊万、沃伦、福兰克还没有找到新的家，露西娅的病情日趋恶化，但她仍不愿降低标准。一对富有的夫妇在答卷上写道，"教育无关紧要"，因此被拒绝了。还有一对有钱的夫妇开着崭新昂贵的汽车来到门前想收养沃沦。可他们要切断沃伦与过去的纽带，甚至还要把沃伦的名子改掉，露西娅断然拒绝了他们。她安慰孩子们说："你们不要担心，妈妈一定会给你们找到美满的家庭的。"

不久，家住离奥托姆瓦市200英里以外的一个小镇子上的承包商理查德·汤姆斯同他的妻子来到露西娅家，他们想收养乔安娜。乔安娜是弗雷夫妇的长女，她生性敏慧，小小的年龄就为父母分担忧愁，领着弟妹们伴随着父母度过了艰辛的日日月月。她来到汤姆斯家后过上了舒适的生活。她尽管在妈妈患病期间休学一年，但她发奋刻苦，两年后又成为中学班上的佼佼者。

汤姆斯夫妇领养到乔安娜，不禁庆幸自己交上了好运，接着他们又到处奔波，为弗雷夫妇剩下的孩子找去处。弗吉尼亚、小伊万和卡尔先后在一星期里成了汤姆斯夫妇的朋友和邻居家中的成员。几天后一位年轻的小学校长和他当教师的妻子领走了沃伦。

现在只剩下6岁的福兰克了。福兰克患有癫痫病，露西娅不管和别人怎么解释福兰克有多么可爱也无济于事，谁愿意要个包袱呢？她只有寄希望于社会福利机构了。在随后的一个星期里，她把福兰克送进了一家残废儿童医院。

春夏交接时分，露西娅感觉到自己的时间不多了，她梦绕魂牵，多么希望再见孩子一面啊。她不顾医生和丈夫的劝阻，拎起一只皮箱就上了公共汽车。露西娅挨个来到了9个孩子的新家，她对一切都十分满意。别人都以为她和孩子们一定难舍难分，摧心断肠，可她却谈笑自如，仿佛是一位蔼然可亲的前来走亲戚的姑母。

回来不到一个星期，露西娅带着微笑，无牵无挂地离开了人间，那是1954年6月15日。

葬礼那天，天气十分炎热。露西娅安葬在一面长满青草的山坡上。她的几个孩子和他们的养父母围着坟墓，只有伊万独自一人老远地站在一边。葬礼结束时，他抬起头最后看了孩子们一眼，转身朝着空荡荡的小屋走去。

那年夏天，收养沃伦的夫妇准备迁居加利福尼亚。出发前，他们领着沃伦进行了一次巡回告别访问。最后在儿童医院里，福兰克拉着沃伦的手悲伤地问道："我为什么没有一个新妈妈呢？"

谁能回答他的问题呢？沃伦的父母回到家后，坐在桌边，缄口不言，饭菜也吃不下，两人心中都翻腾着福兰克的那句话。最后妻子打破了沉默说："福兰克是个好孩子，癫痫是脑子受到损伤引起的，其实每个人都会遇到这样的事情，假如我们自己有个孩子，谁又能保证他完美无缺呢？"

就这样，福兰克成了他们的继子，一家四口高高兴兴地到加利福尼亚去了。因为生活安定，福兰克的癫痫发作愈来愈少，病情也愈来愈轻了。

20多年过去了。如今露西娅的孩子们都已长大成人，遍布全美国。

伊万每年都要上露西娅的坟前去看看。他常常坐在坟旁的一棵树下，怀念妻子和过去的生活。他被病痛折磨，却始终沉默着。他坚守和妻子订下的誓约，不去找孩子们。

1966年，伊万参加了一个群众集会。一位妇女带着个4岁的女孩子坐在旁边。

"这孩子多漂亮！"伊万情不自禁地看着她那一头美丽的红发。

"这是莎丽，"那妇女说，"您的外孙女。"

伊万一时不知所措，两眼涌出热泪。

几天以后，乔伊斯带着女儿去探望了父亲。她坚决地说："我们在哪儿分离，就在哪儿重新团聚！"

孩子们长大后，多数都找到了伊万。他们完全理解父亲，他为他们作出了很大的牺牲，贡献并不亚于自己的母亲。1979年，伊万以平静的心情离别了人世。

慈母心声

我们做母亲的有多少次听到孩子这样发牢骚："妈妈不疼我！"可能是他们故意这样缠我，看我的反应。而我又多少次，虽然想告诉他们，自己多么爱他们，却硬起心肠，不说。

总有一天，子女长大，懂事了，懂得母亲的苦心时，我会向他们解释清楚。

孩子，我爱你，所以你一出门口，我就要问你上哪儿去，跟谁一道去，几时回来，唠唠叨叨地问得你发烦。

我爱你，所以明知你结交的那个英俊小伙子是个讨厌鬼，却故意装聋作哑，等你自己去找出真相。

我爱你，所以你偷了别人一块糖咬了一口，我还是命令你把糖送回杂货店，并且让你承认："这块糖是我偷的。"

我爱你，所以一连两小时在旁监视你把卧室收拾好；其实这种家务，我只消15分钟就可以收拾停当了。

我爱你，所以你蛮横无礼、行为乖张的时候，我绝不替你找托词。

我爱你，所以当你参加晚会总是说有长辈在场时，我明知你撒谎，却不介意，还是原谅了你。

我爱你，所以让你受挫折、失败以吸取教训，养成独立自主的能力。

我爱你，所以尊重你的个性，不硬要你顺从我的心意。

不过最难办到的是，有时要忍心拒绝你的要求，即使令你怨恨亦在所不惜。因为我爱你。

寡妇及其儿子

夜幕铺天盖地地遮盖了黎巴嫩北部卡迪莎谷地四周的村落。白天，这里下了雪，把田野和高地变成一片白纸，大风不时在上面留下道道痕迹，又不时把它抹掉。风暴在嬉戏，自然界在发怒。

人们都躲避在家里，动物藏在窝里，一切有生命的都暂停活动。只有严寒肆虐，狂风怒号，黑夜阴森；死神强大，令人生畏。

村中一座孤零零的小屋里，一个女人正在火炉前织毛衣。身边躺着的孩子，一会儿望望炉火，一会儿看看母亲恬静的面庞。正在此时，狂风大作，把房子刮得摇晃不止，母亲忙把孩子搂在怀里，亲吻他，因为他害怕地靠近她，想凭她的抚爱抵御大自然的怒气。母亲把孩子放到膝上，说道："别慌，孩子！大自然是在教训人类，显示威力，相比之下，人类就显得弱小。别怕，在飘扬的大雪、阴沉的乌云和呼啸的狂风后面，有全能的造物主圣灵，他知道田野和山丘的需要。在这一切的后面有一位强者，怜悯、仁慈地注视着渺小可怜的人。别急，我的心肝！大自然春天微笑，夏天大笑，秋天叹息，现在却想哭了。他要用冰冷的泪水滋润泥土下面的生命。睡吧，孩子！等明天醒来，你会看到晴朗的天，田野穿上晶莹的白衣，就像同死神搏斗后的灵魂穿上纯洁的服装。睡吧，儿子！你爸爸正在永恒的舞台上看着我们。多好啊，暴风雪使我们更怀念那些不朽的心灵。睡吧，我亲爱的，经过这些风雪的互相争斗，当四月来临时，你能采摘许多美丽的花朵。人也是这样，儿子，只有经历千辛万苦，才能得到友爱。睡吧，小家伙，甜蜜的梦会降临在你的心上，不必担心夜晚的阴森和刺骨的严寒。"

孩子睁开困倦的眼睛，望了母亲一眼，说道："妈妈，我困得眼睛都睁不开了，我怕做不完祈祷就睡着了。"

慈祥的母亲搂着他，热泪盈眶地望着他天使般的面庞，隔了一会儿，她说："我的孩子，跟我一起说：'主啊！请怜悯穷人吧！请用你的手遮住他们赤裸的身体，保护他们不受严寒的侵害！请看一眼睡在茅草棚里的孤儿，冰雪正冻伤他们的身躯！

主啊，请听听站在街头、在死神的利爪和寒冷的魔掌中挣扎的寡妇们的呼声吧！主啊，请伸出你的手触动一下富人的心，让他们睁眼看看受欺压的弱者的惨状！主啊，请怜悯那些在阴森之夜站在门外的饥肠辘辘的人吧！请你为异乡人指引一个温暖的栖身之处，怜悯他们的孤单吧！主啊，请你看顾那些飞鸟，保护那些遭狂风袭击的小树吧……主啊，愿这一切都能实现。'"

当孩子进入梦乡之后，母亲把他放在床上，用发颤的嘴唇亲了他的前额。然后，她回到火炉前，为他继续织毛衣。

（黎巴嫩）卡里·纪伯伦

独生子娶妇

所谓迎接媳妇的思想准备指什么？又何谓媳妇？再写此类事情虽然觉得不好意思，但想也许还是有必要的。

所谓结婚，就是一个男人和一个女人结为夫妇；女人嫁到一户人家，不是成为该家的媳妇。如果说，男女双方以对等的、横的关系进行生活就是结婚的话，那么，媳妇这个词就是令人费解的，所谓迎接媳妇的思想准备也会令人感到没有意义。虽然如此，但在我的脑海里，做好当婆婆的思想准备和媳妇与婆婆之间上下关系的意识还是存在的。作为一个词语，"媳妇"这个词一直是存在的。我不能不感到：媳妇与婆婆这两个词的关系好像是与人际关系交织在一起的。翻开辞典，读媳妇这一词条，开头就写明是"儿子之妻"，也就是"我儿子之妻"。可见，这不是以结婚者为主的词，而是以父母或家庭为主的词。这就意味着，其人际关系是纵的，婆婆在媳妇之上，是长辈，因此，可以任意支配媳妇。

有一位外国老妇人在迎接过门新娘——儿媳跟自己一起过时说："年轻的女性给我们家带来了光明。"我很想学习这位老妇人在接纳儿媳时的先进意识。但是，很难摆脱媳妇与婆婆这两个词意义本身所造成的框框，虽然我也感到自己迎接儿媳的这种保守思想应做重新考虑。

在我的家只有我和独生儿子两人生活。也就是说，我的家是属于那种世上常说的母子或母女俩生活而不宜娶亲或嫁人的家庭。然而，就是这样一个家庭，现在却需要娶一个儿媳妇。以下，为了叙述方便，将这个儿媳称为K子。

我儿子决定要跟K子结婚后，首先把K子介绍给与我分居多年的他的父亲。当然，这件事对我是保密的。在征得他父亲的同意后，他才对我说，能否见见K子。他还若无其事地说，已经得到了父亲的同意。当时，我非常生气。他曾说过，婚后要跟母亲一起过。这就是说，今后跟他们夫妇生活在一起的是我，而不是他父亲。因此，从常识也好，从人情也好，不都应当首先介绍给我，征求我的意见吗？先介绍给他父亲是毫无道理的，极不正常的。

因而，我没有好气地质问儿子："见了面，我要是说不成，反对，你就不结婚了吗？"对此，儿子只说了一声"不"，轻松地否定了。我本是这样想：只要儿子喜欢的姑娘，即使不称我心，我也不会反对的。因为如果加以反对，就会后患无穷。再说，反对也无济于事。不称心时，不接近她就是了。我说的"要是反对，你就不结婚了吗？"这句话纯是气话，是感到我丢了面子。

儿子似乎也察觉到我的这种心情，说："最难办的先放一放，以后再说，你就先见见她吧。别赌气了。"

到了约好见面的那天，儿子只对我说了一句话："就是她。"便算是向我介绍了。

身穿蓝色厚毛衣裙、外罩白布衫的K子，在自我介绍后便站到儿子身后，向我点头施了一个礼。她的脸庞微黑，两眼瞳仁乌黑闪亮，两腿和两只胳膊修长，看样子很健康。

作为寒暄，我也说了一句请关照的话。接着我说："你是充分地作了思想准备，等待着婆婆虐待媳妇了吧？那就等着吧！"我的话音刚落，只见她一瞬间转动了一下两只大眼睛，举起了双手，作出了投降的姿势。她的这一举动，显得那么天真无邪，使我不禁大笑起来。

姑娘的爽朗和青春的气息使我完全解除了思想武装。我感到思想上受到了一次巨大的冲击。魔术般举起了双手、言外之意"投降"的K子，其言行举止绝不是过去那种媳妇对婆婆的表现，而是以对等的身份和作为一个人面对未来的婆婆的。K子的态度，不管我愿意不愿意，都使我不能不重新认识自己对媳妇的态度。

自打儿子说要跟K子结婚的时候起，我就开始好像在不知不觉中产生了要当婆婆的心情。

　　现在，如果说我心中有了一种要当婆婆的、类似思想准备的东西，那就是我想学习说过"年轻的女性给我的家带来了光明"的那位外国老妇人的见地，始终不渝地创造一个横的平等的人际关系。而且，我想，使这种思想有了更深一层认识的，好像就是Ｋ子那种新鲜的举止言行。

　　在认识Ｋ子一年以后，我试问过Ｋ子："作为我如何当婆婆先不说，作为你过门之后，你认为应当怎样做呢？"对此，她爽快地回答说："总之，我会是一个给你添麻烦的人呢。"此话虽说由于听者不同，也会使人理解成恶意，而心存介意，但因为它出自Ｋ子之口，所以，这种介意便一点也没有了。我大笑说："不会吧。"

　　Ｋ子说："我不知道怎样说才好。过去，只有你们母子俩生活，现在又要加入一个我。我就是从这个意义上说的添麻烦者。但我想，二加一不应是三，而仍然是二。"

　　我说："你的话感人肺腑。但所加进的一究竟是Ｋ子呢？还是我呢？最后被排出的，还是我吧？"

　　"不，不会的，妈妈！"Ｋ子说，"要排除的话就把他排出去好啦。"

　　我想，作为迎接儿媳的思想准备，也许只有这样才是最好的思想准备。

　　那么，为什么需要如此大书迎接儿媳的思想准备呢？这是因为在我花了二十多年的心血营造起来的家庭里，如今又要添进一个姑娘，不出问题反而是奇怪的。既成家庭成员有了变化是理所当然的，在这种情况下，硬要按媳妇过门前那套旧章法行事势必会引起婆媳间的矛盾、争吵吧。这一点不限于婆媳间，小夫妇之间也是如此。在生活中相互耐心地修正彼此的生活轨道才能随着岁月的流逝自然而然地变成相互体谅、融洽的伙伴。但是，是否彼此有相互体谅和修正彼此生活轨道的心——虽然也可能达不到预期效果——就能够如嘴所说、如心所想的那样，很好地相处下去呢？恐怕也未必。我想，这里就存在一个不容易的问题。加入既成家庭的姑娘不容易，迎接儿媳过门的婆婆也不容易。不容易是共通的。Ｋ子尚未跟我生活在一起。这里所写的只能是推测。然而，只要心理上有这点准备不就足够了吗？当我把这个心理准备讲给朋友听时，站在媳妇立场上的朋友付之一笑，不以为然。她说："心理准备没有意义呢。如果说，它有意义，那就作不关心的准备。此外，再没有比这更好的心理准备了。"不论谁，当他或她加入到另一个家庭生活时，似乎都是这样不容易。

　　我常把儿子要结婚的事讲给朋友们听。每当这时，我首先听到的反应不是祝贺，而是问："是住一起，还是不住一起？"当回答说"似乎住一起"时，他们便异口同声地说："那可够受，还是别住一起吧。"四十岁左右的人中，有的是媳妇，有的成了婆婆。不论是媳妇还是婆婆，她们都向我提出忠告："住一起不容易，还是算了吧！"

从K子那边来看，她把自己婚后要跟婆婆一起过的想法说给朋友们听时，据说，她们也似乎感到惊讶，说："你可真好事呢。算了吧。省得日后闹个不欢而散。"总而言之，不论媳妇还是婆婆，他们都是从各自的立场上，像捅了马蜂窝似的，嚷着一起过使不得。更有趣的是，曾经侍奉过婆婆、吃过婆婆苦头的朋友，如今当了婆婆之后，则以婆婆的立场也觉得住在一起不容易，使不得。听了这些话之后，我不禁感到似乎也有必要做好过不好就分居这样一个有条件的同居的心理准备。

究竟哪儿不易？——K子这样问过她的已当了媳妇的朋友。她似乎在想：如果弄清不易之处，在出嫁前就可以做好充分的思想准备。然而，她那位朋友却回答说："总而言之不容易，难处呢。"具体答案却没有指出。与其说没有指出，不如说似乎指不出来。至于尚未当媳妇的朋友们，虽然没有什么体验，没有发言权，但问她时也回答说："似乎很难处呢。"

"哪儿真正不易？其实际问题还是不清楚吧？而且，这好像成了一股风，一股令人感到不易的风。"K子说，"既然如此，那就应当生活在一起体验体验，不生活在一起体验体验，就不会知道呢。"K子的回答不愧为是一个青年人的回答。K子的话无疑是正确的，其不易之处是潜藏在不一起生活便无法知道的共同生活之中的，是"不清楚才不易"的不易，是"总而言之不易"的不易，所以才不易吧。实际上，不易在此是没有实体的，它是由家庭成员在日常生活中相互关联的琐事的积累而产生的。特别是，因为它是家庭成员之间思想方面的联系？所以，不是一个只要写上几条守则，规定应当这样做或不应当这样做就可以解决问题这样一个简单的问题。父母与子女、夫妇之所以觉得能够长期共同生活在一起，就是因为在心灵一隅能睁只眼闭只眼，相互体谅。说过"迎接媳妇的最好心理准备就是不关心"这句话的朋友，向我讲述了她自身这方面的经验体会。

我这位朋友不信神也不信佛。但她婆婆却每天早晚向神和佛合掌祈拜。清晨一起来，她便洁身，然后换神坛上杨柳树的水，又给佛坛上供上新出锅的大米干饭和水。佛坛上还供有她婆婆的丈夫亡灵，即我朋友的公公。我朋友尊重她婆婆的这些活动，在婆婆供上大米干饭之前，决不用手去接触大米干饭。即使想为孩子为上班的丈夫早点吃完早饭，也不动一下。

平时，我朋友一家就这样相处无事。但她婆婆外出旅行时问题便来了。我朋友这时虽然也不触摸神坛、佛坛，亵渎神、佛，但也不给神、佛上供，换水。不是忘了，更不是故意使坏，而是有意识不干。

但是，作为婆婆却是想在自己不在家时也能继续给神、佛上供。但自己不在家，不可能。这时，虽然也想让儿媳代劳，但从平时气氛中也察觉到我朋友的那种心情，故也不便张口。

我朋友对她婆婆想求自己的心情也是理解的，但就是不干。她说："不信神、佛的人就是给神、佛上供也毫无意义。"听完朋友这样说之后，我想：哪怕形式也好，只要尊重对方习惯、信仰不就行了吗？但认真一想，我这种想法过于简单了。处于家庭中的我这位朋友与她婆婆之间的关系是跟整个日常生活联系在一起的。不信神、佛的人（我朋友）所言自有她的道理，因为其本意只要在日常生活中采取守势。如果自己的防线一旦被攻破，那么，她所处的家庭领域就会连续遭到崩溃，而最后卷入婆婆的日常生活中。这样，就不单是神、佛问题了，而是甚至使她完全丧失在家庭中的自己的地位和生活。

我的这位朋友又说：重要的思想准备就是相互不侵犯对方的私生活。但她说，因为这是最大的不易，所以，根本不可能。因此，只能以不关心这一干脆不管的可悲的断然处置法保护着各自的领域。

问题不只如此。还有我朋友的丈夫。丈夫一加进来，问题又复杂了。作为丈夫，他考虑的是，哪怕只在母亲外出旅行期间也好，希望妻子替母亲为神、佛上供，以满足年迈老母这唯一的心愿。他本人也可以替母亲为神、佛上供，但又考虑到让老母感到儿媳是一个好儿媳，如果自己做，就会使妻子感到故意给她好看。这一家三口，本来心里有什么就说出来，问题便很容易解决了，但却都闷在肚里，彼此胡乱猜疑。

为此，我的这位朋友说：倒不如没有丈夫的好。只有婆媳两人时，反而关系和睦易处，容易相互理解。丈夫一进来，就似乎成了三人相互钳制的僵局。我的朋友与她婆婆之间夹着一个丈夫，这就使她与婆婆的关系处于一种无言的险恶的境地。婆婆虽然也可让孩子们代劳，但她总是希望取代我这位朋友。

听了这位朋友的话，我本人在迎接K子的问题上不能不考虑的是，在迎接K子的同时，也必须做好迎接新郎的思想准备。因为，媳妇过门之后，儿子也将开始新的生活。这样，也就应采取一种新的应付的方法。我想，K子过门后，我们家也就成为一个新的家庭。二加一，如果仍然像从前一样等于二的，也许倒是最理想的，但根本不可能。二加一等于三也可，或者年轻夫妇为一，加我等于二亦可。

但是，我想，倒不如把年轻夫妇看做两个人开始新生活更好。这种想法从他们两人决定结婚的时候起就渐渐形成了。也许用不着这样特别区别。但我想，他们决不会像电视剧那样，一直和和美美、恩恩爱爱地生活的。如果加以区别，不是可以从他们的日常摩擦和纠葛中解脱出来吗？

最近，儿子曾对我说："妈妈近来常说啊，知道了，别说了，就把话打住了。"经儿子一提，我也觉得说这种话的时候多起来了。

"你那样一说，话就无法进行了。"——儿子抱怨说。其实，我这样做，是怕问题复杂化，怕事情发展到争吵的地步。跟过去不管三七二十一，凡事非弄个水落石出相比，最近，我只考虑如何防守，如何逃避。我认为，凡事考虑得那么认真，或采取极端的行为，是可怕的。而且，我也懒得那样做，那样劳心费神。只要不发生摩擦，能够保身就挺好了。其实，自从跟儿子两人过的时候起，我说"知道了，别说了"的次数就开始多起来了，虽然我们的日子过得不是那么富有积极性、建设性。就是现在添了一个K子变成三个人的时候，在我的意识里也不能不感到，是采取了一种守势。在跟他们一起闲聊时，有时忽然感到：现在是人家小两口谈话，自己还是别插嘴吧。

有意识闭嘴虽然也觉得凄然，但我想，这对今后三个人生活却是非常重要的。不仅仅我，就是我跟儿子谈话时，我也往往感到K子似乎考虑到关系，也不从旁插嘴。

我没有从儿子的言行中感到什么特别的体贴。他有他的一种体贴人的方式吧。成人相聚开始一种新生活时，这种程度的体贴、关怀当然谁都想要。即使生活彼此习惯了，也需要恪守一种最低限度的关怀。我自己说给自己听听不可想得太天真。告诫自己：对对方的期待也不可过高。

前面所写，是K子来我家后一个新家庭的开始。但是，过去家庭的似乎已经习惯了的生活方式也会不可避免地给新的家庭带来影响。这，也是一个现实问题。

在儿子临近结婚前，今天早晨，我清扫了他们婚后生活的场所——二楼。这里，一个房间是儿子现在住的，用不着我来清理，他们会收拾得婚后住起来舒舒服服的。还有一个房间就是我日常使用的起居间。里面放有衣柜、缝衣机。必须把这些东西归到什么地方去。眼下，一楼是我生活的大本营，但要想把东西搬到楼下，也是没有地方。但不论如何，必须设法为K子创造出一个生活的空间。

K子的新家具搬进来之后，跟我家的旧家具形成了鲜明的对照，望着这些新旧家具，使我又一次考虑到：迎接儿媳也就是这样一些具体问题吗？

我望着望着，不禁深深感到：我的家具真是太旧了，与K子的崭新、连一个伤痕都没有的新家具相比，我的家具却是伤痕累累、破旧不堪！可见，新旧之差是多么大啊！如果因无处可放，就原地不动摆在K子的新家具中的话，那将是多么不谐调、不雅观啊！

一个旧家庭添进一个新人，其情形也是如此。正如这新旧家具一样，不论你如何做好思想准备，总是有新人旧人之分。具有新旧两种体系的新家庭的开始，如果只付出一般努力恐怕是无济于事的。但是，在生活过程中，K子的新家具和我的旧家具之间的差别也许会逐渐缩小，最后浑然成为一体，再也分辨不出来了。一个新家庭中的新旧之人的差别也会如此吧。

朋友们以期待的心情关注着我们新家庭的形成。我本人早在一年前就已经这样期待了。

虽说如此，当前的问题是，我必须把那些旧家具处理一下。当然，留哪个，扔哪个，在选择上也是有困难的。

月光从洗澡间天窗照射进来。给我的感觉它追赶的仅仅是太阳光。我望着天窗外的夜空，只见残月当空，朦朦胧胧。这个月亮少了一少半，缺的是下侧。我眼散光，所以，看起来它似乎是一个重叠的弧形。所缺部分似乎也正是那重影的部分。明天会不会有雨呢？

（日）林京子

母性

雌蜘蛛沐浴盛夏的阳光，在红月季花下凝神想着什么。

这时空中响起振翅的声音，突然一只蜜蜂好像摔下来似地落在月季花上。蜘蛛猛地举目望去。寂静的白昼的空气里，蜜蜂振翅的余音，仍然在微微地颤动着。

雌蜘蛛不知什么时候蹑手蹑脚地从月季花下边爬出来。蜜蜂这时身上沾着花粉。向藏在花芯里的蜜把嘴插了进去。

残酷的沉闷的几秒钟过去了。

在红色月季花瓣上，几乎陶醉在花蜜里的蜜蜂后边，慢慢地露出雌蜘蛛的身子。就在这一刹那蜘蛛猛地跳到蜜蜂头上。蜜蜂一边拼命地振响着翅膀，一边狠狠地螫敌人。花粉由于蜜蜂的扑打，在阳光中纷纷飞舞。但是，蜘蛛死死咬住不松口。

斗争是短暂的。

不久蜜蜂的翅膀不灵了，接着脚也麻痹起来。长长的嘴最后痉挛着向天空刺了两三次，这就是悲剧的结束。是和人的死并无不同的残酷的悲剧的结束。——一瞬间之后，蜜蜂在红月季花下，伸着嘴倒下去了。翅膀上，脚上，沾满了喷香的花粉……雌蜘蛛的身子一动不动，开始静静地吸吮蜜蜂的血。

不知羞耻的太阳光，透过月季花，在重新恢复起来的白昼的寂静中，照着这个在屠杀和掠夺中取胜的蜘蛛的身子。灰色缎子似的肚子，黑玻璃一般的眼睛，以及好像害了麻风病的、丑恶的硬邦邦的节足——蜘蛛几乎是"恶"的化身一般，使人毛骨悚然地抓在死蜂身上。

这种极其残酷的悲剧，以后不知发生了多少次。然而，红月季花在喘不过气的阳光和灼热中，每天仍在斗艳盛开……过了不久，蜘蛛在一个大白天，忽然想起什么似地钻到月季的叶和花朵之间的空隙，爬上一个枝头。枝头上的花苞，被地面酷热的空气烤得将要枯萎，花瓣一边在酷热中抽缩着，一边喷放着微小的香味儿。雌蜘蛛爬出这里之后，就在花苞和花枝之间不断地往还。这时洁白的、富有光泽的无数蛛丝，缠住半枯萎的花蕾，渐渐又缠向枝头。

不一会工夫，这里出现了一个好像绢丝结成的圆锥体的蛛囊，白得耀眼，在反射着盛夏的阳光。

蜘蛛做完了巢，就在这华丽的巢里产下无数的卵。接着又在囊口织了个厚厚的丝垫儿，自己坐在上面，然后张起类似顶棚的像丝一样的幕。幕完全像圆屋顶，只是留一个窗子，从白昼的天空把凶猛的灰色的蜘蛛遮盖起来。但是，蜘蛛——产后身体瘦弱的蜘蛛，躺在洁白的大厅中间，月季花也好，太阳也好，蜜蜂振翅的声音也好，好像全忘记了，只是专心致志地在沉思着。

几周过去了。

这时蜘蛛囊巢里，在无数蛛卵中沉睡着的新生命苏醒了。对这件事最先注意到的是在那白色大厅中间断食静卧的、现在已经老了的母蜘蛛。蜘蛛感觉到丝垫下面不知不觉地蠢动着的新生命、于是慢慢移动着软弱无力的脚，咬开把母和子隔离开的囊巢顶端。无数的小蜘蛛不断地从这儿跑到大厅里来。或者不如说，是丝垫变成了百十个微粒子在活动着。

小蜘蛛马上钻过圆屋顶的窗子，一哄拥上通风透光的红月季的花枝。它们的一部分拥挤在忍着酷暑的月季的叶子上，还有一部分好奇地爬进喷着蜜香的层层花瓣的月季花里去，另有一部分已经纵横交错于晴空之中的月季花和月季枝之间，开始张起肉眼看不清的细丝。如果它们能叫的话，在这白昼的红月季花上，一定会像挂在枝头的小提琴在风中歌唱那样，鸣叫轰响。

然而，在这圆屋顶的窗前边，瘦得像影子似的母蜘蛛，寂寞地独自蹲在那儿。

不只这样，而且过了好久，连脚也一动不动了。那洁白大厅的寂寞，那枯萎的月季花苞的味儿，生了无数小蜘蛛的母蜘蛛，就在这既是产房又是墓地的纱幕般的顶棚之下，尽到了做母亲的天职，怀着无限的喜悦，在不知不觉之间死去了。——这就是那个生于酷暑的大自然之中，咬死蜜蜂，几乎是"恶"的化身的女性。

给女儿的一封信

我心爱的安迪：

看着你，真不知如何用语言来表达我的感情。你生在八月，还太小，不懂我的话。可是，现在我要把思绪写下来。我知道，会有你能明白的那一天。

一个女儿对于母亲的意义，怎么说呢？你总是让我激动。15年沉迷在心爱的工作之后，如今，我唯一心系的就是你的幸福了。你是那么珍贵，那么重要。请永远记住这一点。即使有一天你会惊奇，有人让你惊奇的，也要记住。

当你父亲和我决定生下你，人们问为什么要让这个孩子出世呢，你有百分之五十的可能遭受与我同样的不幸。这是一种称为"异指"的残疾。我们的手脚都与众不同，手指和脚趾发育欠全。你的外祖母、大舅舅同我们一样，而你的姨妈、小舅舅却不这样。

　　但是，自从发现有了你，我和你父亲多高兴啊。我们盼了好久！当透视显示你与我一样时，人们问我是否考虑流产。我知道这个建议并不存伤害，就像你将会遇到的一样。安迪，我们总是不停地成为那些身体健全的人们在电视、杂志上，在茶余饭后谈论的对象。

　　这议题似乎是：一个完美无缺的身体是值得称颂的。可这观点不对，它浪费人们的时间和精力，更亵渎人们的爱。对你父亲和我，以及所有亲朋好友来说，自见你第一眼，你就是美丽无憾的。"完美"一词太具欺骗性，太主观。身体的完美只是去定义一个人的躯壳，而不是他的灵魂。上帝所见的是人的内在：我们对待别人的行为、工作娱乐的精神，面对生活挑战的态度。可遗憾的是，许多人的"完美"概念并不包含这些最重要的做人的品格。

　　我相信上帝在地球上造就的每一个人都自有其独特的目的，虽然我们得花些时间才能明白。四岁时，我对母亲说我要当电影明星。她轻轻地指出那不太现实。停了停，又说："不过，如果你尽力，你坚信，就能成为所希望的人。"

　　是会有障碍，安迪，可也有梦想驱使我们前行。我的梦想曾动摇过。那是刚入幼儿园，一些男孩子盯着我的手，交头接耳。你的外祖母要我对他们说，我生来就这样。这并不伤害自尊心。接着情况就好起来了。她说："忘掉你自己，别人会更好地接受你。"

　　就这样，我的父母鼓励我和哥哥上前与人握手。我们学会自然，自信地接近别人，而人们也友好地回应着。

　　像我父母帮助我一样，我和你父亲也想帮助你。在明尼苏达州的奥斯汀市，我生长的地方，我父亲奥拉芙·尼尔逊每天在他的"微风"加油站忙碌。母亲一手拉扯大了四个孩子，又成为加油站的会计。每当我请求分担家务，她会笑咪咪地递把扫帚给我。当然，我还可以吸尘、掸灰、洗盘子……

　　你会发现你的青少年时代很艰难，因为感情那么脆弱。我上高中，就像置身感情的雷区，处处小心翼翼。为弥补与众的不同，我争当晚会的主角。我开自己的玩笑，甚至给自己贴上标签："防爆防燃广告女郎。"我讨厌穿滑稽的"米老鼠"靴。硬把双脚塞进别的女孩子那样的鞋。

　　即使走起路来疼痛难忍也不顾。

　　到了大学一年级，学校一名出众的男生对我产生兴趣。于是我就想，我已经扫除了所有的障碍。他约我外出，我激动得发抖。我们约会了将近一年，直到有一天，我的世界崩溃了。那天，我刚打开门，两个女朋友冲进来，嚷道："我们刚才听到的好可怕。"

我背过身，料想不过又是哪个闲话罢了。

"你的男朋友在背后叫你'龙虾爪子'。"一个脱口而出。

接下来听到的差点没叫我呕吐出来。

"他的朋友怂恿他约会你，然后告诉他们和你拉手的滋味。"另一个说。

这不是真的，我想，是她们撒谎！我要找那家伙算账。

他低着头，承认那是真的。又看着我，说他的确爱上了我，乞求这不改变我们的关系。

可是已成伤害，以后两年我不许自己信任任何男孩子。因为对自身外表过分敏感，我开始把手藏进衣袋。这时，你外祖母对我说了这样意味深长的话："手缩进袋里，你永远爬不上成功的梯子。"

就这样，往事留给了我宝贵的教训。我希望你也从中汲取你真正的朋友将是那些看重内心并接受异常身体的人。你会找到他们，因为我知道你就会成为你自己真正的朋友。我相信你会有许多好朋友的。

安迪，一个好朋友必须深入看待你。我们无须求别人理解。理解并不自发产生，而要经努力才能得到。我开始明白我们每个人都这样那样地受到制约，并不总是身体上的，在于我们待人的观点或待己的态度。有人感觉沉重，有人怨恼自己的头发，有人哀叹生不逢时……错误的念头束缚了他们。

安迪，不要让外界告诉你你能做什么。高中时我想学打字，被拒绝只为了不拖全班的进度。于是，我借了朋友的打字机开始自学。时光易逝，你不能就那样被阻挡，还有好多障碍等着呢。

我永远难忘我的明星梦。但我又发现了更为吸引人的东西：新闻。是校刊和年册启发了我。我要做记者。到电视台工作便成了我的理想。可我明白，机会于我微乎其微。瞧电视上那些女士多么"完美"（哦，又出现这个词了）。我只得把目标对准广播电台。

我选了些有关广播电视的课程。然后将录音带寄给全国各地几家电台。我的第一个工作是通过电话在堪萨斯市立电台找到的。但当节目主持见到我时他紧盯着我的手，怀疑我怎能操纵得了演播台上的按钮，而那不过是最简单的手工活。无须多言，我已觉察他的犹豫。于是我就做了一直努力练习的动作，让他看。以后四年，我便一直从事心爱的电台工作，从堪萨斯到纽约，最后到圣地亚哥。

我依然深知，电视的梦想成真之前我不能完全满足。我决定孤注一掷。先是一次次失败，几乎让人心灰意冷。一些电视台只是轻率回绝，不讲任何缘由。另一些电视编导则摇着头，说："遗憾！你的手分散观众注意力。"

可我从未放弃过，安迪，我不停地求职于圣地亚哥一个又一个电视台。花了一年半时间转了个大圈，最后"KG"电视台的新闻主持伦·迈尔恩先生让我成了消费者专栏的记者。我知道他们没有先例让有缺陷的人上镜，用我只是尝试。

三周后，我开始感到不安。在KG电视节目中首次亮相，我戴着仿指手套。它看起来几可乱真，但我却觉得非常虚假。我岂不成了木偶。屏幕上我的身体语言又僵硬又呆板。

我不抱怨。你必须懂得在电视上报道新闻的机会可是介于零和无限之间的。我不需要抱怨。我的新闻主持人察觉到我的不安。

"是这手套，"我告诉他，"让我觉得好像戴着面具。"

他说："摘下它吧。到镜头前去，让我们看看又会怎样。"

我感到宽慰，更感到惊慌。我想我的电视生涯就在此一举了。观众否定的信和电话将永远刺破我的梦想。

那天晚上五点播新闻，我赤手出现在屏幕上。接下来，便是等待。

电视台电话交换机的指示灯亮了。信，雪片般飞来。每个电话和每封信都肯定了我。许多人赞叹我显现出真实的自我。更有甚者，根本没留意我的手，对我的表现慷慨地给予了"自然"的评价。

而这，就是我为你所祈祷的。我心爱的安迪，我要为你的勇气和信心祈祷，为你的梦想和努力祈祷，为你的和别人的爱心祈祷。

愿上帝保佑你。我深深爱你。

你的母亲贝蕾

（美）贝蕾·沃尔克

超越生命的母爱 | STORY

妈妈，别难过

杂货铺就要关门下班了，阿尔弗雷多·希金斯穿上外套正准备回家，刚出门就撞上了老板卡尔先生。他上下打量了阿尔弗雷多几眼，用极低的声调说："等等，阿尔弗雷多，就一会儿。"他说得那么小声，这反倒让阿尔弗雷多不知所措了。

"怎么了，卡尔先生？"

"我想你最好还是把兜里的东西留下再走。"卡尔先生说。

"什么……什么东西？我不明白您在说些什么。"

"一个粉盒、一支口红，还有至少两支牙膏。阿尔弗雷多，别装了。"

"我真不明白您是什么意思。"阿尔弗雷多回答道，"您要不就是说我疯了吧……"他的脸腾的一下红了。卡尔先生还是用冷峻的目光盯着他。阿尔弗雷多完全乱了阵脚，他不敢正视老板。又过了一会儿，他把手伸进口袋交出了东西。

"小偷，嗯？阿尔弗雷多。"卡尔先生说话了，"好吧，小伙子，现在告诉我，你干这种勾当有多久了。"

"头一回，卡尔先生，我发誓。我以前从没从店里拿过任何东西。"

卡尔先生几乎没等他说完，就插话道："还想撒谎，嗯？不错，我看上去是那么傻，不是吗？我连自己店里的事都糊里糊涂，嗯？我警告你！你这么干已经很久了。"卡尔先生脸上的笑容古怪极了。"我不喜欢叫警察，"他说，"不过我想打电话给令尊大人，告诉他我要把他的宝贝儿子送进监狱。"

"我爸爸不在家。他是印刷工，晚上上班。"

"那么谁在家？"卡尔先生问。

"我妈妈，她在家。"

卡尔先生已经走到电话跟前。阿尔弗雷多越害怕，他嗓门就越高，好像是在显示自己无所畏惧似的。多年来，每次碰上这样的事他都是这样，阿尔弗雷多的声音完全憋在喉咙里："请等一会儿，卡尔先生。这事跟别人没关系，您用不着告诉她。"阿尔弗雷多尽管在大声说话，但声音还是像小孩子一样小得可怜。他盼着家里快来人把他救出去。卡尔先生已经在跟他母亲通话了。他通知她赶快到杂货铺来。

阿尔弗雷多想象着妈妈待会儿迫不及待地闯进门来，怒气冲冲，眼里噙着泪花。他想上前解释，可她一把推开了他。噢，那太难堪了！尽管如此，阿尔弗雷多还是盼着妈妈快来，好在卡尔先生叫警察之前把他接回去。

屋里两个相觑无语。终于，有人敲门了，卡尔先生开了门。

"请进，希金斯太太。"他脸上毫无表情。

"我是希金斯太太，阿尔弗雷多的母亲。"希金斯太太大方地做着自我介绍，笑容可掬地和卡尔先生握手。

卡尔先生被这个妇人的表现怔住了。他怎么也没想到她会那样的从容不迫，落落大方。

"阿尔弗雷多遇到麻烦了，是吗？"她问。

"是的，太太。您儿子从我店里偷东西。不过都是些牙膏、口红之类的小意艺儿。"

"是这样吗，阿尔弗雷多？"她看着儿子，话音里带着伤感。

"是的，妈妈。"

"你干吗要干这种事？"她继续问。

"我需要钱，妈妈。"

"钱？你要钱有什么用？跟坏孩子学坏吗？"

希金斯太太转过身来，在卡尔先生肩上轻轻拍了拍，就像她非常理解他那样，然后说："要是您愿意听我一句话的话……"语气坚定，但突然又停住了，她头转到了一边，好像不该再往下说了。"您打算怎么处理这件事呢，卡尔先生？"希金斯太太说着又转过身来，依然笑容可掬地望着他。

"我？我本想叫警察，那才是我该做的。"

"叫警察？"她反问道。

"是的，是这样的，希金斯太太。"卡尔先生说。

"我本来无权过问我儿子的事情，不过我总觉得对于一个男孩来说，有时候给他点忠告比惩罚更有必要。"

阿尔弗雷多觉得，今晚妈妈好像完全是个陌生人。你瞧，她笑得那么自然，和蔼可亲。

"我不知道您是否介意让我把阿尔弗雷多带回去，"她补充道，"他看上去个头儿倒不小，可像他这么大的孩子有头脑的没几个。"

卡尔先生原以为希金斯太太会被吓得六神无主，一边流着泪，一边为她儿子求情，但事实太出乎意料了。她的沉着反倒使他自己感到很内疚。过了片刻，他摇了摇头，心里暗暗佩服这个女人。

"当然可以，"他说，"我不想太不近情理。现在我告诉您我的决定：告诉您儿子别再上这儿来了，至于今晚的事嘛……就让它过去吧。您看这样行吗，希金斯太太？"卡尔先生激动地握着希金斯太太的手说，"认识您很高兴，我不会忘记您是个好人的。非常遗憾我们只能以这种方式见面，请相信我这么做都是为了阿尔弗雷多好。"

"这总比永远不认识好，"她说，"晚安先生！"

他们的手紧紧握在一起，就像交情深厚的老朋友一样。

"晚安，希金斯太太，非常抱歉。"

希金斯母子俩走了。他们沿着大街走着。希金斯太太迈着大步，眼睛直勾勾地盯着前方。两人都默默无话。过了一会儿，阿尔弗雷多终于忍不住开口了："感谢上帝，结果是这样！"

"再也不会有了，你已经叫我够受的了。求你安静一会儿，别说话。"

到家了。希金斯太太脱了外套，看也不看儿子一眼。

"你不是好孩子，阿尔弗雷多，上帝饶恕你吧！闯祸，闯祸，除了闯祸你还会什么？没完没了！还傻愣着干什么？睡去吧。今晚的事别告诉你爸爸。"说完她进了厨房。

阿尔弗雷多躺在床上，听见母亲在厨房里。

"妈妈太伟大了！"他自言自语道。他觉得应该立即去对她说她有多么了不起。

他起身进了厨房，看见妈妈在喝茶。但那情景，让他大吃一惊。她坐在那儿失魂落魄，一张脸像被吓掉了魂一样难看，根本不是杂货铺里那个沉着冷静的妈妈。她颤抖地端起茶杯，茶溅到了桌上；嘴唇紧张地抿着。妈妈一下子老了许多。

阿尔弗雷多一声不吭地站着。他突然想哭。从那双颤巍巍的手上，那一条条刻在她脸上的皱纹里，他仿佛看到了妈妈内心所有的痛苦。他忽然意识到自己长大了。

今晚阿尔弗雷多第一次认识了妈妈。

（美）莫利·克拉汉

她记得

我妈是你能遇到的人中最体贴、最好心肠的那一种。她生性开朗而口齿清晰，愿意为别人做任何事。我们的关系很亲密。但她的脑部因受到老年痴呆症的摧残，意识也渐渐不清楚了。10年前她就这样慢慢离开我们。对我来说，那是一种持续性的死亡，一种逐渐式的逝去和一个经常沉浸在悲哀中的过程。虽然她几乎失去了自理能力，她至少还认识她身边的家人。但我知道连最后这个能力也将改变的那一天终究会来。两年半前，那天真的来临了。

我的父母几乎每天都来看我们，共享快乐时光，但忽然间我们失去了这样的联系。我的母亲不再认得我是她的女儿了。她会告诉我爸说："噢，他们真是好人！"我竟变成"好邻居"中的一员。当我拥抱她道别时，我会闭起眼睛想象她还是几年前的那个妈妈。我会沉浸在36年来每一种贴心的感动中——她温暖的身体、她的拥抱和她独特的温柔与甜蜜的气味。

这种病并非是我难以应付与接受的，我正度过生命中最难熬的时光，特别感到需要母亲。我为我们俩祈祷，并在祷告中表明我是多么需要她。

仲夏的某个下午，当我在准备晚餐时，我的祷告应验了，我十分诧异。那时我的父母和丈夫正在外头天井边，我的母亲忽然跳起来，像被闪电击中一样。她跑到厨房，轻轻地从后头抓我，让我转过身来。她的眼睛中神志清醒，似乎超越了时间和空间，泪光盈盈、充满感情地问我，我是不是她的孩子？感动得难以自抑的我哭了，是的，是真的。我们互相拥抱，不愿让这奇妙的时刻流走。她说她觉得我很亲近，我是个好人，忽然间她就明白我是她的孩子。我们感到轻松、愉快。我感谢上帝给我这样的礼物，不管它持续多久。我们被赐予了这种可怕疾病的缓刑，再次有了特殊的联结，她的眼中恢复了遗失许久的光芒。

虽然我母亲的病况继续恶化，但从那甜蜜夏日下午之后一年她仍记得我是谁。她给我一个特别的表情与微笑，似乎在说："我们正拥有一个别人不知道的秘密。"几个月前当她在这儿时，我们还有一位客人。她摸着我的头发骄傲地告诉他："你知道

超越生命的母爱 | STORY

她是我的孩子吗？"

（美）丽莎·鲍伊

走进亮光中

在6年前，加州基尔罗伊市的特产仍是大蒜，有个小天使在那儿诞生了。珊侬·布拉斯对她的母亲萝莉来说是个奇迹。几年前，医生早就告诉萝莉她不可能再有小孩。而她却怀了双胞胎，三个半月时其中一个胎死腹中。小小的珊侬第一次展现了她不放弃生存的勇气。两岁半时，珊侬被诊断患了癌症。她的医生说她活不了太久，但凭借着爱与决心，她活了更多年。

珊侬患的是生殖细胞癌。每年7500个患癌症的孩子中只有75个患的是生殖细胞癌，医生们必须从她的骨盆中抽取骨髓。

珊侬在接受骨髓移植前经历了两年的化学疗法。那是一个威胁生命且不能预测结果的手术。骨髓移植和接近致命的化学疗法使她徘徊于生死之间。

医生说在化学疗法之后她会终生瘫痪不能走路。但她在重量仅27磅时竟能行走。萝莉说："孩子们的生存意志真是不可思议。"她的勇气自始至终都很惊人，她以顽强的斗志宣示她永不放弃。珊侬还因此在圣塔克拉拉的美的盛会中得到一个奖杯，以鼓励她不屈不挠的勇气。

珊侬的父亲赖瑞，在一场摩托车事故中折断了背脊、脖子和双腿，变成全身瘫痪——正与珊侬的病被发现时差不多时间。赖瑞在白天和珊侬一起留在家中，他说："她有强烈的生存意志，她会证明人们错了。"

萝莉说，她的家人活在希望中。你看着珊侬时，绝对不认为珊侬知道她快要死了。她总是精力十足，充满对她周遭事物的关心与爱。当珊侬在斯坦福医疗中心住院时，短短几年间，死亡把她最好的朋友都带走了，她失去的好友比任何年长的人在一生中所拥有的朋友还要多。

在珊侬最难熬的时期，她常在夜里惊醒，坐直了身子，紧抓着她的父母，她要求她的母亲别让她到天堂去。萝莉只能以沙哑的声音回答："天哪！我多么希望我可以答应你。"

有时她甚至是个小讨厌。有天她跟她妈妈到杂货店去，有个友善的人对她们开玩笑："你把这个小男孩的头发剪太短了！"珊侬则不带攻击意味地回答："先生，你知道吗？我是一个患了癌症、快要死的小女孩。"

有天早上，珊侬不断地咳嗽，她妈妈说："我们必须再到斯坦福去。"

"不，我很好。"珊侬坚称。

"我认为我们必须去，珊侬。"

"不，我只是感冒而已。"

"珊侬，我们非去不可！"

"好吧，但只能去3天，否则我会搭便车回家！"

珊侬的不屈不挠和乐观精神让有幸在她周围的人觉得生命充满意义。

珊侬在意的并不是她自己和她的需要。当她病恹恹地躺在病床上，她还会跳起来帮助她的室友，倾听他们的需求。

还有一天，她看见有个满面愁容的陌生人走过她家，她就冲出门外，递给他一朵花，祝他有快乐的一天。

某个星期五下午，珊侬躺在斯坦福儿童医院，盖着她温暖的旧毯子，不住地呻吟。麻醉作用消失，她打嗝且呜咽，但她却为了周围人的安宁强忍痛苦。

她张开眼皮的第一个问题就是问她妈妈："你好吗？"

"我很好，珊侬。"她妈妈说："你好吗？"

在打嗝和呜咽结束后，她回答："我很好。"

在他们的家庭保险不够支付她的医药费时，珊侬直接和当地的基金筹措人打交道。她走进基尔罗伊罐头工厂，走向她所看到的每一个人，并和他们谈话。她对每个人都充满了爱心，从没注意到人们有什么不同。最后她这么说："我患了癌症，可能会死。"之后，当这个人被问到他是否会为珊侬贡献他们罐头工厂的罐头时，他说："给她她要的任何东西！"

珊侬的母亲对珊侬和其他患了绝症的孩子有如下看法：

"他们用心度过短暂人生。他们本身自然重要，但周围世界更重要。"

4岁时，小天使珊侬在生死线上挣扎，她的家人知道到了她该离去的时候了。聚在她床缘的家人，鼓励她走向通往光的隧道。珊侬回答："太亮了。"有人要她走向有天使的那条路，她回答："他们唱歌唱得太大声了。"

如果你路过基尔罗伊看到小珊侬的墓碑，你会读到她家人写的话："愿你和其他天使们手牵手。这世上没有任何东西可以改变我们的爱。"

1991年10月10日，在基尔罗伊当地的报纸《快递报》上，刊载了12岁的丹米安柯·达拉在珊侬去世前写给她的信：

走向亮光，珊侬，比你先走的人充满期待地在等你。他们会敞开双臂欢迎你，以在地上或在天堂中最让人感到愉快的爱、欢笑和情感来欢迎你。珊侬，那儿不再有痛苦，更不会有悲伤。进入光亮之中，你可以和过去你正奋力对抗癌症和聪明地躲开死神的手时神秘失踪的朋友玩耍。

还留在地上的人一定会深深怀念与众不同的你，你会活在他们的心灵里和精神中。人们都认识你，因为你使他们更亲密。

最让人惊讶的是，不管你的面前有什么问题，有多少艰难的障碍，你不断让自己更有力量来打败它们。但可悲的是，最后的审判打败了你。虽然我们舍不得你离开，但我们仍赞叹你的勇气。你最后终于体会到做个普通小女孩的自由，且知道你已做了比我们大多数人更多的事。

被你感动的心永不会失去爱的感觉。所以，珊侬，如果你忽然发现你走在黑暗的通道中，只看得见一丁点光亮，记得我们，珊侬，并勇敢走向光。

（美）多娜·罗亚布

早上见

因为我母亲及她的智慧，使我免于死亡的恐惧。她是我最好的朋友和最伟大的老师。每次我们分开前，不管是不是到了晚上，还是其中一个人就要去旅行，她总会说："早上见。"那是她常挂在嘴边的承诺。

我的外祖父是牧师。当时，就在世纪交接之际，任何一个教会的人去世，尸体都会放在牧师家的大厅里。对一个8岁的女孩而言，这可是最令人恐惧的。

有一天，我外祖父把我妈抱起来带到大厅里，并要她摸着墙壁。

"芭比，你感觉如何？"他问。

"嗯，又硬又冷。"她回答。

然后他把她带到棺材边，说："芭比，我要求你做一件最困难的事。但若你做到了，你就不会害怕死亡。我要你把手放在史密斯先生的脸上。"

因为她爱自己的父亲而且完全信任他，所以她就照着做。

"什么感觉？"我的外祖父问。

"爸，"她说，"感觉像墙壁。"

"这就对了，"他说，"这是他的旧壳，我们的朋友，史密斯先生搬家了。芭比，你没有必要害怕一间旧房子。"

这一堂课对她影响很大，使她对死亡毫无所惧。在她离开我们的8个小时前，她还提出了一个不寻常的要求。

当我们站在她床缘强忍泪水时，她说："别带鲜花到我的坟上，因为我不会在那儿。当我舍弃这个身体后，我会到欧洲去。你们的爸爸留不住我。"房间里爆发出一阵笑声，那个晚上再也没人掉眼泪。

当我们吻她和她道晚安时，她微笑道："我们早上见。"

第二天清晨6点15分，我接到医生的电话：她已经动身前往欧洲了。

两天后，我们在父母的房子里整理母亲的遗物，我们看到她所写的堆积如山的档案。我将它们打开来时，有张纸飞落在地上。

它写着如下的诗篇。我不知道那是她的原作还是她所钟爱的其他诗人的作品。我只知道它是唯一掉下来的一张纸，上面写道：

当我死去，把我留下的给孩子们。

如果你必须哭，为走在你身旁的弟兄哭泣。

把你的手臂拥着任何人，就像拥着我一样。

我想留给你一些东西，

比文字和声音更好的东西。

在我认识和我所爱的人身上看见我的存在。

如果没有我你活不下去，那么让我

活在你的眼里、心里和善行里。

你可以更爱我——

心手相连让孩子们得到自由。

爱不会死，人会。

所以我所留下仅有爱……

让我走……

爸和我相视而笑，因为我们感觉她就在我们身边，早晨又再度来临了。

（美）约翰·韦恩·希许拉特

爱从未离开你

我在一个非常平凡的家庭长大，有两个兄弟和两个姐妹。虽然我们当时很穷，爸妈还是会在周末带我们出去野餐、去动物园玩。

我妈是个充满爱心与关怀的人。她随时随地都准备要帮助别人，也总是把迷路和受伤的动物带回家。即使她得照料5个小孩，她还是有时间助人。

回忆孩提时候，我总感觉我的父母不像是一对有5个小孩的夫妻，而像新婚燕尔般充满亲爱。白天他们和我们消磨，晚上则是他们相处的时间。

1973年5月27日那晚，我在睡眼中被他们回家的声音吵醒了，他们是和朋友一起出门的。她们一直笑，一直闹着玩，直到我听到他们上了床，我才转身睡回笼觉，但整个晚上梦魇连连。

翌日，彤云密布，我起了床，但母亲还没起来，所以我们各自打点好准备上学。一整天，我都感到很空虚。回家走进房子时，我说："嘿，妈，我回来了。"却没有回答。

房子看上去既冷又空。我好害怕，一边发抖，一边走上楼到爸妈的卧房。门只打开了一条小缝，看不到里头。

"妈？"我推开了门，以便看清整个房间，却发现我妈躺在床边的地板上。我企图摇醒她，但她却没醒。我猜她死了。我转身离开房间，下了楼，坐在沙发上发起呆来，直到我大姐回家来。她看我呆呆坐在那儿，忽然间就冲上楼去。

我坐在大厅，看着我父亲对警察说话。救护车来了，把我妈放在担架上抬走。我只能坐在一边看，甚至哭不出来。我从来不认为父亲像个老人，但当我看着他时，他看来苍老无比。

1973年5月29日，星期二，是我的11岁生日。没有人唱生日快乐歌，没有蛋糕和宴会，我们只是围着餐桌静静坐着，看着我们的食物。那是我的错。如果早点回家，她就不会死了。如果我再长大点，她就会活着。如果……

多年来，我对母亲的死一直怀有罪恶感。我想到一切我应该可以挽回的事。对她来说我是个难缠的孩子。我真的相信，因为我爱惹麻烦，所以上帝惩罚我，带走我的母亲。最困扰我的是我从没机会说再见。我不能再享受她温暖的怀抱，闻她甜蜜的香水味或在道晚安时感觉她温柔的吻。我认为一切都是给我的惩罚。

1989年5月29日：我的27岁生日，感觉既寂寞又空虚。我还没有从母亲死亡的阴影中恢复过来，还是陷在错综的情感中。我对上帝的愤怒到达顶点，于是我对上帝尖叫抗议："你为什么把她从我身边带走？你甚至没有给我机会说再见。我爱她，你却带走她。我只希望再拥抱她一次。我恨你！"我坐在自己的大厅里哭泣。我觉得自己憔悴不堪，而忽然间，却有温暖的感觉传遍我全身。我几乎具体地感觉到有一双手臂拥抱我。我也仿佛在房间内闻到了我永远难忘的芳香。是她。我感觉她在。我感到她的抚触，嗅到她的芬芳。我所恨的上帝实现了我的愿望。当我需要她时，她回来了。

我知道她一直在我身旁。我仍然全心爱着她，我也知道她为我守候。就在我放弃希望，承认她已经离去的事实时，她让我明白她的爱永不离开我。

（美）史丹利·D.慕尔森

她说谎

当我们小时候离开我们父亲以后，我哥哥和我跟妈妈一起住在旅行拖车里，那时，甚至到现在，很多人都很瞧不起住在拖车里的人。

我们的拖车有8英尺宽，大约30英尺长。妈妈和我一起睡在中间双人床上，哥哥则睡在客厅的沙发上，冬天的时候，我们在我们的薄毛毯中间塞报纸并且点暖炉取暖。早上起床时，常常发现厕所结冻了。我们得要走3里的路才能到学校。我记得有一次妈妈来找我们，当时我们正难过地走回家，因为我丢了舅舅送给我的一条美丽的围巾，那是我仅有的一条。

我们只有五加仑的热水可以使用，每一天晚上我都必须另外烧水才能洗头发。我们有时也用桶接雨水来清洗头发并用蛋清按摩头皮，以保持头发的光亮。我们在拖车的周围种植植物，它们盛开的花朵和蔓藤，将我们的拖车点缀得蓬荜生辉。

我们的四周都是蔬菜田，所以当可以收获后，我们就会潜入并摘取农作物，运气好的时候，我们可以有很多蕃茄或芦笋可以做菜。

有一天，妈妈把米和干辣椒混在一起，平均分给我和哥哥吃，当我们坐在小圆桌前享受美食时，我问妈妈她为什么不吃，妈妈看着我平静地说，她在煮的时候就已经先吃过了。

尽管当时年纪小，我也知道她是在说谎，虽然说谎是不对的，但是我认为她非常的勇敢且能忍受饥饿。那件事也一直萦绕在我心底。

有一次，妈妈和我被邀请去参加婚礼，但只有我去。我的舅舅和舅妈带着我一起去，我穿着一件我妈妈仅有的洋装，洋装对我而言虽嫌大了点，但是我觉得穿上它很重要。有人邀我跳舞，我确定是因为那件蓝洋装让我看起来更俏丽的缘故。

一年有两次，我们都必须到五金行去买一罐合成肥皂，我们用热水溶解它，然后把我们的拖车从上到下刷干净，露出它原来光鲜的面貌。妈妈说即使我们没有很多钱，我们仍然可以保持整齐清洁，所以我绝不会穿没烫过的裙子去上学。我的哥哥也绝不会穿没洗过的白衬衫。

妈妈现在还和我住在一起，她有数不清的健康问题，所以当我们第一次把她带到我家住时，她已经无法行走且几乎不能说话。她变得很容易疲倦，长时间需要依赖氧气罩，心脏也产生新的栓塞现象。

很多人会认为照顾妈妈对我是一个负担。生活可能是艰苦的，但是我的妈妈教我去看看生命中美好的事物，例如早晨盛开的花朵，或是闻一闻肥皂的香味。

劳拉的圣诞节

圣诞节后的第一天，温暖的阳光照耀着大地，皑皑的白雪在悄悄地融化，空气中弥散着淡淡的水汽，隐约还有一些幽幽的芳香，好像是身边有一些鲜花正在绽放。埃米莉正驾驶着汽车送孩子们返回学校。

"哦，这个圣诞节过得真是太好了！恐怕再也没有哪个家庭会拥有这么美好的圣诞节了。当然，这一切都是劳拉带来的。"埃米莉一边驾驶着汽车，一边幸福地回味着圣诞节时的美好时光；同时，她扭头看了一眼劳拉——她的女儿，一个身材苗条、乌发如云、亭亭玉立的14岁的少女。此刻，她正静静地坐在自己的身边，美丽而优雅。作为母亲，她感激孩子们所带给她的一切，并为他们的成长而感到骄傲与自豪。想到这儿，激动与兴奋洋溢在她的脸上，一股暖流迅速涌遍全身。

"今天真暖和，真有点儿像是春天了。是不是，劳拉？"她一边收回投向劳拉的目光，一边问道，"不过，这种天气可说不准，明天也许就又会风雪交加了。"

"是的，妈妈。这鬼天气，就像是克劳狄斯王的笑脸，虽然表面上笑容可掬，实际上他骨子里阴险狡诈得很呢！"劳拉面露羞涩，模样可爱极了。

"正是这样。"埃米莉赞同地点点头，但是对于克劳狄斯王是谁她却没有想起来。直到后来她在劳拉的书中看到一本《哈姆莱特》的时候，她才想起来。那一刻，她更加感到当初她和亨利竭尽全力地让劳拉去接受教育是一个多么明智的决定啊！瞧，劳拉已经会引用文学典故来形容天气了，她觉得心中无限自豪！

由于时间尚早，她的车一直都开得很慢。这时，她的思绪又回到了一个月前那个暗淡的日子。那天，她正在餐馆里吃午饭，正好遇到了亨利。亨利神情沮丧，面色忧郁地坐在她的对面，沉默良久，才告诉她他失业了。一家更大的公司兼并了他主管的那个销售处，销售处的全体员工一下子全都没有了工作，就连相当于一个月工资的帮助他们渡过难关的遣散费也没能得到。虽然亨利对再找一份工作并谋得一个好职位胸有成竹，但是由于他对老公司的忠心使他竟然对一家盛情邀请他加盟的公司向他发出的友好信视而不见。而就在那时，他又收到了住在俄亥俄州的身为中学教师的哥哥的来信，从字里行间看，他们全家已经陷入了困境。信中说，严重的胃溃疡正折磨着他，他简直难以忍受；他的一个孩子必须要做一个大的手术；而他的妻子又快要生下双胞胎，他目前已经山穷水尽了，急需500美元。

"我想他确实急需帮助，"听完亨利的叙述，埃米莉说，"我们有必要给他们寄500美元过去。"

"这我也想过，如果给他们寄去500美元，我想我们吃饭是不会有什么问题的。"亨利面露难色，犹豫不决，沉思了片刻，才阴郁地说，"但是那样的话，我们圣诞节的安排就要被打乱了。我可不愿意挤占我的保险金。"

"哦，不！亨利！"埃米莉惊叫起来，她简直不相信自己的耳朵，更没想到亨利竟会这么说。她睁大双眼，吃惊地望着亨利，"我们会安排好圣诞节的一切的。我们可以尽可能地压缩开支，把主要精力放在孩子们身上。你知道的，他们是多么——噢，不，其实他们只不过是希望能过一个丰富多彩、快快乐乐的圣诞节！"

"对小孩子来说也许是这样的，但是……"亨利抬眼看了看埃米莉，"但是，劳拉想要什么礼物呢？"

"她跟我提起过她想要一套芭蕾舞裙，大概需要125美元。她的同学邀请她去参加一些聚会。"

"那……你不打算用信用卡赊购吗？"亨利问道。

"不，"埃米莉斩钉截铁地答道，"我目前赊欠的金额已经达到最大限度了，我可不想去冒被拒绝的风险。其实，今天我本打算去偿还欠款的。"她静静地坐在那里，看看亨利忧郁的脸，沉默了片刻，"亲爱的，现在我们唯一能做的事就是回到我们的首要原则上来。"

"你……什么意思？"亨利疑惑地看着埃米莉。

"噢，亲爱的，你也知道，现在的圣诞节已经失去了它原先的意义，而是成了商人们牟利的一种手段。人们互相赠送的一些礼物，实际上就是一些广告的展示。其实，我认为，在这个神圣的日子里，我们应该给人们送去我们的爱心——当然是要根据我们自身的能力给人们送去一些值得纪念的东西。如果你能送给孩子一匹马，那固然很好；但是，如果你没有这个能力，那么就送给他一个项链坠或是一本书也未尝不可。"

听着埃米莉的谈论，亨利逐渐恢复了希望，但仍旧狐疑满腹。

"亨利，你听我说，圣诞节我是这样安排的，"埃米莉凝视着亨利，继续说道，"我们可以带着孩子们到我们的农场去，在那里，我们不需要为款待客人而发愁，你知道的，圣诞节期间光是酒水一项的开销就够惊人的。还有，我们可以吃我们自己养的火鸡，从我们自己的树林里砍一棵树做圣诞树，我们一家人还可以一起在田野里散步，唱赞歌。我想在那样的环境里，我们一定会忘掉整个世界的，我们一定会过得非常愉快！"埃米莉情绪有些激动，目光中充满了神往。

"你以前过过那样的圣诞节吗？"亨利依旧没有信心。

"哦，当然没有！但是……"埃米莉叫道。

"那……好吧，现在你是我们家的指挥官，一切都照你说的做。但是，劳拉那里你去跟她好好地解释一下吧。"

"放心吧，亲爱的，劳拉那里不会有事的。"埃米莉满怀信心微笑着说。

"哦，可怜的爸爸。"当埃米莉把家里目前的情况向劳拉说明以后，美丽的劳拉难过地哭了，"那他今后该怎么办呢？"

埃米莉心头一酸，紧紧地拥抱住劳拉："孩子，你放心，一切都会好起来的。"

良久，劳拉抹了抹眼泪，微笑着对埃米莉说："妈妈，我还从来没有到农场去过过圣诞节呢，我敢肯定会很美妙的！那情景一定就像是圣诞贺卡上的图片一样美极了！我喜欢那儿，我才不在乎什么圣诞礼物和那些聚会呢！"她一边说着一边提起脚尖，好像是准备翩翩起舞……

圣诞节的前几天，埃米莉一家来到了他们的小农场。那是很多年以前亨利买下来并且一直保留至今的一块土地，虽然只有6英亩，但毕竟是属于自己的，每每想起它或看到它，亨利就有一种非常好的感觉。

在农场里，埃米莉一家确实度过了一段非常美好的时光。他们首先到自己栽种的树林里砍了一棵树，然后精心设计，把它装扮成了一棵美丽的圣诞树；吃过晚饭之后，他们有的睡觉，享受着田野的宁静与安详，有的点着油灯，就着昏黄的灯光读书……孩子们对他们的礼物都非常满意：送给男孩子们的礼物有各种球、安装工具、故事书籍，还有许多从出售廉价小商品的杂货店里买来的小东西；送给劳拉的礼物则是埃米莉从一家出售二手艺术品的店里买来的一幅画和一枚原本属于亨利母亲的小胸针。劳拉微笑着接过她的礼物，说："谢谢爸爸、妈妈，我很喜欢这些礼物。"然后高高兴兴地把画挂在床头，把胸针别在胸前。

正是由于劳拉的喜形于色，才给埃米莉全家增添了节日的气氛。你瞧她不是用斧头劈木柴，就是和弟弟们一起玩耍嬉戏，或者是帮着埃米莉做饭，给火鸡肉撒上作料，再就是和他的父亲一起谈论一些最近发生的政治新闻……总之，她看起来显得非常快乐！

晚上，埃米莉给劳拉倒了一杯淡淡的麦芽酒，这是她第一次喝酒。没过多久，她就坐在地板上，玫瑰红的脸蛋倚着亨利的膝盖，甜甜地睡着了……

"哦，上帝！我相信她一定是世界上最好的女孩子！"亨利轻轻地抚摸着劳拉的秀发，温柔地说。

"我想也是。"埃米莉爱怜地看着劳拉。

"如果我能够的话，总有一天，我要把地球盛在银盘里交给她，"亨利郑重地说，"否则，就让我下地狱去吧！"

"劳拉，我们到了。"埃米莉逐渐减慢车速，把汽车稳稳地停在了学校门口，"我每天都会想你的。"

"我也会想您的，妈妈。"劳拉一边打开车门，走下汽车，一边说，"这个假期过得真是太美好了，我非常喜欢那幅画和那枚胸针。"

"哦，劳拉，我知道你会的。"埃米莉爱怜地抚摸着劳拉的脸蛋，"去吧，孩子。"

劳拉吻了一下埃米莉，转过身，沿着校园的小路，快步向前走去。

埃米莉站在那里，一直看着劳拉的背影消失在校园深处，才钻进汽车，漫无目的地转了几圈。接着，她来到集市，买了一些日用品和一大束鲜花，然后才开车回家。

在回家的路上，那束美丽的鲜花散发出阵阵幽香，弥漫了整个车厢。那朵朵盛开的鲜花使她想起了那件芭蕾舞裙，想起了世界上一切纯真的、值得自豪的、朦胧的美，而所有这些，都应该属于劳拉……

（美）弗朗西斯·格雷·帕顿

寻到了声音

简和当内科医生的丈夫杰罗姆曾带着18个月的儿子基尔从堪萨斯州贝洛依镇的家出发，到堪萨斯城的堪萨斯大学医疗中心请专家诊治。诊断结果是残酷的：他们的儿子患的是先天性耳聋，一只耳朵的听力缺欠为100%，另一只耳朵的听力缺欠为95%。

手术于事无补，助听器只能给他带来无法分辨的嗡嗡声。"我建议你们送他到聋哑学校去。"那位耳鼻喉科专家还劝卡利科夫妇不要对基尔抱过多的希望，"他根本没法学说话。如果听不见别人说话，那么言语是什么东西是很难想象的。"

那是1978年5月的一天。驱车回家的那5个小时，直可谓凄楚而悲酸。简搂着基尔，痛苦万分。他永远也听不到父母和两个哥哥的声音了。基尔的大哥叫凯文，11岁；二哥柯特9岁。基尔真的和正常交际永远绝缘了吗？杰罗姆同样忧心如焚。

"怎么能把他送走呢？"他咕哝道，"他是我们的小儿子。我们是一家人呀！"

突然，简想起教区牧师在最近一次布道会上说过："如果上帝在你走的路上撂下一座山，那么你绝不应该坐在山脚哭号，而应该勇敢地去攀登。"咀嚼着这些话的含义，简更加坚定了她那钢铁般的意志："一定得设法让基尔学会说话！"

为力争达到这个目标，简在离家约一个多小时车程的萨莱纳联系到一个专门教授有听力缺陷的儿童的教师。这位教师答应每周给基尔上两次课。另一位老师住在两小时车程以外的地方，答应每星期授课一次。

游戏计划

为了鼓励全家，凯文和柯特在冰箱上贴了不少口号："努力实现你的目标！""在哪里生根，就在哪里开花。"父母十分赞赏他们的做法，并在家里悬起一块布告牌，上书"卡利科家庭游戏计划"。任何人都可以往上添加计划"。任何人都可以往上添加有助于他们"登山"的格言、谚语、漫画和建议。

一年之内，简开车接送基尔上课的路程多达18000英里。这可不是一件轻松的事儿，因为基尔坐车既不老实，也听不懂任何批评和解释。有一次，他玩弄后座上的香烟点火器，险些酿成一场火灾。然而最可怕的还是母子俩遭暴风雪袭击的那个下午，简一刻不停地祷告着，在暴风雪中一寸一寸地摸索前进，基尔则在一旁号哭不已。

惊魂未定、精疲力竭的娘儿俩最终摸回家以后，杰罗姆说："这样下去是不行的。"就在简差不多要表示同意的当儿，她的视线移到了布告牌上："坚持到底，就是胜利。""我们会成功的"，她对丈夫说，"我们必须成功。"

全家人都明白，基尔的一生将取决于他们的努力，因此全家人个个抢着向他灌输语言的意义。基尔聪明、好奇，精力充沛。要肯锲而不舍地教，基尔的学习潜力相当可观。"先教他学'开'字，"基尔的老师建议道，"给他示范，要准备至少重复1

万次。对患先天性耳聋的人来说，学会第一个字，必须重复那么多次才行。"

罐罐、盒子、钱包、包好的礼物、糖果，凡是能够开启的东西，都被调动起来。杰罗姆、简和两个儿子，先把东西放到自己嘴边让基尔看着，然后在打开物品的时候说"开"。为了让基尔活动舌头，简往他的唇边涂抹花生酱，叫他舔净。要是基尔哭泣，简也不制止，因为她认为，哭泣能锻炼声带，能为日后的说话奠定基础。

"开——"

基尔3岁半时的一个下午，简和他坐在一起开着盒子。她把一只小盒拿到唇边（这个动作她已重复了几千遍），嘴里一边说"开"，一边揭开了盒盖。盒子里装着一瓶香水。简把手放到香水瓶盖上，又把瓶子贴到唇上，"开"，她又开启了瓶盖。

目不转睛地注视着妈妈的举动的基尔，开始模仿简的嘴唇动作。突然，他发出一个声音，虽然瓮声瓮气，但仍依稀可辨。那是一个"开"字。

简敛声屏气，拿起另一只盒子，举到唇边，揭掉盖子。

"开——"基尔又说了一遍。

简兴奋地搂起儿子，在房间里舞蹈不止。随后，她飞跑到电话旁，向丈夫报喜。"杰罗姆！"她大声喊道，"好好听着！"她继续做着开盒的动作，并鼓励基尔。

"开——"孩子说。

"他说话了！基尔能说话了！"杰罗姆高兴得欢呼雀跃。

基尔看到话语能引起父母的反应，欣喜无比。他执著地盯着父母的嘴唇，学说着一个又一个的新词："妈妈"、"爸爸"、"牛奶"、"电灯"、"火车"，然后自行反复操练，直到纯熟。

然而光会单词还远远不够，必须学会用词造句才行。于是，简把家里的一切都贴上标签，并从杂志上剪下数百张图片，制成词卡。她还用不同的颜色来区分词性，如名词为红色，动词为绿色。她就是让基尔用词卡练习遣词造句的。当他说出第一句话"开——盒——子"的时候，做妈妈的那股欣喜劲儿简直难以言表。基尔已经踏上了那座联结聋哑和正常两个世界的金桥了。

兄长的帮助

基尔4岁那年，经过杰罗姆和校董事会的努力，贝洛依镇终于聘到了一位聋哑教师，基尔得以和其他两名聋哑儿童一起上学前班。老师立即开始教她的学生学习哑语。很快，卡利科一家就发现，教基尔学习说话的努力并没有白费，因为在3个学生当中，基尔是唯一能够升入普小读一年级的孩子。开学那天，简欣慰地想，我们翻过山了。基尔已经会说话，并且要上学了。

同学们开始对基尔还比较友好，后来便把他撂在操场上不管了，因为他在认识游戏规则方面，表现出极大的困难。基尔对母亲哭诉道："他们以为我有了助听器就什么都能听到了。"

听到弟弟的诉说，凯文提议道："把我那盘磁带放给基尔的同学听听怎么样？"他最近准备妥了一篇如何教耳聋儿童说话的讲演稿，并录制了一盘声音瓮声瓮气、含糊不清的磁带。放完磁带后，凯文对基尔的同学解释说，那就是他那位身上装着扩音器的弟弟所能听到的全部。

自那以后，基尔交起朋友来容易多了，

但听课仍然困难重重，常常流着泪冲出教室。一天，学校打电话给基尔的父亲，要他把那个桀骜不驯的儿子带回家去管教。杰罗姆恳请校方在基尔心情烦躁的时候叫他到校长办公室里去学习，那样会提醒基尔的自我克制。

完美无瑕

在此后的数年中，基尔在凯文参加的"四增"演示活动中充当助手，因而锻炼了信心。

凯文的演说在堪萨斯州的演讲赛中赢得了紫色缎带，其他的演讲会和教师培训班纷纷请他登台演讲。两个孩子在州内做了广泛的旅行。基尔在众目睽睽之下，表现得大胆沉着，不断地举起题卡，配合得完美无瑕。

有了这些经历，10岁的基尔决定自己参加"四增"演讲赛。他认为，只要精心准备，背熟演讲词，他完全能让陌生人听懂他的演讲。然而简却担心，基尔走的路会使他蒙受耻辱。她的担心似乎得到了证实，因为在初赛的时候，一位女评委就给基尔那篇关于安全用火的演讲评了个"差"，理由是："他说的话既听不清，也听不懂。"

出师不利的基尔，心情十分沉重。在回家的路上，他再三地问："她干吗不把结果写在纸上呢？干吗要我在朋友面前丢丑呢？"

"你也许应该放弃当众演讲的念头。"杰罗姆温和地提议道。

"不,"基尔说,"我想帮助聋人。为了实现这个目的,我首先得说出他们的心里话。我想再次从卡利科家庭游戏计划开始,并且坚持到底。"

在另一项"四增"俱乐部组织的项目中,基尔养了一只拉布拉多小猎犬,名叫莱德。这只小狗日后将成为导盲犬。按照要求,基尔必须登台演示驯狗成绩。简和杰罗姆坐在观众席上,望着源源涌入演示厅的人群,心中一阵紧似一阵。

"小狗看到这么多人,一定会不知所措的。"简悄声地说。

话音未落,基尔和莱德便登场了。望着黑压压的观众,基尔收紧了牵狗的皮带,像一位经验丰富的老驯狗师似的,一边指挥小狗,一边向观众解释小狗的每一个动作。演示完毕,基尔搂着小狗说:"好——样——的,莱德。你太不一般了。"

看到这个残疾儿童为了帮助其他的残疾人而驯狗,评委和观众都鸦雀无声。突然,不知是谁喊了一声:"好样的,基尔!"观众随之起立,向这位与众不同的少年和他的狗致敬。

紧急呼吁

一天晚上,基尔正和父母驱车赶路。猛然间,一阵金属的迸裂声撕破了夜空。不远处,一辆汽车拦腰撞到一列铁路货车上。翌日清晨,基尔听说共有6名少年在撞车事件中受了重伤。他难受极了,因为两年前,他的一位老友就是这样死于非命的。

"铁路当局说,没有必要在公路和铁路交汇处设置自动信号灯,"基尔对父亲说,"但他们为什么不在铁路货车的两侧涂刷反光条纹,好让驾驶汽车的人看清火车呢?"

"你动手调查一下吧。"父亲鼓励道。

卡利科一家了解到,这个建议已经有人提过了,而且州立法机关正在酝酿通过一项强制涂刷反光条纹的法案。但截至目前,尚无结果。

基尔的调查表明,仅在1988年,在堪萨斯州的公路铁路交汇处就发生了110起汽车与火车相撞事件,造成16人死亡,39人受伤。他又到五金店打听了反光涂料的价格。计算结果表明,在铁路货车两侧涂刷一道1英尺宽的反光条纹,只需花费约32美元。

基尔写了一篇讲稿,并准备了模型火车、汽车同火车相撞的照片,以及报道撞车事件的电台节目录音。为了使自己的演讲无懈可击,他不仅反复练习背诵,还认真纠正了每一个语音错儿。

与此同时，堪萨斯州立法机关也开始讨论要求铁路货车涂刷反光条纹的议案。卡利科全家倾巢出动，到州府所在地托皮卡游说。基尔发出的紧急呼吁，受到了立法委员们的嘉许，但他们也善意地警告说："要击败那些来自全国各地的铁路说客，可不是轻而易举的哟。"

果然，议案未能通过。可基尔说："我决不认输。"他继而发动了一场"书信"攻势，而且还在州内向各种组织发表演讲。

1991年9月，这位15岁的少年在堪萨斯州的演讲赛中，力挫群雄，荣获了头等奖。全州44家报纸都报道了他那篇呼吁铁路当局涂刷反光条纹的演说。

"这可是一个拯救生命的呼吁，我决心为此而奋斗。"基尔以他那特有的单调音说，每一个字都清晰可辨。

基尔·卡利科，这位天生耳聋并被判定永远也说不了话的少年，道出了他的心声。

（美）乔·古德尔特

超越生命的母爱 | STORY

爱的寻找

"你们女儿的病在加重。"达拉斯中心医院的狄克曼大夫，告诉埃迪·罗伯茨和诺玛夫妇，"早做肾移植，她才能得救。如果能找到她的生身父母，得到一个捐赠的肾脏，就会大大减小植入的阻抗。"

早在21年前，罗伯茨通过律师收养了克丽丝德。他们不知道孩子的生身父母，但告诉女儿当她很小时就收养了她。克丽丝德4岁时患了糖尿病。"那时看上去并不严重，注入胰岛素就能控制病情。"诺玛说。她是一个娇小、热情的50岁的妇人。

克丽丝德10多岁时已长成一个美丽的姑娘。她是个优等生，能骑马、弹风琴。然而，在她上大学的1978年，糖尿病骤然恶化。一觉醒来，她突然发现伸手已难见五指：视网膜血管爆裂，她失明了。

"她以惊人的毅力和勇气承受着这个打击，"埃迪说，"但一年半以后，她的肾衰弱，只得每周进行三次理疗。"她的身体变得虚弱，血压下降，血液循环反常。

如果肾移植进行于血缘关系者之间，就有90%以上的成功率，否则低于70%。因此，罗伯茨必须找到养女的生身父母。

为克丽丝德接生的医生还活着，他知道其母；但正身患重病，已不能谈话。

收养子女的法庭记录已经封存。罗伯茨求教一位律师，律师说："我很乐意帮忙办成，但坦率地讲，这几乎不可能。"

不可能？也许可能！诺玛和埃迪没有灰心，他们祷告上帝："我们只有一个目的，救活孩子。"

他们找了另一个律师，律师去见达拉斯地方法官，请求为合理的缘由开启记录：一个姑娘的生命维系于此。

那天晚上，律师打来电话："法官说你们不能看记录。但我可以。"

记录里写着克丽丝德生母的名字："巴娜·帕特。"

尔后，诺玛和埃迪在公立图书馆里，一页页地翻查书架上的旧电话簿和城市人名录，发现有许多叫帕特的，就此打了几十个电话，但均未找到。他们所做的这些始终都瞒着女儿。他们知道，即便找到了巴娜·帕特，但如果她不愿献出肾脏，将对克丽丝德造成更大的打击。

下一步是查询旧的结婚登记卡。埃迪在航空公司就职，诺玛要照料羸弱的女儿，所以一天只能查几小时。为了争取更多的时间，埃迪决定提前退休。

终于，在厚厚的卷宗里，巴娜·帕特这个字眼跳入埃迪的眼帘。她在克丽丝德出生前4年与一个叫沃特斯·塞姆的结婚。这是否就是要找的巴娜·帕特？另外，沃特斯·塞姆和其妻是否还住在当地？还有，是否他俩还活着？这些均是未知数。埃迪又翻旧电话簿，但没能找到沃特斯。

埃迪和诺玛已为档案馆所熟悉，至1981年底，他们甚至翻查了全部不动产的办理记录和商业执照申请，仍无沃特斯·塞姆这个名字。

那年秋天，狄克曼大夫告诉埃迪："如若再不很快找到克丽丝德的父母，就只好给她移植无血缘关系者的肾。她的心脏极弱，风险很大，也许会死于手术台上。"

埃迪给公司打电话询问：乘飞机的老顾客中有没有叫沃特斯·塞姆的。噢，有了，他被告知沃特斯的居住区，但没有电话号码和具体地址。埃迪的情绪有些低落，他后来承认："当时，我们只抓住了几根稻草。"

12月13日，星期天晚上，在警察局值班的基莫偶尔翻阅最新的人员登记册，上边有在职或退休人员的照片和简历。当埃迪打来电话时，他正看到"Wo"字头名单。埃迪问是否有数据库，可提供20年内的人名地址资料。

"你找的人叫什么？"基莫无意问道。

"沃特斯·塞姆。"

一阵沉默。猛地，基莫一眼瞥见沃特斯·塞姆的照片。"我知道这个人！"他叫道。

星期二，基莫打来电话："沃特斯·塞姆否认他是克丽丝德之父，却承认曾与巴娜·帕特结过婚。他也不知她现在何处，但告诉了她兄弟的地址。"那晚基莫会晤了帕特的兄弟，他证明他的姐姐现已与柯林斯·汤姆结婚，但她不曾把孩子给过别人。

柯林斯·帕特是一个高个苗条的妇女，她最先与沃特斯·塞姆结婚，有了安妮；她第二次联姻，怀孕5个月时就遭丈夫遗弃。那时帕特20岁，没有职业，父亲亡故，她无法带两个孩子再去照料守寡的母亲。所以，当大夫告诉她有一对夫妇想收养孩子、并精心抚养时，她同意送出婴儿。最后，帕特又与一位印刷工汤姆结合，有了现已10多岁的莎拉和简·汤姆，帕特从未告诉三个孩子还有一个姊妹，她时常想那孩子，也只知道她是个女孩，她渴盼能相逢的一日。

那晚下班回家，帕特的兄弟对妻子说："我碰上一件怪事。有人问，帕特是不是送过婴儿给人。我想要是有这事，我会记得呀。"

"瞧你这记性，她送过！"

立刻，他斟词酌句地打电话给姐姐："帕特，有一个21岁的姑娘，因为糖尿病失明了……"

帕特制止住他，她已明白："你说的是我的孩子？！"

"是的。"她兄弟略一停顿，"她急需一个肾脏，不过你不要立刻决定，要多想想。"

当帕特得悉患糖尿病女儿的一瞬，就下了决心："我要移植给她一个肾，就这么定了。"

帕特只有一个要求，手术前见女儿一面。"我知道，我们以后也不可能有太多的牵连，"帕特对兄弟说，"但不管怎么样，我要把肾给她。"

12月17日，星期四，诺玛和埃迪唤醒克丽丝德："宝贝，大喜事，我们找到了你的生身母亲，她要捐给你一个肾！"

那天中午，诺玛的电话里传来一个妇女的声音："我是柯林斯·帕特。"一阵意料中的颤栗遍于诺玛全身。

"你生母的电话，克丽丝德。她要来看你，你想不想见她？"

"啊，那当然！"克丽丝德喊道，"快些来吧！"

20英里外，柯林斯·帕特第一次听到女儿的声音。

帕特和诺玛约好晚上在家相见。诺玛放下听筒对克丽丝德说："你生母太激动了。"

"我也是。"克丽丝德回答。

那天下午，帕特早早地结束工作，她紧张得不能自抑。7点前，柯林斯夫妇已在敲诺玛的门了。诺玛和埃迪领他们走进女儿的内室，诺玛帮她站起来："克丽丝德，这是你母亲帕特。"

克丽丝德伸出了手。愣了片刻，母女俩紧紧地拥抱在一起。整个晚上，她们都依偎而坐。

几小时的聚谈里，两家人不时悟觉到一种伤感。诺玛曾带着3岁的克丽丝德去过帕特经营的商店，而柯林斯·汤姆在中心医院的走廊里，也曾多次遇见过这盲姑娘——她妻子的女儿。

翌日，帕特向其他儿女告诉了他们未见过面的姐姐的情况。他们说："我们真盼望能见到克丽丝德。"

以后的几个月，帕特一直给女儿输血，以使移植的肾能更像自生的。1982年6月，母女俩进了中心医院。手术前的早晨，帕特走进克丽丝德的房间。

"不论发生什么事，宝贝，我都要让你知道：我爱你。"

克丽丝德紧紧抓住帕特的手："我也一样，妈妈。"

等在楼下房间的有诺玛、埃迪、柯林斯·汤姆及孩子们，还有两家的30多位朋友。"起初，是两家人等待和祈祷，"埃迪说，"最后，就融为一体了。"

4小时后，狄克曼大夫微笑着走出手术室，手术看上去是成功的，植入的肾已泌尿，好兆头，以后的几个月里，克丽丝德逐步恢复健康。

医生说，克丽丝德复明是不可能的。

"别人也说过，找到她生母是不可能的。"诺玛和埃迪说，"我们已有了一次奇迹，为什么不能求得第二次呢？"

不可能的奇迹需久候

20岁那年的我，初享生命的甘美与愉悦。我积极投入体育锻炼，擅长滑冰滑雪，还打高尔夫球、网球、羽毛球、篮球和排球。我甚至还组建了一个竞赛联合会。我几乎每天都坚持跑步。我着手建立一家网球场建设公司，因此将来我的收入前景也很乐观。我还和世界上最美的女人订了婚。然而厄运——或者至少是一部分人认为是悲剧——降临了。

金属扭弯的声音、玻璃碎裂的声音使我蓦然惊醒。瞬息间又恢复了平静。再次睁开眼睛，世界已变得一片黑暗。知觉恢复时，我感到满脸在流血和极端的痛苦。我听到有声音在叫我的名字，但我又再度失去了知觉。

那是个美妙的圣诞之夜。我和一位朋友离开我在加利福尼亚的家驱车去犹他州。我要去那里和未婚妻黛丽丝度过假期的其余时光，离结婚之日仅有5周的时间，我们想磋谈婚礼的计划安排。我先开了8个小时的车，感到有些力不从心，于是就让朋友驾驶。我从驾驶席爬到乘客席，系上安全带，朋友则在夜里驾车。一个半小时后，他伏在方向盘上睡着了。汽车撞到桥台上，爬到了顶部，然后又从上面滚了下来。

车子停住时，我已人事不知。我被从车里抛了出去，在光秃秃的地上摔坏了脖子，胸部以下也都瘫痪。我被救护车送到内华达州拉斯维加斯一家医院，医生宣布说我已成为废人。我的腿脚、腹肌、腰肌、胳膊和手都不听使唤了。

这就成了我新的生活的起点。

医生说我得想点别的办法，打点别的主意。因为我的身体状况，我不能再工作了。庆幸的是我还有7%的身体可以工作。医生说我不能再驾车了，余生得完全依靠他人喂食、穿衣和行走。他们还说我最好再也不要提结婚的事了，因为……谁还会要我呢？他们断定我再也无法参加任何种类的竞技和体育活动了。我第一次感到无比惊惧，我深恐医生们所言会是真的。

躺在拉斯维加斯那家医院的病床上，我自问我的全部希望和梦想都何处去了？我想这一切是否可以从头开始。我想是否自己还能工作、结婚、生子，还能享受先前幸福快乐的生活。

那一阵我既担心又害怕，世界一片黑暗，这时母亲来到我身边，在我身边说道："艾特，当困苦姗姗而来之时，超越它们会更余味悠长。"刹那间黑暗的病房为希望和热诚的光芒所充满；明天会好起来的。

听到母亲的那些慰藉鼓励已11年了。我现在拥有一家公司，是一名专业评论员，还写了一本书：《奇迹如此发生》。我每年行程20万英里，听众超过10万人。我还入选6州区小企业管理机构的1992年度最佳青年企业家。1994年，《成功》杂志推举我为该年度最伟大的身残志坚者。遭遇坎坷而梦幻成真，这一切缘何而来呢？

自从那天听到母亲的鼓励，我开始学开车，我又可以到想去的地方干想干的事了。我已经完全自理。自从那天以后，我感到身体在恢复；又能重新活动右臂了。

遭车祸一年半后，我仍和那个美丽动人的姑娘结了婚。1992年，我妻子黛丽丝当选犹他州小姐，又参评美国小姐获季军。我们有一双儿女，3岁的女儿瑞纳和刚满月的儿子亚瑟，他们给我们的生活带来无限欢乐。

我又开始了运动生涯。我学会了游泳、潜水。据我所知，我是第一个参加滑翔跳伞的四肢瘫痪者。我还学着滑雪，我相信这不会对我有任何伤害。我甚至参加10公里轮椅竞赛和马拉松。1993年7月10日，我用了7天时间跑完了从犹他州的盐湖城到圣乔治城之间32英里的路程。此举在世界瘫痪病人中属首次。这可能并不是我最辉煌的成就，但却是最困难的一次经历。

为什么我能成就以上种种？因为多年来我一直铭记母亲的话语，而不是听信周围人等（包括医学专家）丧气之辞。我深明的境遇并不意味着可以轻易放弃执著梦想。我的心头再次点燃希望之火。梦想永不曾为挫折击碎，梦想植根于心灵和头脑并不在里臻于永恒。因为当困苦姗姗而来之时，超越它们会更余味。

（美）艾特·E.博格

STORY

生命之树

生命之树

我不知道我是什么时候喜欢上树和爬树的。我想，也许我生来就有这种欲望，就像我爸爸和我儿子一样。

长大以前，每年夏天我都会和堂妹旺达在她家的小屋度过无数个冗长、困乏的周末。她家在明尼苏达州的大马雷市。小屋本身非常简单，是用木头和木板搭起来的，里面的家具和窗帘等物品都已经过时、不配套，洗手要用从井里打上来的水，厕所在停车场的另一头。屋里有几张简易床，我们只有在困得不行的时候才会睡在上面。

这里的魔力是在小屋之外的地方，在海滩上。我喜欢这里的海水、波浪、沙滩和阳光，但我更喜欢这里的树。我的树名叫克里斯托弗，它长在沙丘后面，莫名其妙地触动了9岁的我的想象力。旺达也有一棵树，我们都认定它和我的树是一家子。她的树名叫克里斯廷。就像这两棵兄妹树肩并肩地生长着一样——枝叶相连，但树干却各不相同——我和旺达也像姐妹一样。我们因找到同感而感动，也逐渐认识到各自的差异。然而，我们能够感觉到我们对彼此深深的爱，并因此而感到安慰。

我们经常会连着几小时都沉浸在我们的树的世界中。我记得自己从来没有同任何人分享过我的树。我认为，如果树可以属于某一个人，那么克里斯托弗就属于我。我的肌肉还清楚地记得它的枝干的样子，我的皮肤知道它的树干上有多少个疤痕。我可以在30秒内爬到我最喜欢待的树杈上，让柔软的树枝轻拂着我的肌肤，就像好朋友的手在抚摸着我一样。那枝树杈大概是在克里斯托弗整个高度的一半的位置上。在这里，我觉得自己已经和树以及周围的所有生命融为一体。我像一只藏身在枝叶中的麻雀，从各个方向都可以俯瞰沙丘。我感觉自己比脚踏实地时更自由、更有活力。

几年后，又有一棵树进入了我的生活。当时，我所在的五年级全班到桑迪兰森林去郊游。回家时，我们每人都得到了一棵树苗。我还记得，我在车库里翻来倒去地找到了一把铁铲，然后在后院挖了一个坑，小心地把这棵多刺的绿色植物的根埋进土里。我用清水和爱心呵护着这根小树，并给它起名为克里斯托弗。我幼小的心灵，似乎也并不知道我为什么会起这个名字。

很多年后，我已经忘掉这两棵名叫克里斯托弗的树了。我的注意力集中到了我丈夫约翰身上，而且我们准备要孩子了。我们的第一个孩子是通过剖腹产来到这个世界上的。我的胸口以下仍然麻木，嘴巴和嗓子正干得冒烟的时候，他们给我看了看我刚生出来的孩子。他的眼睛眯缝着，头顶是平的。他的头看起来就像是长在骨头上的一大块三角形的肉。我简直不敢相信这个完整的人是刚从我身体里面出来的。他那柔弱的缺憾美深深地迷住了我。

医生给我缝针的时候，孩子就被送到育婴室去了。我的丈夫本能地跟着孩子走了，把我一个人留在手术台上。我的身体和思想都仍处于麻痹状态。我努力地想为自己的儿子起一个合适的名字。叫什么比较好呢？好像不应该叫安德鲁或是卡尔，虽然这两个名字是我们商量了半天之后觉得比较好的。这时，我忽然想到了一个名字。在我们商量给孩子起什么名字的时候，这个名字差不多排在最后面，但是现在却好像非它不可了。

这时，约翰正在育婴室里一边哼着小曲，一边看着护士给孩子消毒、称体重、量身高、最后包起来。他几乎不假思索地就喊出了孩子的名字。不久，当我们三个人在我的病房里会面时，他有点紧张地靠近了我。

"我知道我们还没有决定起什么名字，"他说，"但是，我必须得告诉你……我已经开始叫他克里斯托弗了。"这时，我知道我们的思想——约翰的、我的、克里斯托弗的，还有上帝的思想——已经进行了沟通，因为这也正是我想到的名字。

几天后，我的堂妹旺达来看我。她微笑着走进病房，说："我真不敢相信，你竟然给你的儿子起了一棵树的名字。"

这时，我仿佛全都明白了。冥冥之中有声音在说，我怎么能忘记和旺达、克里斯托弗及克里斯廷一起度过的美好时光呢？这也就是为什么我的儿子——也是我的精神伴侣——会与我生命之中的另外两个精神伴侣有相同的名字：它们是白杨树克里斯托弗和云杉树克里斯廷。

爱心装饰

我们穿过森林，享受着夜晚凉凉的微风。月光从树叶中透出光亮，为我们指引着方向。我的丈夫走在最前面，我的父亲和母亲跟在他后面，嘴里还嘀咕着不让用手电是多么的愚蠢。我的四个孩子走在中间，我走在队伍的最后面，欣赏着天空渐渐朦胧的夜色。我们小声地交谈着，享受着一起同行的乐趣和森林的寂静。

"如果你可以成为一棵大树，你希望自己是一棵什么树呢？"我问道。

两个大一点的孩子立刻响应，开始列举他们喜爱的树名。

"我一直把自己看成一棵坚硬的橡树。"我父亲歪歪地咧着嘴说。

"是的，爸爸。你的确是一块硬木头。"我开玩笑地说。

"你认为我父亲是一棵什么树呢？"8岁的孩子问我。

"他是一棵长满了红叶的枫树，是树中之王。"我说。

"我想做一棵圣诞树。"我3岁的女儿喊道，"我热了，妈妈。"

她停下脚步，脱掉带帽子的羊毛大衣。我把衣服塞进我衣服前面的大口袋。她最大的哥哥也把外衣扔给了我，我把它系在脖子上。这时，我看起来更像一个被塞得满满的衣柜，而不是我一直梦想成为的、表面光滑的柳树。这个衣柜的门敞开着，里面每一个角落都被塞得满满的，有一些甚至掉了出来，显得杂乱而充实。

我想，也许我们几个并不像树，而更像家具。我刚开始准备做母亲时，就像一个摇篮，蹒跚地走过怀孕期。当我的孩子在舒适的窝巢中翻筋斗、来回摇动的时候，我也会跟着摇动。当我最后终于躺下来准备休息的时候，我的孩子已经会踢开小被子钻进我的怀里，开始玩耍了。

孩子们都出生之后，我变成了他们的婴儿床。我记得我曾经站在屋里抱着我的二儿子度过了许多不眠之夜。当他的小弟弟在我的肚子里来回扭动时，他会懒懒地把头靠在我的肩膀上，满足地感受着我的心跳。当他们长大后，我又变成了他们的脚凳、梯子，有时还会成为双人沙发。当孩子筋疲力尽却睡不着觉时，玩具娃娃绝对无法同妈妈的臂弯相提并论。我把孩子们无精打采的脑袋藏进我的肩头，把他们的腿随意地搭在我的胳膊上，低声吟唱着只有我们可以听懂的、没有歌词的歌谣。

回想起来，我也是一个"工作台"的女儿。我的父亲总是在地下室的小角落里一待就是几个小时，为我们雕刻玩具、制作书架和新家具，弄得自己浑身都是锯屑和刨花。但是他在旧工作台上可不止做出了这些实实在在的物品。当他在工作台上锯木头、打磨和雕刻的时候，我就坐在他旁边，学到了去粗存精、突出优点的重要性。

现在，我的父亲更像是一个老式的衣柜。在这个"衣柜"深处隐藏着我做梦也没有想过的珍宝和眼泪。他从没有锁过衣柜的门，尽管门的铰链生锈了，发出了吱吱的响声，他仍然很愿意邀请我进去。

我的母亲就像是一个舒服的大沙发——那种你一碰到坐垫就会深陷进去的沙发。

放学回家时，我喜欢投进妈妈的怀抱。慢慢长大时，我喜欢把自己埋在妈妈柔软的胸膛中那种美好的感觉。她的身上散发出香皂和新洗过的衣服的味道。现在我也是成年人了，个子比她还高。我看她就像是看到了一面镜子。在她身上，我看到了真正的自己，那不是我有时自以为完美无缺，有时又觉得一无是处的自己。她让我看到自己真实的样子，没有任何粉饰或不真实的奢望，而是清晰和诚实的自己。

现在，我嫁给了一个"书柜"。我的丈夫储藏了许多回忆，当我们坐在一起时，他就会把它们全部拿出来，让我们一起分享。他为我提供了一个可以让我放下烦恼的空间，还有一个用于存放我们绝不能忘记的重要事情的"书柜"。这个"书柜"可以"坚如磐石"，也可以根据我的需要"随意拆卸"。"书柜"稳稳地、紧紧地靠在墙上，所以不管被我塞得多满都不会倒下。他是我们共同生活的宝物。

而我的孩子们……当然是我的"嫁妆箱"了。

梦想的翅膀

"卢——克！"我的女儿艾丽在客厅里大声地叫着："妈妈，妈妈，他来了！卢克来了！"她慌慌张张地跑向前门，脚上的黑皮鞋闪着亮光，踏得地板咚咚直响。她停下来整理了一下崭新的红色天鹅绒裙子，拍了拍挎包，好像是要看看小熊维尼是不是还在包里。她一边激动地叫着，一边去拉前门的门闩。拉开以后，她为自己终于打开这难弄的门闩而雀跃不已。接着，她急急地往前庭跑去，途中又停下来踮起脚尖看她的朋友。她从木栅栏里羞涩地向外张望，看见卢克在他的车座上激动地挥手，他的车就停在门前的路上。卢克咧嘴笑着，摇下车窗："我在这儿，艾丽，我在这儿！"卢克在车里急不可待地比画着双手，直到他妈妈俯过身来帮他打开了车门。他的体重有50磅，一边充满活力地跳上台阶，一边朝艾丽快乐地挥手。终于到一起了，艾丽和卢克兴奋地拥抱，开始大声谈论今天的活动计划。看到我站在门口，他跳了一大步扑过来。"冰淇淋，艾丽妈妈。"他边说边比画着。我假装不明白，问他是不是要水喝。"不，艾丽妈妈，"他接着做手势，"我想要冰淇淋，凉凉的冰淇淋。"我大笑了起来，答应他吃完晚饭后一定让他吃个够。这下他放心了，像绅士一样亲吻了我的手，然后向他妈妈挥手告别。

艾丽和卢克第一次见面是8年前，在内华达山脚下一间嘈杂的教室地板上。他们同盖一条碎布拼接成的被子，脸对着脸躺在一起。艾丽当时接受残疾婴儿特殊护理已两年了，卢克比她小一岁，刚从加利福尼亚搬来。他们立刻被对方吸引了。接下来的一个小时里，他们用探寻的手指摸索着彼此的脸。卢克和艾丽生下来就患有唐宁氏综合征，当时还没有学会走路和说话。但他俩交流起来却毫无障碍，一起在毯子里滚来滚去捉迷藏，一起嘻笑、叫闹，也给老师和父母带来了欢笑。课程结束时，他们伤心地大哭起来，在被大人抱往门外放到车座上时，还相互依依不舍地挥舞着双手。

现在的卢克长得很结实，他喜欢棒球和冰球，有着像运动员一样的体魄。他以极大的热情和高度集中的精神做运动，跑，跳，挥动球拍。卢克喜欢展示自己，他希望能有一个充分表现自己的舞台和一个欣赏他的观众。他随时都会放声唱歌，想象着自己一手拿着麦克风，另一只手在空中戏剧性地挥舞着。卢克的生活中没有陌生人；他跟每个初次见面的人握手，对他们报以友善的微笑。

艾丽则更文静一些，遇到陌生人或来到陌生的地方，她都习惯先观察一会儿，然后才试着融入其中。她喜欢读书，喜欢大声读出路标上的字，喜欢跟卢克一起分享她的种种新发现。她在做游戏前总是提醒卢克要小心。攀爬跑跳不是她的长项，她更喜欢阅读。卢克在台阶上蹦上跳下时，她便静静地坐在扶栏上。

在过去的8年里，卢克和艾丽超越了自身残疾的障碍，建立起深厚的友情。他们交流起来十分顺畅，可以同时使用肢体语言、口语和手语。卢克的听力严重受损，总是戴着特制的助听器。艾丽知道，助听器在卢克耳中时常发出嗡嗡的声音，这会令他难受，因此他经常会把它们取出来。所以每次当艾丽有重要的事要说时，总是先仔细观察一下他是否戴着助听器。虽然这两个孩子都会说话，但他们很难正确表达自己的意思。不过他们从婴儿时期开始就使用手语交流，所以与外界的沟通并不困难。艾丽的语言能力更差一些，而且在一次矫治先天性心脏病的手术中又中了风，于是情况变得更复杂了。在公众场合，卢克勇敢地前进，不断尝试适应新环境，而艾丽却畏缩不前。

眼下，这两个小同盟正奔向游戏室里的大木头玩具盒子。他们的金发在阳光中闪着光，蓝眼睛里充满了期待，渴望一起玩闹，一起捣蛋。他们一起建造了一座想象中的城堡，里面住着玩具猫、狗、短吻鳄鱼和大猩猩。卢克戴上长长的吓人的黑色假发，做出拦路抢劫的样子。

艾丽则戴着她的老虎面具咆哮着。一会儿，卢克又扮做彼得·潘，挥动着长剑打退胡克上尉。艾丽不时发出欣赏的笑声，扇动着她丝质的蝴蝶翅膀，和他一起在想象的天空中飞翔。突然，他们又卸下所有的装扮，扑倒在地上。艾丽成了一只小灰猫，卢克则装成小狗，大声地冲她狂吠。她蜷缩在沙发里，假装吓得喵喵直叫。他们被自己的出色表演逗得前仰后合。

"我现在想吃饭，艾丽妈妈，还要冰淇淋。"卢克手口并用，满脸期盼地对我比画着。艾丽也跟着他提出同样的要求，兴奋得跳来跳去。他们一起跑到卫生间去洗手，回来坐在桌旁，一脸的兴高采烈，手上还滴着水。他们一起出声地咀嚼着嘴里的煎芝士三明治和炸土豆条。

卢克热情地劝艾丽尝尝他的巧克力豆奶；艾丽却一本正经地比画"不行"，仍然喝她的脱脂牛奶。"白色的更好。"她用手语说。他们吃完盼望已久的冰淇淋后，两个人把盘子小心地叠在一起，拿到厨房放进水池里。

接着他们跑回艾丽的卧室换上游泳衣到后院的游泳池去游泳。快到泳池的木头台阶时，他们才发现艾丽忘了换凉鞋。卢克殷勤地扶着艾丽回到屋内。我问他们需要什么，他们比画"没有鞋子"。五分钟后，他们从艾丽的房间里出来，拿着浴巾、泳镜、塑料玩具等。他们再次走到木头台阶前，把手里的东西放在草地上，小心翼翼地把各自的浴巾并排铺好，然后戴上泳镜。接着，他们快乐地跳进了池中，一池水也被搅得翻腾起来，水波拍打着池岸。我在篱笆旁的树荫下休息，看着他们在水中玩塑料船。卢克向艾丽扔过去一个橡皮球，球把水溅在艾丽的脸上，艾丽笑着又把球扔回去，打在他的胸前。

40分钟后，他们两个都用最大的声音喊道"不玩了"，还一边向我比画着，似乎怕我听不到。我用色彩艳丽的沙滩浴巾包住他们冷得发颤的身体，让他们到阳光下草地上铺的毯子那儿去。他们穿过草地走向毯子，并排躺了下来，还在不停地说着笑话，互相高兴地踢着脚。接着，卢克跳起来，用了不止五分钟才站稳。"跟我来，艾丽，"他说，"我们去洗澡吧！"他们拿上自己的一大堆宝贝，朝屋内走去。

一小时以后，他们洗了澡，穿上柔软的睡衣，开始看艾丽的录影带。卢克高兴地哼着歌，直到艾丽嫌他吵，用胳膊肘撞他。卢克不唱了，打了几个哈欠，跑到我旁边坐在沙发上，让我拥着他。过了一小会儿，艾丽也过来了，我的左右两边各有一个温暖的小身体依偎着。

"我们到床上去读书好不好？"我提议道。两个小家伙立刻跳起来，拽着我的胳膊去我的卧室。我们爬上床，我一会儿就被一大堆书和两个昏昏欲睡的孩子包围在中间了。我们读的都是他们的老朋友的故事：玛德林，克里夫德，好奇的乔治，彼得·潘和胡克上尉。卢克和艾丽都坚决表示要尝试书中的历险，虽然艾丽不怎么肯定她到底要不要比剑，卢克却发誓要空手打败所有的海盗。我们继续读了20分钟，卢克就睡着了。又过了10分钟，艾丽也终于闭上眼睛睡着了。我把他们的胳膊和腿轻轻挪开，爬下床来。今晚，这两个小伙伴会一起出发去梦想的地方畅游。我吻了吻他们甜美的小脸，轻手轻脚地走出了房间。

富有之旅

两年前，我妈妈在新墨西哥州的克劳德克罗夫特的树林里买了一座小木屋。在这里，她可以远离得克萨斯的酷暑，安心画她的油画。

有一年，妈妈打电话告诉我们，山里气候宜人，气温只有华氏70度。"你为什么不来看看呢？"她问道。

我丈夫没有时间休假，但这并不妨碍我和7岁的女儿明迪去。把丈夫和一条狗、五只猫丢在家里，在冰箱门上贴上注意事项，然后我们母女俩从地平面爬到了海拔9000多英尺的山中，陪妈妈休息两个星期。

妈妈在阿拉莫戈多市附近的一个机场迎接我们。互相拥抱后，我准备在去小木屋的路上好好地享受一下惬意的田园风光。我们把车开上山路后，四车道的公路变成了狭窄的双车道，公路的一边就是陡峭的峡谷。漫山遍野的野花、苹果园和松树开始映入眼帘。妈妈在路边的休息区停下车，让我们伸伸腿。明迪用手指着悬崖，那儿有人吊着绳子下到峡谷中，场面惊心动魄。

等我们重新上路后，山顶周围开始出现了黑色的积雨云。

"我们是要去那儿吗？"我指着朦朦胧胧的山脊问。

"是的。希望我们能在下午的阵雨之前到那儿。"

我在这辆1989年产的维多利亚皇冠车的天鹅绒坐椅上不安地扭动着。妈妈把手伸进了包里，拿出了一个打火机，点着了一根烟。我们沿着山路越爬越高，沉重的雾气似乎要将整辆车吞噬掉。

"坐稳了，姑娘们！"妈妈说着，突然拐过了一个非常急的弯道。

通向小木屋的路没有铺路面，非常崎岖。这辆八缸引擎的车怒吼着，在泥泞的道路上颠簸着前行。

这段喧闹的旅程突然结束了，就像是在骑牛比赛中被摔下了牛背。

"我们到了！"妈妈说，"你们觉得怎么样？"

我的大脑就像一团糨糊，已经不能思考了。

"我要去洗手间。"明迪一边哼哼着，一边在后座上颠簸着。

"这儿没有洗手间。"妈妈说，"但是再往上走一点儿有一个室外厕所。"

小木屋建在呈45度角的山坡上，小木屋上方几米处有一个破破烂烂的厕所。汽车的门突然被风吹开了，并在风中开开关关，就像是在摆手致意。

"我们可以锻炼锻炼。"我一边说，一边和明迪一起看着山上。

厚厚的松针铺在小路上，非常滑。明迪走了几步，一转身，啪地一屁股坐在地上。

"你没事吧？"我扶她站起来，帮她掸去背后的树叶。有一种黏黏的东西粘在我手上。"哎呀！这是什么味道？"我看着手上。

"那是浣熊的粪便。"妈妈站在远处说。显然她已经有经验了，根本用不着走近看。

到妈妈的小木屋还不到五分钟，我就沾了一手屎。

"拿上桶，我们从井里打点水，给她洗一洗。"妈妈说。

"从井里打水？"我难以置信地重复了一遍。

不但没有洗手间，连自来水也没有！

妈妈的小屋比我想象的土得多。而这还只是一系列惊人发现的开头。

我知道妈妈已经习惯了奢华的生活。因此，看到她对山村生活的艰苦条件不仅毫不在意，反而乐在其中，我感到非常惊讶。当我走进小木屋时，我发现，远离文明唤醒了她的艺术才能，好几幅漂亮的油画正架在屋里等着晾干。妈妈已经好几年没有想要画画了。

太阳躲到了树后，夜晚有些寒意。我们在门口的铁皮炉里生起了火。夜幕降临后，一些奇怪的声响似乎更明显了。

"妈妈，那是什么声音？"明迪一边问，一边爬到了我的怀里。

门廊周围有无数双眼睛正在盯着我们。火光照着它们闪亮的黑鼻头和圆溜溜的眼睛。

"哦，那是浣熊夫人和它的五个孩子。"妈妈兴奋地说，"别担心，它们不会打扰你的。"

晚上，我和明迪睡在尖顶的阁楼上。凌晨1点钟的时候，明迪醒了，问我可不可以带她去厕所。

"现在？"我嘟哝着，开始找手电筒。我穿上鞋，帮明迪穿好衣服，然后牵着她的手，开始向山上爬去。

新月的光在地面上投下了一个个长长、细细的影子，星星像水晶珠一样挂在天上。突然，一枚松果落在了小木屋的铁皮顶上，打破了沉寂。明迪赶紧钻进了我的怀里。"妈妈，那儿有熊吗？"

"现在不要问我这个问题。"我回答着，浑身不禁颤抖起来。

"我现在不是很想上厕所了。我们回去吧。"

我没有跟她争。我们转过身，快步回到了房间。

几个小时后，清晨的阳光在窗户上闪耀着。我们被小木屋墙外蜜蜂的嗡嗡声吵醒了。明迪说，这里听起来就像是一个牙医诊所。她用毯子把头蒙起来，又睡了一会儿。妈妈在明火上煎着鸡蛋和火腿，我从井里打水、煮咖啡。松鼠喳喳地叫着在树梢上打架，羽毛颜色鲜艳的蜂鸟在树林中蹿来蹿去。到处都有野生动物的迹象：鹿的脚印、浣熊的粪便，还有熊在树上留下的抓痕。

"这里真是天堂啊。"妈妈骄傲地说，"是上帝的美丽国度。"

几天后，我们开车到克劳德克罗夫特的村庄里去买一些日用杂货。这个村庄就和在西部片里看到的村庄一模一样。一个男人在那里出租马车，游客付三美元就可以坐一次。我和明迪坐着马车在镇上逛了一圈，妈妈则去看她的朋友了。

在回小木屋的路上，我们在一家别致的乡村小店旁停下来给车加油。明迪扯着我的衣袖，指着旁边说："看那条大狗！"

我顺着明迪指着的方向看过去。"那不是狗！那是狼！"

"这只狼是店主的宠物。"我妈妈说。

这只瘦长的动物长着一条漂亮的大粗尾巴和灰白条纹相间的鲜亮毛发。它用那双兴奋的黄眼睛看着我们。店主站在明迪身边，协助我给明迪拍几张摸着狼的照片。

这是一次我永远也不会忘记的经历。我们像灰熊亚当斯一样地生活。我们用桶洗澡，用桶洗碗、洗衣服，用桶拾柴，而且（第一天晚上以后）在紧急情况下还把桶当做马桶用。

回到家后，我们给我的丈夫带回了许多关于山和山里生物的故事，以及一个迷人的小木屋和那不太迷人的室外厕所的故事。

"你妈妈没有生活必需品是怎样过的？"他问。

我想了一会儿，说："对妈妈来说，独居和自然才是必需品。也许她的感觉和著名的美国画家艾伯特·平卡姆·赖德相同。赖德说过：'艺术家只需要一个屋顶、一些面包皮和一个画架即可。所有其他的东西，上帝都会慷慨地给予。'"

星期二的西红柿汤

一想起考兰太太，我的口水就要流出来了。寒冬一月的一天，火炉上的炖锅热气腾腾，窗子上都蒙了一层淡淡的雾气，她一边热牛奶一边看着屋外的我们。接着，她会轻轻敲打窗玻璃，只见粘在玻璃上的两片雪花天使般地飞舞起来，落入院子里的雪堆中。这是一个信号，说明我们的可可奶已经热好了——至少是马上就热好了，就等我们跳过最后一个冰雪堆，扔掉手里握得硬硬的雪球，从后门跑进屋里，在那张五颜六色的小地毯上跺掉靴子上的冰雪。

"我们都快冻死了。"我们大叫着，脸上红扑扑的，手忙脚乱地摘掉手套、围巾还有帽子，而考兰太太在台阶上面的厨房里，穿着十字绣围裙正在忙活着。

"可不是嘛。"她答应着，有意把声音和表情都装得很严肃，做出一副一本正经的样子。

可我们知道她这是在唬人呢。我们一进屋就闻到了雀巢咖啡的香气，而且几乎已经尝到了满杯子新鲜调制的蜜饯糊那种香甜的味道。于是我们踢掉脚上的鞋子，甩开湿漉漉的护膝和外套，两个人争先恐后地冲过去。

考兰太太非常爱我们两个。凯茜是她的女儿，而我是她隔壁邻居的女儿，就住在她家院后，仅隔着一道篱笆。她是看着我们两个出生的，考兰太太和我妈妈是朋友，就是那种两个人的人生选择截然不同的女人能够建立起来的最友好的关系了。我妈妈每天去上班，而考兰太太不上班。

可考兰太太能做花生罐头，还能打出脱壳玉米。她伺弄着一个菜园，种胡萝卜和绿色的豆子。她会做蛋糕拿到教堂面点节上卖，还会做牛奶可可和巧克力碎屑点心。她总是在家里，总是在你身边。我妈妈让她看着我点，"就看到晚饭前。"她对考兰太太说。那是九月份的时候，我和凯茜刚开始上一年级。于是从星期一到星期五，每天下午，当那辆黄色大巴路过我们街道时，我就在凯茜·考兰家门口下车，和凯茜·考兰一起回家。

每次，到了门前迎接我们的都是两个亲吻。有时候第一个吻给凯茜，有时候给我——考兰太太一边在我们的额头上轻轻一吻，一边把我们的书包从胳膊上拿下来。

"哦，我的天啊！你们这书包里都装的什么啊？装了一吨砖头吗？"她问道。我们趁她没看见，挑起眼眉偷偷地笑着，计划着哪一天真在书包里装一些砖头来吓她一跳。很多年来，我们时时计划着这个行动，但后来都不了了之了。

在那些日子里，我们在15路公共汽车的绿色座位上蹦来蹦去，不停地策划着种种行动。我们坐得低低的，膝盖顶在前排座椅的靠背上，坐在我们前面的是乔那森·费舍尔和大卫·伦伯。我们表面上烦透了这两个邻街男孩，可暗地里挺喜欢他们的，至少在8岁到11岁的这几年里是这样的。我们用唾沫浸湿了小纸球，然后偷偷地往身后扔，我们两个立即尖叫着"恶心！"直到司机威斯先生从后视镜里看到这一切，大吼着让我们别疯闹。

凯茜·考兰的两个哥哥都已经出去上大学了，她很沉静，最想当兽医。她喜欢小宠物，自己还养了一只黄色的小鸟，可是这只小鸟拒绝唱歌。考兰太太为此即便不是深感失望，至少也觉得有点沮丧。我们发现她在鸟笼子旁边大声播放"何其优美"或"艺术何其伟大"等合唱歌曲，试图用音乐唤醒这只鸟儿，可音乐声离鸟笼子那么近，非把那只鸟震聋了不可。我们当然都笑得直不起腰了，而且发誓永远都不能像妈妈们那么傻里傻气的。

不过那时候我妈妈可一点都不傻里傻气。事实上她一本正经，我觉得她实在是魅力四射。她身穿一件V字领的花衬衫，脚上踏着一双高跟鞋，腿上套着长筒袜，有时候袜子抽丝了她也没看见。不过，我很喜欢她，觉得她又漂亮又有地位。我想快点长大，长大后能像她那样。我将来做什么并不重要，只要能浓妆艳抹，开着一辆迷人的红色小汽车，不要像别人那样，又要做饭、又要给丈夫熨一堆堆的白衬衫。

这时候，我不禁想起考兰太太家那间苹果绿色的起居室，还有考兰太太那忙忙碌碌的身影。

我看着她摇晃着电热瓶里的水，再把水喷到蓝灰色的棉布衣领上，嘴唇上面布满了细细的小汗珠。电熨斗一触到水就开始"嘶嘶"响了起来，她用手捋平衣服边缝，然后用熨斗压了压，嘴角露出一丝微笑，很满足的样子。风扇吹散了热气，于是我也是一副很满足的样子。

凯茜和我经常在地毯上一坐就是好几个小时，玩"生活"游戏。凯茜的目标是得到比上一轮更多的宝宝。她的棋盘上已经有那么多粉的和蓝的表示宝宝的小棋子了，可她还是特别想再往里面挤进去一些，毫无节制。而我总梦想成为超级明星，住在豪华的房子里，所以我总是把多出来的分数用来盖一个更加花枝招展的小屋子。凯茜从不考虑上大学，总是挑最便宜的房子卡片，而且每一次她都拒绝买保险。她很少能赢我，但她也从不在乎输赢，坚持要明天接着玩，还从不改变自己的策略和技巧。

我不记得最后一次和凯茜玩、甚至最后一次和她说话是在什么时候了。我长大了，放学后不用别人照看了，也有了自家的钥匙。到了九年级，我们就很少在一起了。她上了职业班，在另一栋教学楼上课。除了上课，她还要在中午过后做兼职，几乎没有时间出去玩。我上了大学预科班，交了一些新朋友，也学会了更多赢得高质量生活的本领。我开着一辆别克回家，再也不坐公共汽车了，而且就把它停在自家门口。在空无一人的家里，我总是到厨房柜子里随便找点什么吃的，再喝几口爸爸的威士忌，吸上几口妈妈丢在一边的女士香烟。我可以把脚放在躺椅上，打开电视机，想看什么就看什么，我常看《黑色阴影》，考兰太太可不会让我看这样的片子。

"看了这种乱七八糟的东西，你会做噩梦的。"她一定会这么告诫我们，然后跳过巴那巴斯的尖齿獠牙，找一个更合适的节目，比如"让我们一言为定"。

这些年来，她时不时地教我们卷面包皮，用莫顿盐和面团。她给我们的南希纸娃娃做小不丁丁点的手袋和手套，还让我们穿上她的礼拜服。她给我们擦伤的地方喷药水，还往我们耳朵后面洒香水。

考兰太太总是那样——她的微笑，她身上的味道，她检查我们作业的样子，还有平息我们之间的争吵时用的法子都不曾改变过。别想蒙骗过关，她从不袒护任何人。她那种清教徒似的一成不变的秉性让我又烦又爱，就像所有的青少年一样，我心里当时真是爱恨交加。一天又一天，一星期又一星期后，我们都摸出规律了：星期二一定是西红柿汤，只是在暑假里改到了星期三，而这种花样翻新竟成了暑假里最让我们激动的事了。

今天早上，我听到丈夫在门外喊着我的名字，问我是不是觉得不舒服。

"没事。"我骗他说。我坐在浴室的地上，紧紧地抓着抽水马桶，用湿纸巾擦了擦嘴。我看着自己臃肿的手指，摸着自己臃肿的身体。我怀孕了。

"那好。"他一边说一边隔着门给了我一个飞吻，接着就匆匆离开，去忙着挣钱谋生了。我打电话请了病假，告诉老板自己得了流感，然后拖着沉重的身子来到厨房，吃了一点咸味饼干，喝了几口姜味的淡啤酒。我想给我妈妈打电话，但最终打消了这个念头。我曾经想象着在妈妈喝着热咖啡时把这个喜讯告诉她，她应该微笑着，穿着一身杰奎林·史密斯的名牌运动服——新近退休的人都时兴穿这个。"噢，那太好了，亲爱的，"她会说，"你回去上班时我可以帮你看孩子。"

但是我另有安排。在这个安排中有许多拥抱和亲吻，有寒冷的午后那一杯热气腾腾的热巧克力，还有每个星期二的西红柿汤。

六年前的夏天

六年前的夏天，我、妈妈和两个妹妹以甜泡菜和苹果为食。妈妈总是向我们灌输苹果的重要性，宣称苹果是大脑的粮食。当时，对我来说，夏天就是玩耍的时间——在这快乐的三个月中，我可以在太阳底下翻筋斗、大口大口地吃甜泡菜、喂我的大脑吃苹果，完全没有注意到我的身体和思想发生的变化。一直到第12个夏天，我都是无忧无虑的，从没有停下来想想过去或未来。我像一匹脱缰的野马，固执而坚决地冲过了青少年时代，享受着纯真的幸福。现在想一想，有时我真希望能够回到过去，回到6年前那个无忧无虑的夏天，哪怕就一会儿也好。

炎热的夏季使我们整天都穿着泳衣。虽然新闻上说（这是妈妈告诉我们的）要避开阳光，因为阳光中有害的紫外线会把我们烤得像火腿一样又干又皱，但我们还是照样在阳光下玩耍。妈妈买了很多防晒油，想在我的背上抹上厚厚的一层，就像她在以前11个夏天里做的那样，如果我还乖乖让她涂的话。我一般都会扭身躲开她满是防晒油的手，回嘴说：不用了，我已经自觉地涂过了。然后让她看看我身上的油。之后我会冲进浴室，把我浅灰色的皮肤上那层油腻腻的东西擦掉，再从头到脚抹上一层更油的婴儿霜。我决心在七年级开学的第一天带着棕褐色的皮肤去上学，虽然这意味着我的皮肤上会起很多小水泡和一些粉红色的晒斑。6年前的夏天，我完全不在乎什么致命的紫外线，也根本不需要什么SPF30、25或15的防晒指数。

那个夏天，妈妈从我们一年一次的一周宅前旧货出售中赚了一大笔钱。我和两个妹妹像棍子一样戳在那个用耐克鞋盒做成的钱箱后面轮流当收银员。我对自己的表现感到很骄傲。我能够哗哗地数着10块和20块的钞票，大声地说出计算出的数字，用盘子递出要找的零钱，还能一边得意地笑着，一边认真地说："非常感谢。祝您愉快！"我们的顾客会微笑地看着我，我的两个妹妹也非常妒忌我。我的两个妹妹把我当做是宅前旧货销售的榜样。明年夏天，也许——仅仅是也许——她们也能像一个职业商人一样数钱了。

但是，宅前销售中的"蜂王"还是妈妈。她每隔一个小时就会忙碌着从家里抱出一大堆旧球鞋，挂着旧衣服的衣架，以及从地下室搬上来的旧家具。她吃力地拖出椅子、桌子、录音机、书和各种各样不需要的东西。我会很聪明地转过身对两个妹妹说："去帮帮妈妈，别让她把腰扭了。"她们会听话地点点头，一路小跑地去帮忙，而我正在非常专业地给一张50美元的钞票找零钱。

六年前的夏天那次旧货销售的最后一天，也就是星期天，妈妈开始出问题了。她几乎把家里的衣柜、橱柜、箱子、地下室和各个角落里所有可能不用的东西和被遗忘的东西都清空了，然后就出事了。我仍然清清楚楚地记得妈妈把我最喜欢的那个芭比娃娃给嚼着泡泡糖的小姑娘的那一幕。虽然我已经有好几年没有玩过这个娃娃了，可能以后也不会再玩了，但我从来没有想过她会被卖掉。而且我敢保证，那个小姑娘肯定会把我的娃娃扔到她那一大堆从旧货市场买回来的芭比娃娃中。我说了声对不起，从收银台（也就是电视机柜）后走了过来，斩钉截铁地说，如果妈妈想把我最喜欢的芭比娃娃卖掉，我就不给她当收银员了。

我和妹妹们当时都认为已经到了该收摊的时候了。我们跟妈妈理论说，今天是星期天，我们已经赚了一大笔钱，而且也实在没有什么东西可卖了。就在这时，她开始了……我们目瞪口呆地看着妈妈走进家门，听到她的脚步声穿过了厨房、上了楼梯、走过地毯、进了她的卧室。当她在卧室里翻箱倒柜的时候，我和妹妹们都死死地盯着天花板，生怕她会把地板砸破一个洞，正好掉到我们头上。她在屋里乒乒乓乓地折腾了5分钟，然后猛地冲下楼梯，差点踩空。她怀里抱着的是她最珍爱的童年纪念品、她最宝贵的美国文化品、她最喜欢的丝绒相框装的猫王画像。画前的这一幕简直让人难以置信，我们站在那里，一句话也说不出来。这时，我那被旧货销售弄疯了的妈妈说话了。

"我们家里的东西太多了。现在应该清一清，为更大、更好的东西腾出点地方来。"

她一边说着，一边快步经过我们身边，向出售旧货的车库走去。"如果我可以卖你的芭比娃娃，我也可以……"

她停住了，看着我们，露出了她最灿烂、最热烈的微笑，仿佛在说：我知道你们在想什么。

"我的意思是……这只不过是一幅旧画，不值什么钱，也卖不了多少钱。就卖这最后一件了，姑娘们。"

我们机械地点着头，没有办法阻止她。哦，没有办法！

"你们干吗像看个疯子似的看着我？一定要向前走，去获得更大、更好的东西。记住我的话，姑娘们。"

是的，妈妈。但是猫王是摇滚之王，是您的偶像啊！

六年前的夏天，爸爸给家里添了个游泳池，全家为此兴奋不已。这是个旧的地上游泳池，是他从城里买来的。爸爸垒好地基，铺上砂子，买了一个遮阳蓬和很多氯气。我们高兴地拥抱着爸爸，抱得他几乎喘过不气来。我们说了一大堆谢谢，感谢他在我们家的后院安游泳池，感谢他送给"他的姑娘们"这个礼物。当然，"他的姑娘们"也包括妈妈在内。

爸爸星期一到星期五出去上班时，我和两个妹妹就舒舒服服地泡在游泳池里。

妈妈会给我们做她拿手的冰茶。这是我们喝过的最好喝的饮料。她的神秘配方来自一本她当宝贝似地藏起来的布面菜谱中。游泳池上面的台子是我们的休息区、读书区和舞台。有时，我们一时兴起，也会拉开嗓门唱几首Boyz II Men的歌。

妈妈是我们的忠实听众，她总是会用热烈的掌声和起立喝彩来回报我们跑调的歌声。

八月中旬，气象学家们说，只要抹了SPF值为30以上的防晒霜，就可以在阳光下活动了。妈妈告诉我们，夏天就快结束了，美好的季节就要过去了。

"姑娘们，趁现在尽情享受吧。夏天马上就要过——去——了。"

那时，我们的注意力已经转移到了开学穿的衣服和白天放的肥皂剧上去了。经过了六月和七月，我们已经对太阳、戏水、甜泡菜和苹果感到腻了。同时，我也开始接受少女杂志上的美容建议，让妈妈按照当时最流行的发型把我的头发剪短。

我开始发现了大商场的妙处，不再满足于到凯玛特这样的超市去购物了。我不能理解，为什么妈妈不明白酸洗过的牛仔裤已经不再酷了。我已经准备好上七年级、踢足球、和朋友们去听演唱会以及亲吻男孩子了。

哦，在六年前那个夏天的最后几天里，有时我会鼓起勇气出去走走。我会眯缝起眼睛，以免被阳光刺痛。我去看看葡萄架上的葡萄熟了没有——我跟妈妈是这么说的。实际上，我是在偷偷地看一个新来的、有着迷人微笑的阳光男孩。他在我们家后面的地里绑葡萄藤。少女杂志上说，我应该主动走过去，跟他打招呼，因为那时的男孩喜欢主动的女孩。我花了一个月的时间才鼓足勇气，想好了一个接近他的办法。但此时，他已经绑完所有的葡萄藤走了，只留给了我一段没有来得及唱出口的青春期前的狂想曲。

虽然昏黄的太阳仍然照在我们的背上，驱赶着空气中的几丝秋意，但是我相信，夏天已经过去了。我已经把夏天和我的童年都甩在了身后，准备像成年人一样迎接秋天的落叶，妈妈不是说过要把地方清一清，给更大、更好的东西腾地方吗？

妈妈不是把她的猫王画像都给卖了，以便继续向前走吗？我不是也从我的芭比娃娃开始就把我的童年卖给了夏天，以便继续向前走吗？

6年后，我想起了我和妹妹们、甚至爸爸妈妈继续向前走向"更大、更好"的方式。现在我认识到，根本没有什么"更大、更好"的东西。我们的现状和现在所拥有的一切就已经很好了，而且往往比我们认为的更好。六年前的夏天是这样，现在也是这样，我们生命中的任何时刻都是这样。

六年前的夏天，我还是一个无知的12岁小女孩，从没有对自己或周围的世界产生过疑问。这只不过又是一个夏天，我理所当然地收下了它送给我的所有礼物：甜泡菜、苹果、妈妈的冰茶和爸爸的游泳池。我从来没有想过爸爸为了买回这个游泳池工作得多么辛苦，为了安好这个游泳池付出了多大的劳动。他的目的就只是为了让"他的姑娘们"在夏日里能够有一个凉爽的栖身之所。当夏天过去时，我只想着快快长大，快快成人，却没有意识到，在旧货摊的电视机柜后面，成长的过程已经开始了。只是在后来，只是在最近，我才意识到，妈妈在六年前那个夏天的旧货销售的最后一天卖掉她的猫王像，并不是为了获得更大、更好的东西，而是为了安抚她的女儿在卖掉心爱的芭比娃娃后所产生的成长的痛楚。

六年前的夏天，阳光把我的肩头烤成了粉色，但是没有留下晒斑，没有留下我童年的最后一个夏天向"更大、更好的东西"转变的记录，留下的只是对"最大、最好的东西"的回忆——那就是爱。

四个玛丽

在这张带花边的黑白老照片中，妈妈还不到30岁，而我则是那个肤色健康、梳着小辫、骑在妈妈腿上的小孩。妈妈总是喜欢把这张镶在金色相框里的照片从壁炉架上拿下来，给她的孩子们和孩子的孩子们看。我们都把这张照片叫做"四个玛丽"，因为这张照片上的人是我家的四代女性，她们都是长女，也都叫玛丽。这四个人是我的曾外婆、外婆、妈妈和我。实际上，我的名字叫玛丽·玛格丽特，随我外婆和奶奶的名字——也随我妈妈家所有叫玛丽的人的名字——但是为了避免弄混，别人都叫我佩吉。

在这张照片中，我只有两岁，胖嘟嘟的脸上正严肃地皱着眉头，盯着自己的手。我的一只手捧成杯形，好像卡通人物正在里面抬头望着我似的。我的另一只手指着这只手的手心。我妈妈记得，就在拍这张照片前，我的曾外婆带着我去她的花园，让我随便挑我想要的花。妈妈说，我摘了一朵耧斗花，而且对它非常着迷，在拍照时也不愿意抬起头来。我现在仍然很喜欢耧斗花，因为它就像迸放的七彩焰火。

当时，我父亲已经坐船去参加第二次世界大战了。仔细地研究一下这张照片，你就会发现，战争已经对女性的服装产生了影响。曾外婆的深色裙子又宽又大，几乎垂到脚踝，而外婆和妈妈则穿着紧身的裙子，裙子的长度几乎还不到膝盖。由于缺少布料，年轻一代女性只得穿较短的裙子。

曾外婆身上穿着一件深色高领长袖上衣，还披着一条带流苏的围巾，围巾上的图案非常柔和。妈妈和外婆的上衣用的布都比较少。外婆的上衣领口剪裁较低，非常贴身，骄傲地显示出她丰满、厚实的身体，领口和袖口处的花边一共有三层，是她自己做的。妈妈穿着一件薄薄的棉纱衬衣，胸前和短袖边有镂空的刺绣。

曾外婆的头发从来不剪，总是甩到后面，在颈部松松地挽一个髻。她的头发很黑，非常黑。现在我才第一次想到，她肯定染了发。外婆的头发是短发，烫的卷很死，梳得紧紧的。妈妈拿着这张照片告诉我，就在拍照前几年，外婆还从来没有剪过头发。当她剪了一头短发、用纸袋装着她4英尺长的辫子回家时，外公非常生气，几个星期都没有跟她说话。

我妈妈看起来像老牌洗发水的广告女郎。自然卷曲的头发衬托着她在20世纪40年代时容光焕发的脸庞、抹着口红的嘴唇和螺丝式珍珠耳环。那时的广告女郎看起来都像是拉斐尔笔下的天使去掉了多余的脂肪，而照片中的妈妈的确可以称得上是瘦骨嶙峋。由于担心父亲的安危，加上战时采用食物配给制，从裙子前面就可以看到妈妈凸出的髋骨。

照片中，我们四个人后面是一棵梨树和一个花园。远处是我的曾外婆和她的五个姐妹从小长大的农舍。我妈妈年轻的时候每个夏天都会去那里。花园在土路和农舍之间，是曾外婆的私人领地。每周总有几次，她会戴上一顶宽沿帽，提上一把剪刀和一个扁平的竹筐，信步走进她自己专有的伊甸园。她一边悠闲自得地享受着田园景致和早晨清新的空气，一边剪下足够的花，做成许多花束，装点她那高低错落的维多利亚式三层小楼。

我的家在城市，前院很小，但也开满了鲜花。很早以前，我和丈夫就把参差不齐的草坪变成从走道一直蔓延到门口的开花植物。每年春天和夏天，靠近前院走道的低矮篱笆就会消失在铁线莲的大量藤条下，倒挂金钟、耧斗花与大波斯菊和报春花争奇斗艳。走道另一侧的路边种着一棵石榴树和一棵李树。

不久前，我父母到我家来做客，我的女儿（她的名字是吉尔，不是玛丽）也带着她的一个女儿过来玩。

"噢，玛丽，我们再来照一张一家四代女性的照片吧。"爸爸提议说，"你可以把这张照片放在'四个玛丽'旁边。"

我们鱼贯而出，在花园前面站成一排，挨着那棵紫色的李树。我的丈夫调相机焦距时，我们都在阳光下眯缝着眼睛。

"笑一下。"看到大家都准备好了，我爸爸在旁边说。

"等一下。"我忽然想起了一件重要的事情。

我走向花园，摘下了一朵耧斗花，递给了我的外孙女。

新年快乐

除夕对我来说总是奇妙的一天。我喜欢狂欢，包括香槟、奇装异服、闹腾的音乐和彩旗。辞旧迎新总是会让我想起时间的短暂和生命的宝贵。

小时候，我总是和爷爷奶奶一起过除夕夜，我总是等不到零点就睡着了。快到时间时，奶奶温暖的双手会轻轻地把我摇醒，轻声地告诉我："彩球马上就要掉了。"于是我们三个人就一起瞪大了眼睛看着发光的彩球一个个落下来——十、九、八、七、六、五、四、三、二、一！随着人群爆发出欢呼声，我们也会欢呼起来！

等我长大后，我开始和朋友们一起过除夕，但也还是会在零点刚过时打电话给爷爷奶奶。我们都会问："你看彩球落了吗？"当然，回答肯定都是"看了！"然后，我们就会通过电话彼此祝贺新年快乐，并互致爱意。每一年我都会进行这项仪式，直到二老故去。

20岁出头时，我特别迷恋去纽约时代广场看现场倒计时。我曾经邀请家人和许多好朋友到一家环境优雅的饭店吃晚饭，然后去一家别致的酒店跳舞，最后在11点疯狂地跑到倒计时彩球下，加入那里的人群，可是至今也没有一个人响应我的建议。于是每年我都只能在电视里看着那些狂欢的人们，发誓总有一天我也会是他们中的一员，即使只有我一个人去。

2002年的新年是一个非常沉闷的新年。我认识的每一个人都待在家里，除了安静地吃一顿晚餐、喝一瓶葡萄酒之外，似乎都没有兴趣再进行一些庆祝活动。我丈夫的唯一兴趣是一秒不落地看完费城鹰队的决赛。他同意带我和两个小女儿早早地出去吃一顿晚饭，这样就能在开赛之前赶回家看球。晚饭不会有丰盛的甜点，但不管怎样，这总比没有任何庆祝好。于是，我们一家四口出去高高兴兴地享受了一顿晚餐。而且，球赛结束后应该还有时间开香槟，度过一个浪漫的夜晚。我知道计划赶不上变化，不敢跟丈夫玩什么暗示或拐弯抹角的把戏。

我直截了当地告诉他："球赛结束后，我希望你陪我过新年。"他信誓旦旦地说："没问题。"但我还是感到不放心，想把事情敲定，于是接着说："你知道除夕夜对我很重要的。"

他点了点头。但我还是觉得心里没底。

也许是晚饭吃得太饱了，也许是球赛太让人兴奋了，也许是家里太安静了，也许只有丈夫累了……不管是什么原因，反正在孩子们睡着后不久，丈夫也倒头呼呼大睡，只剩下我一个人过我最喜爱的节日。我满心失望地在家里走来走去，漫不经心地翻了几页书，又做了一些热巧克力。最后，我无力地坐在壁炉前的椅子上。壁炉里的火快要灭了，只散发出微微的热度。

11点时，我往炉膛里加了几根柴，关掉了几盏灯，让房间变得像一个温暖、舒适的宫殿。我把圣诞树上的彩灯打开，又开了一瓶香槟，往两个细长的玻璃酒杯里倒了一些。

我轻轻地摇醒了丈夫，说："彩球马上就要落了。"他用胳膊肘撑起身，啜了一口香槟，嘴里嘟哝了一句"新年快乐"，就又翻身睡着了。

于是，我有生以来第一次一个人看着彩球落下。想给爷爷奶奶打个电话的愿望变成了真切的痛楚，我比任何时候都更加妒忌时代广场上那些狂欢的人们。我看着他们兴奋的面孔，感觉自己就像是一个局外人。我努力地回忆着以前除夕夜里装扮的鬼怪，回忆着爷爷和我在房前的屋檐下放鞭炮，回忆着妈妈穿着闪闪发光的银色晚装，回忆着那个英俊的男孩在零点给我的温馨一吻。但是，房间里仍然一片寂静。我眨了眨眼，一颗孤独的泪珠顺着脸颊滑下。

我关掉了电视，走到两个孩子床前，吻了吻她们柔软的头发，轻轻地对她们说了声"我爱你们"。我多想把她们叫醒、穿好衣服，带她们出去用木勺敲打锡罐啊，但是我没有。我只是给正香甜地睡在床上的四岁女儿和还在摇篮里的小女儿掖了掖毯子。我紧紧地抱了抱我的狗，也许紧得有点让它不舒服。然后，我走下楼，关了灯，熄了火。

亮丽的圣诞树似乎在壁炉余烬的微光中闪闪发亮，树上的彩灯映射在落地窗上。独自一人欣赏如此美景，令我感到既高兴又沮丧。我走到窗前，眺望着宁静的夜色。我一边看着跳跃的彩灯在白雪覆盖的草坪上舞动，一边品尝着香槟的芬芳，不禁露出了微笑。我怎么就没有发现前院的草坪就像是一块彩虹果冻呢？

在看到他们之前，我先听到了他们的声音。他们正在唱着苏格兰歌曲《友谊地久天长》。由于总是记不住词，他们经常笑成一团。那是两个女孩和四个男孩，他们正沿着人行道散步，完全不顾时间和刺骨的寒风。他们使我想起了过去的徐夕夜和年少时的快乐经历。我立刻喜欢上了他们。

"多白的雪啊！"戴着深蓝色围巾的高个男孩喊着，扑到了我家前院的草坪上打起滚来。

"不知道能不能用它做成彩色的雪球？"穿着黑色滑雪服的女孩说。

她径直走到了我的窗下。我后退了一步，躲在窗帘后，以免吓到她。她抓起一把彩灯映照下粉红色的雪粉，向那个戴着有穗的帽子、正大喊大叫的男孩扔了过去。女孩没有打中男孩，但男孩还是追上她，绅士般地给她洒了一头雪粉。

我静静地看着他们破坏了我院子里纯洁的雪地，心里却很高兴。我甚至想披上那件蓝色的旧皮大衣，和他们一起玩耍，但能看着他们我就已经很满足了。他们的欢乐驱散了我心头孤独的阴影。我靠近窗户，用指尖触摸着冰凉的玻璃。

"我很高兴你们选择了我家的雪。"我轻声地对他们说。

这时，电话铃响了，是我的表弟打来的。我从小经常和他一起玩耍，现在他也长大了，并且很快要当爸爸了。我没有想到他会打电话过来，心头莫名地浮起一丝感动。他那里正在聚会，音乐声和喧闹声震耳欲聋，必须大声喊才能听得见。

"表姐，新年快乐！"他说，"你过得好吗？"

"很好，简直太好了。"我回答说。

"你那里听起来很安静。就你一个人吗？"他问我。

我望着窗外的白雪天使们，想到了正在温暖而平静的家中酣睡的家人，想到了表弟英俊的脸庞。

"不，有很多人。"我说，"也祝你新年快乐！"

一张创造奇迹的唱片

1921年，我刚满13岁。一天，我从弗雷斯诺市中心骑自行车回家，车上捎着一架胜利牌手摇留声机和一张胜利牌唱片。

那架留声机在1935年我去欧洲旅行时，把它送给了基督教救世军。可是，那张唱片我始终保存着。我对它怀有一种特殊的感情。

我之所以特别喜爱它，是因为每当我听这张唱片的时候，就想起当初我挟着留声机和唱片走进家门的情景。

留声机花了我10元钱，唱片0.75元，两样东西都是全新的。钱是我当电报员挣的头一个星期的工资。买完这两样东西，还剩下4.25元。

母亲刚刚从古根海姆工厂回家。从她脸上的神色可以看出，她干的活儿是装小瓶的无花果罐头。我知道，罐头食品工最不愿意装这种小瓶的罐头。因为装小瓶罐头干上一整天只能挣1.5元，最多不会超过2元钱；要是装大瓶的罐头，就可以挣到3~4元钱。这个数目在那个年头是相当可观的。

我抱着留声机满心欢喜地走进家门。母亲看了我一眼，从眼神中流露出她那天干的是装小瓶罐头的活儿。不过，她没说话，我也没吭声。我把留声机放在客厅的圆桌上，又将唱片取下来，正反两面检查一遍。这时，我觉察到母亲正在注视着我。就在我摇动留声机的曲柄时，她终于开了腔，语调又温和又客气。我心中有数，这意味着她对眼前的事并不赞许。

"威利，你在那儿摆弄的是什么玩意儿？"

"这叫留声机。"

"你从哪儿弄来的这架留声机？"

"百老汇大街上的克莱·谢尔曼商店。"

"是他们送给你的？"

"不，是我买的。"

"你花了多少钱，威利？"

"10元钱。"

"10元钱对咱们这个家来说可不是个小数目。也许这钱是你在街上捡的？"

"不，这钱是我给邮电局送电报挣的第一周的工资，还有这张唱片花了0.75元。"

"那么你从第一周的工资里拿回来养家的——付房租、伙食、添衣服——共是多少钱？"

"4.25元。我每周工资是15元。"

这时，唱片已经放到留声机上。我刚要把机头放在转盘上，就在这时，我突然觉得最好别再摆弄下去，还是逃走为妙。于是，我撒腿便跑。后廊上的纱门砰的一声，我跑了出来，紧接着又砰的一响，母亲追了上来。

当我围着房子奔跑时，我意识到两件事：首先，那是个美丽的夜晚；其次，莱文·凯马尔扬的父亲——一位非常严肃的人，正站在马路对面的家门前愣神儿瞧着我们，兴许还有点惊讶。毫无疑问，塔库希·萨罗扬和她儿子围着房子跑决不是为了锻炼身体，更不是进行什么体育比赛。那么，他们究竟为什么要跑呢？

出于睦邻关系，在我要跑回客厅时，我向凯马尔扬先生行礼致意。一进客厅，我急忙把机头放在唱片上，然后赶紧躲进饭厅。从饭厅里，我既可以观察到音乐对母亲所产生的效果，在必要时还可以逃到后廊上，再跑到院子里去。

母亲刚回到客厅，唱片的音乐开始从留声机里传了出来。

有那么一会儿工夫，母亲对音乐似乎根本不理会，还要继续追赶我。

突然她停住脚步，也许只是为了喘口气，也许是在听音乐——当时我说不准。

随着音乐继续演奏下去，我不能不注意到母亲要么是累得跑不动了，要么就是确实在听音乐了。过了片刻，我发现她的的确确在倾听了。我看着她来到留声机旁，而不再追赶我。我们家有6张藤椅，还是1911年我父亲活着的时候留下的。只见她搬了一张到圆桌边，坐了下来。这时我注意到母亲脸上的疲劳和恼怒的神情已化为乌有。我站在通往客厅的过道里，等唱片一完，我走到留声机旁，从唱片上抬起机头，把机器停了下来。

母亲没有看我，只是说道："好吧，我们把它留着吧。请你再放一遍。"

我连忙摇了几下曲柄，把机头放回到唱片上。

这一次，当唱针走到唱片尽头的时候，母亲说："教教我怎么让它转。"我做了一遍给她看。然后，她亲自动手把唱片放了一遍。

不用说，音乐确实很动听。可是，就在一刹那前，她还为了我把一周的工资大部分扔在一件可笑的废物上而大发雷霆哩。后来，她听到了音乐，从中得到启示。是这种音乐感受使她明白了：钱不仅没有白白扔掉，而是花得很值得。

她一连把唱片放了六遍。而我一直坐在饭厅的桌子旁边，浏览着克莱·谢尔曼商店的女售货员免费赠送的一份唱片目录。然后，她说："你就带回家这一张唱片？"

"嗯，它反面还有另一首歌呢。"

我走到留声机旁，把唱片翻过来放上。

"另一首歌是什么！"

"呃，歌名叫《印度之歌》。我还没有听过。在铺子里，我只听了第一面，歌名是《巧巧桑》。您想听听《印度之歌》吗？"

"请你放一遍吧。"

就这样，当家里的其他成员回家时，就看见母亲坐在藤椅上守着留声机在听音乐。

难道那张唱片不值得我永远保存吗？不应该受到我格外地珍爱吗？它几乎一下子就把母亲拉进艺术的境界里去。

并且，据我所知，它标志着一个转折点，从那以后，母亲开始意识到：她儿子把某些东西看得比金钱——甚至可能比衣、食、住还重是正确的。

过了一个星期，母亲在吃晚饭时向大家提出，到了该拿出一些家用钱再买一张唱片的时候啦。她想知道有哪些唱片可买。我拿出目录，把上面列的名字念了一遍，但这些名字对她来说毫无意义。于是，她叫我到商店去挑一张"赫拉沙里"的唱片。

42年后的今天，当我重新听这张唱片、力图猜测其中的奥妙时，我认为是那班卓琴的节拍打动了母亲的心。琴声直接在向母亲诉说，仿佛在向一位情投意合、相互了解的老朋友倾诉衷情。与单簧管配上的班卓琴产生一种使人回忆过去、正视现在和展望未来的效果。它奏出了一个日本姑娘遭受美国水兵遗弃的心声。双簧管奏出了故事的内容，萨克斯管表现出忍气吞声的呜咽。

从那以后，只要家里人攻击我性格孤僻，母亲总是耐心地替我辩护，等到她实在按捺不住而发火时，她就朝他们大声嚷道："他不是生意人，谢天谢地。"

失而复得的圣诞节

巴丽丝童年的圣诞节过得平淡而无奇，因为家里只有父母和巴丽丝。巴丽丝发誓将来有一天结了婚要生6个孩子，让自己的家充满爱与生机。

巴丽丝找到了一个跟她想法一致的丈夫，但没料到他们结婚后不能生育。毫无疑问不得不申请领养一个。一年内他来了。

巴丽丝夫妇叫他圣诞男孩，因为他是在快乐的圣诞节期间来的。

圣诞男孩一天天长大，他越来越清楚只有他才有权力每年挑选和装饰圣诞树，甚至在巴丽丝夫妇还没有吃完感恩节的火鸡时，他就开始急急忙忙地准备圣诞礼物单了。他让巴丽丝夫妇唱赞歌，跟他天赋完美的男高音相比，他们简直像青蛙在叫。每次过节，他都鼓励巴丽丝夫妇，带他们度过欢乐的时刻。

可是，在第26个圣诞节那天，就像他意外降临到巴丽丝夫妇身边一样他又突然离开了，他在丹佛街的一起汽车事故中丧生，当时他正要赶回家去看他的娇妻和幼女。但他先到巴丽丝夫妇这儿装饰了圣诞树，这是他一直都坚持的礼仪。

由于悲伤过度，巴丽丝夫妇卖掉了房子——因为屋里的一切都激起回忆，然后搬到加利福尼亚，远离朋友和教堂。

在他死后的17年里，他的妻子又结了婚，女儿也高中毕业了。巴丽丝和丈夫也到了退休的年龄。在那年12月，巴丽丝夫妇决定重返丹佛。

在一个暴风雪的黄昏，巴丽丝夫妇悄然返回。透过明亮的街灯，巴丽丝凝视着远处的落基山脉。圣诞男孩喜欢到那儿去寻找圣诞树，如今那儿的山脚有他的坟墓——一个令人伤心的地方。

有一天，当巴丽丝站着凝望山顶积雪的群山时，巴丽丝听到了刹车声，接着便是一阵不耐烦的门铃声，来的竟是巴丽丝的孙女！在她那双灰绿色的眼睛和爽朗的笑声里，巴丽丝看到了她父亲——圣诞男孩的影子。她身后拖着一棵大青松，还跟着她母亲、继父和10岁的异父弟弟。他们闯进来，笑声阵阵，打开葡萄酒，庆祝巴丽丝重返家园。他们装饰了枞树，又快活地把包装好的包裹放在树枝下。

"你们要辨认装饰品，"巴丽丝从前的儿媳说，"这些都是他的，我们一直为你们保留着。"

带着痛苦的记忆，巴丽丝低语道："我们已经有17年没过圣诞节了。"

巴丽丝孙女唱的《啊，神圣之夜》带给了巴丽丝痛苦和甜蜜的回忆。

从养子死后，巴丽丝第一次感到这样安详平和，感到生命的积极延续，圣诞节的含义又回到了身上。

心连心

我的父母是极不相配的一对儿。妈妈在弗吉尼亚州出生，爸爸在纽约市长大；妈妈的童年满是漂亮的礼服和花园聚会，爸爸的童年则是在胡同里拿下水道井盖当一垒，玩简易的棒球；妈妈的父母从事的都是有学问的职业，对妈妈的教育是他们的头等大事，爸爸的父母则是蓝领工人，他们对自己的独生子唯一的梦想就是让他上完中学；妈妈后来上了大学，并且周游世界，她逃避婚姻，想保持自己的梦想，而爸爸加入了行业联合会，学得了一门手艺。

他们都找到了自己关心、并准备与之分享生命的人。实际上，妈妈与外公的好朋友的儿子订过婚。他们从小一起长大，两个家庭一直都认为他们俩肯定会结婚。他们宣布订婚时，大家都很高兴。妈妈和她的两个好朋友决定到纽约买一些嫁妆。在妈妈到纽约的第一天晚上，她就在一次聚会中遇到了爸爸。

他们俩一见钟情。他们谈论着自己对未来的想法，聊了整整一个晚上。然后，妈妈就回到弗吉尼亚州，退还了订婚戒指，并搬到了纽约。6个月后，妈妈和爸爸在市政厅举行了一个小小的婚礼。

第二年，他们就很高兴地迎接了我的诞生。

这些年来，我的父母经常给我讲述他们命中注定的那次邂逅。他们显然是一对恩爱夫妻，凡是认识他们的人都不会怀疑他们之间的独特爱情。

妈妈最宝贵的东西是一枚小小的铜发卡，这是他们第一次在纽约科尼岛约会时爸爸送给她的。发卡上面有两颗心，一颗上面刻着妈妈名字的缩写，另一颗上面刻着爸爸名字的缩写。妈妈每天都会戴着这枚发卡。除了结婚戒指之外，没有什么首饰对她来说比这枚发卡更重要。爸爸好几次提出用一枚类似的金发卡代替它，但妈妈总是不听。她说，这不是一个可以替换的东西。于是爸爸就会摇摇头，给她买一些别的东西。

当亲爱的爸爸59岁过早地去世后，妈妈的情绪陷入了低谷。那时，我已经长大，并且有了自己的家庭。我的家离妈妈家有6个街区。我答应过爸爸，如果他离开了我们，我会照顾好妈妈，但是我不知道怎样才能实现我的承诺。

我有两个小女儿，她们是妈妈唯一的慰藉。妈妈非常爱她们，她们三个人在一起的时间也越来越多。慢慢地，妈妈在家庭和社区服务中找到了平和与安慰。如果某个慈善机构需要帮助，她肯定会提供。她成为了美国退伍军人协会的会员和一家地区性老兵医院的志愿者。因为照顾附近的病人和老人，妈妈获得了很多机构颁发的奖项以及个人的酬谢。她的生活非常充实，而且也似乎很快乐。

一天，妈妈给我的办公室打电话，哭着说她把最宝贵的那枚铜发卡弄丢了。我们把整座房子都找了个底朝天，沿着她那一天的路线找了个遍，还在所有的商场贴出了寻物启事，但是仍然找不到那枚发卡。妈妈的情绪又陷入了低谷。虽然这时爸爸已经去世了10年，但按照妈妈的思维方式，她再一次失去了自己的丈夫。随着时间的流逝，妈妈重新在家庭中和为他人服务中找到了一些安慰。后来，她还成了曾祖母，这给她带来了欢乐。但是她永远忘不了那枚丢失的发卡，还时常提起此事。

在妈妈80岁大寿那一天，我们为她举行了一次特别的聚会。聚会非常成功：妈妈得到了惊喜；食物非常可口；天气非常晴朗；孩子们的表现也很好。当我们收拾妈妈的礼物时，她把每一件礼物又看了一遍，把每一张卡片又读了一遍，似乎舍不得这一天就此结束。

突然，我的小女儿的小儿子跑进了大厅。"太姥姥，太姥姥，"他喊着，"我还没有给您礼物呢。"

他拿出一个用铝箔纸包着的小盒子。

妈妈问他："你是不是在学校为我准备了什么礼物啊？"

"不，太姥姥，"他说，"本来我准备在学校为您画一幅画作为礼物的。我妈妈从阁楼上的一个箱子里拿出了一件旧衣服，说是给我当工作服，这样我就不会把我的衣服弄脏了。但是当我把衣服从头上套进来的时候，有个发卡扎了我一下。这个发卡很漂亮，我想就把它送给您当生日礼物好了。礼物是我自己包的，因为我爱您。"

妈妈打开曾外孙送给她的礼物时，脸刷地一下变白了。我们都冲过去，担心她会晕倒。但是妈妈抬起头来看着我们，脸上满是微笑。

"孩子们，"她微笑着说，"我刚刚收到了你们的父亲送给我的80岁生日礼物。"她举起了那枚小小的心形铜发卡，这正是许多年前丢失的那枚发卡。

四年后，我们从妈妈的毛衣上摘下了这枚发卡——妈妈已经在前一天去世了。我们知道，有些心灵是永远也不会分开的。

不要怕撇下我

爸把衰老的两腿向椅子拖近，并且伸手摸索椅子右面的扶手。他穿上一只袜子，然后歇一下。他虽然眼睛瞎了，但知道袜子是棕黄色的。妈一直把这种颜色的袜子放在梳妆台上面抽屉里的右上角。他在穿另外一只袜子时病忽然发作。"苏！我好像有点不舒服！"他痛苦地喊叫，"我不舒服！"

妈正上楼梯，看见他剧喘。她到他身前时，他已经倒在椅子上。"米基，别撇下我就走！"她尖呼。

爸两眼紧闭，嘴在动。妈把左耳贴在他的嘴唇上。"我不会的，苏，"他气若游丝，"我不会的。"说着，他整个人滑跌在地板上。

"米基！"妈一面啜泣一面喊。

我横贯全国前去探望双亲，就怕见到爸在疗养院的情形。医生说爸的病是腹主动脉瘤。不过他似乎比我想象的好得多。他胡须剃得很干净，脑袋上那一圈残发也剪得整整齐齐，他的气色很好。他捏着妈一只手，他那心满意足的神情使我想起小时候他给我的印象。

"您还记得我五岁时从自行车上摔下来的事吗？"我静静地问妈。她点头微笑，和我一起想到很久以前那个美丽的夏夜。当时我请爸出来看我骑我美丽的新自行车。我身穿着睡衣裤，睡裤左脚管缠住了车链，我摔倒了。爸赶忙抱我进屋，洗我的腿，伸手取大瓶消毒药水。我大声叫痛。他抱紧我，在我腿部上上下下涂消毒药水时拼命用嘴吹。他那样子像是儿童故事书中在阴暗冬天出现的北风老人。

"他使我破涕为笑，"我对妈说。回忆令我感到温馨——瞧见母亲回味往事的柔笑，我知道她肯定有同感，这一切她全记得。

"后来他把你抱在膝上，你躺在他怀里，"妈回忆道，"他告诉你说你出世时多么小，说你早出世两个月，使大家都很吃惊，而且医生说你活不了。可是你还不是好好的。"

"还记得吗？"我说，"爸说我刚生下来时小到可以放进他衣袋中呢。我从前常想，要是爸在他那杂货店里工作时，特别是在调制香蕉船冰淇淋的时候，把我放在他衣袋里，该有多好。我肯定他在没人注意时会舀点冰淇淋到口袋里给我吃的。"

妈神情恍惚很久，在缅怀那些无比幸福的日子。

爸这时看来很疲倦了。母亲抓着他的手，用手背轻揉他的脸，飞快地说："米基……银行里的贝莎小姐会送来她亲手熬的蔬菜汤，送报的小男孩说他有个笑话要等你回家时跟你讲，还有……"爸忽然用手指按住妈的嘴唇。她不开口了，等他出声。他说得很吃力。"苏，"他低声说，"要撑得住。"然后，他睡着了。妈细看他的脸，像是有什么话要告诉他。但是她没出声。

那天深夜，妈和我在家喝咖啡，谈着爸以往的事，谈从前，谈这次病发，以及医生所说的话，还有妈在她以为爸快要死时要他说出的诺言。她仍不想被撇下一个人活下去。"可是我知道他非常累，"她轻轻说。突然她的眼泪滚滚流下。我伸手去拥抱她，但是她马上用餐巾抹干了泪。她挺起肩，吩咐我去睡一会儿。

醒来时屋里很安静。妈要我休息，她已经独自去疗养院了。我不想等她回来，便乘公共汽车到疗养院去。

走近病房时，服务员正端着爸的午餐盘出来。上面的东西好像没动过。房门半掩着。我朝里面观望，简直怕看到里面的情形。

妈低头看着爸，双手抓住他瘦削的手。爸的两眼闭着，整个身子僵直不动。但是妈把脸贴住他的脸。她的嘴唇几乎碰到他的耳垂，她两眼流露着温柔的光彩。她说话之前先吻他的耳朵。

"没有关系，米基，"她静静地说，"你走吧。不要怕撇下我。"

长相依

父母快要庆祝结婚50周年了。母亲难掩兴奋之情，大声喊道："他送了我一打白玫瑰！"听来就像获邀参加舞会的少女。

这次金婚纪念让我见到了我对父母从来不知道的一面。比方说，原来他们俩的婚戒各自刻了一行诗句："我送你乳白玫瑰花苞。"这是有一天父亲在厨房告诉我的。母亲说"哎呀"，像是要阻止他。父亲说："没关系啦。"

父母向来如此，不会公开表露情意。我们小孩子从来不会看到恩爱缠绵的场面。

"你还记得那首诗吗？"那天我在厨房里问父亲。他看着我，吸口气便背诵起来。那是爱尔兰裔美国诗人约翰·波尔·奥里利写的"一朵白玫瑰"。

他开始背诵："红玫瑰呢喃着热情，白玫瑰呼吸着爱韵。"

母亲说："哎呀！"

"啊，红玫瑰似鹰逞艳，白玫瑰如鸽温馨。"

"哎哟，你呀！"母亲说，然后走出厨房。

"但我送你乳白玫瑰花苞，花瓣尖上抹红晕。"

他在洗涤槽旁站着，继续背诵："最纯洁甜蜜的爱，唇上印有欲望之吻。"

父亲停下来。"很美，是不是？"他说，微笑着。我们去找母亲。她在书房里，双手捧着头。"那首诗真美！"我跟她说。

"太难为情了。"她说。

母亲年轻时所见尽是不快乐的婚姻，不明白为什么还有人要结婚。

她预想自己的未来就是埋首研究，做一名学者了。念大学时，她也跟男孩子来往，但不大起劲，直至后来遇上了我父亲。

他是她所见过最正直笃实的人。是这个人，而非婚姻制度吸引了她。她对我们说，步上红地毯，那感觉就像纵身跃下悬崖。

婚后第一年，父亲上战场去。那时母亲怀了5个月身孕，惶恐万分。孩子生下来，她一直在等，常吃冰淇淋排遣愁怀。

　　父亲回来后，跟7个月大的儿子说声好，不久便跟母亲买了新房子。然后他们生了一个女儿，再生下一个女儿，接着便是我。

　　小时候，我已知道自己父母与众不同。父亲喜欢跟母亲在一起，宁可不跟朋友去打保龄球；他不在身旁的时候，她也绝不像其他妻子般翻白眼揶揄丈夫，她会说："你知道的啦，他从不叫我失望。"

　　为了庆祝结婚50周年，父母在教堂重立誓盟。约有75位亲友在场见证。父亲重复誓词时激动得接不上话来，母亲则以我从未曾见过的热情念她的誓词。两人四目相交，母亲宣告："……我此生的每一天。"

　　仪式过后，我们举行了盛大的庆祝会，父亲给母亲一吻，说："直到永远。"

　　母亲除了向大家宣告"这是我一生中最快乐的一天之外"，很少说话。可是这句话她说了许多遍，然后又说："今天比结婚那天还要好！因为我现在清楚地知道自己为什么活得那么美满了。"

"谁是我的亲妈妈？"

　　我在收拾寝室的时候，朝阳斜射入窗。这是我高兴做的工作，正轻声哼唱着，忽然我觉得身后面有人。

　　是莉莎，我们的15岁孩子。她脸上有奇异的表情。

　　"莉莎，"我说，"你吓了我一跳。有什么事情吗？"

　　"我到底是谁？"她问。

　　一个冷战顺着我的脊骨而下。"咦，你是莉莎·陶姆孙呀，"我说，强做微笑。

　　"不是！我的意思是，我到底是谁？"她满脸露出急躁不安之色。

　　我的丈夫瑞和我收养了莉莎。她四岁时我们已经向她说明她是我们收养的。自此以后她好像表示她很了解我们是深爱她的。有时候我愿她多表示一点她也很爱我们，不过她一向是个很乖的孩子，令人喜爱。

　　"我的父母是谁？"莉莎哭了。

　　"啊，莉莎。你知道你是我们收养的，但爸爸和我是你的……"

"你们不是我的亲父母,你不是我的亲妈!我希望知道她是谁?"

"我不知道,莉莎。"

"你知道!"她说,她咬着牙忍住了泪。"你不愿意让我知道她是谁!"她盛怒而出,我颓然倒在床上。

15年前的景象又在我眼前重现。我在一位医生诊所内,医生给我收养孩子的劝告。"有些孩子根本不考虑生身父母是谁,"他说,"有些则千方百计地想要知道。"

我真的不知道莉莎的母亲是谁。我记得在一个灿烂的九月清晨,我搂抱着一个出生才三个月的小女孩。我想,这当然是天赐良缘。我已经36岁,自从17年前结婚之日起便一直祈祷能有一个"莉莎"。收养的文书上只载明了她父亲的姓名。

我们不明白莉莎为什么要处心积虑地寻找母亲。我们只知道莉莎找到了她的出生证,然后去访问给她接生的医生。她访问了律师,也访问了家庭的朋友,甚至发现法院里有关她出生的记录是密不公开的,可是她仍不死心。

从此以后,莉莎日益焦躁不安。她的学习成绩低落了。她对瑞和我的态度也矜持冷淡了。经常去看心理治疗家,也没有什么用。在她18岁生日前的那个夏天,莉莎陷入了惊人的抑郁状态。

"我如果不发现自己究竟是谁……我究竟属于谁,我永不会安宁。"她常常说。

每次她说这样的话,我心如刀割。我是这样坏的母亲吗?如果莉莎找到了生身的母亲,她是否就会和我们一刀两断?

一个酷热的午后,我疲倦地上楼,走到莉莎的寝室。她的房门在关着,这是我看惯了的事。

"喂,莉莎,"我小声地说,"你为什么这样把自己关起来?你知道我们爱你,我们只是希望你好。"

我从那房门后退,扶着身后的栏杆。"只是希望你好。"我刚才说过。莉莎想知道她的亲父母。这对她是好事。我自私地把她包围在一股自私的情爱里,假使我对莉莎,对我自己,有充分信心,我是否应该为她解除这个包围?在楼梯顶端的寂静中,忽然一念涌上心头,你是否爱莉莎爱到了情愿为她寻找亲父母的程度?我打了个冷战。如果我找到了,我可能会失去她。但现在我已恍然大悟,我深爱莉莎,只好冒这个险。

数星期后,瑞和我找到了一位私家侦探。"我们想请你寻访我们女儿的亲父母。"瑞说。我们驱车回家时，若有所失的感觉已经在我心里作祟。

感恩节前一星期消息来了。"我找到了他们，"侦探说，"你们的女儿的亲父母在把孩子交人抚养之后十天才结婚，可是几个月前又离婚了。这是她母亲的姓名、住址与新的电话号码。"

我看了那姓名一眼，怔住了，不知道这件事我是否能受得了。

三天后莉莎在电话上和她母亲谈了半个多小时，然后匆匆下楼。"她要来，"她大叫，"她明天要来看我！"

我仓皇失措。事情来得这样快。"老天爷，"我小声说，"不要叫我失去她。"

我麻木地听她说在市场会晤她母亲的盛大计划。"随后我带她到这里来。"她说。

我点点头。

第二天莉莎一大早就匆匆出去，我坐在厨房桌边祈祷上帝给我力量接受莉莎的母亲并且了解莉莎对她的感情。

忽然间她们两个并肩出现在门前——同样的身高，同样的眼睛，同样的玛瑙色头发。她们的酷似使得我喘不过气来。

我望着那位年轻妇人的美丽容貌，看出莉莎的形象几乎和她一模一样。非常奇怪，我觉得对她一见如故。

感恩节后一星期，莉莎见到她的父亲和两个弟兄之一。她的世界渐趋于完整。她对她身世之谜的苦苦追求告一段落。莉莎的情绪渐稳，但是我的心里却充满了疑惧：现在如何是好？

十二月二日，莉莎驱车和她的母亲玩了一整天。多少天来，她一直什么也不说，只是念叨这第二度会晤。我望着她出去，心里很想和她拥抱，但是莉莎只是对我轻轻摆手。她回来的时候，我心里苦痛不堪地想象，她是不是回来拣取她的东西？依法，她属于我们，但是她若是内心向往自由，合法又有什么用？

一天拖得好长，好像过不完。午后渐至于黄昏，我听到门外车停，脚步声抵达门口。莉莎走进厨房，我故意不作出释然的样子。"你回家了，我很高兴。"我说。

莉莎走过来拥抱我。"我很高兴找到了我的亲父母，"她说，"我希望永远和他们做朋友，但我是你们的。"她紧紧搂着我，并低声对我说以前从未说过的话："我爱你，妈。比以前更爱。"

我们拥抱在一起，我当时彻底了解了一项真理：

为了别人而情愿放弃自己最宝贵的东西，这种爱永远不会遭受损失。它只会打开一扇门，让爱再回转来……而且比以前更爱。

最珍贵的礼物

"好啦，孩子们，该上床了。"一听到这声音，我和孪生兄弟罗杰就会跑上楼，穿上睡衣。

妈妈则夹着书跟上来。做完祈祷后，我们趴在床上，用手托着腮，看着妈妈安详地在床边坐下。她静静地打开书，深深呼吸一下，便开始读起来了。

在那些美好的夜晚，我们不晓得将会听到些什么。或许听到史蒂文森诗里神秘的骑手在奔驰；或许听到奇怪的朗姆佩尔斯蒂尔特金；或许听到勇敢的戴维在戈利安斯面前泰然自若；或许听到里维尔为自由而飞奔。

一会儿我们就靠在了妈妈身边。边看着书上的小黑字，边听着妈妈用语言把这些小黑字描绘成生动的图画。我们眼前出现了惠斯克斯与他的"伙伴"黑猫、黄狗从旧金山大地震中脱险的情景；出现了汤姆·索亚刷围墙的聪明神态；出现了霍雷修斯在罗马大桥上挥舞宝剑的英姿。

上小学一年级后，罗杰和我也能阅读了，我们过着双重文化生活。白天，我们读平淡的课本，里面讲的是快乐的孩子在漂亮的园子里玩球、参观奶品农场和与笑容满面的警察聊天的事。晚上——像古代国王洗耳恭听宫廷说书人讲故事一样——我们深深沉醉于妈妈的朗读中。

她念爱伦·坡的书，把我们带进惊险的场面。我们随着富·曼查走在伦敦雾蒙蒙的街道上。

妈妈给我们读莎士比亚、狄更斯、欧·亨利的作品。我们在不知不觉中产生了对妈妈的敬爱之情，在不知不觉中变得聪明起来。在朗读中，妈妈通过每一次停顿，每一次声调变化，每一次段落转移，都教给我们怎样使文字打动人：让人哭，让人笑，让人捶胸顿足。

在我们八九岁时，妈妈就不再在睡前给我们读书了。晚上我们在饭桌上做作业，

生命之树 | STORY

直到妈妈走过来——手里拿着书——说："听这个！"我们就把作业搁在一边，笑闹着给妈妈乱点想听的书。

一年年过去了。我和罗杰都长大离开了家，上了大学，然后工作。我成了一家报社的记者，罗杰成了一名英语教授。妈妈只有高中文凭，但与她通过阅读所获得的教育相比，这只不过是个注脚。妈妈当过秘书、洗衣工、化妆品推销员、学校的厨师、自选书店的营业员。最后，她"步我的后尘"踏进了报界。先是校稿员，然后成为一名编辑。

不幸的是，妈妈得了糖尿病，后来又好几次中风。现在，她变成了一个瘦小病弱、白发苍苍、离不开床和椅子的老人。她讲话很慢，哆哆嗦嗦，眼睛最终也瞎了。但她的思维仍然像从前一样敏锐。在经受这些打击的过程中，她表现出的信心和毅力就同她给我们讲过的英雄一样坚定。

现在，给妈妈读书成了我高兴做的事。当我说"妈妈，我明天再来"时，我听到她奋力说出了一句不停顿的话："太好了，孩子！"

我到妈妈家需要3小时。我每次都把一摞书放在车后座上，有些书是很久前妈妈给我读过的，已经很旧了。我踏进家门，妈妈就坐在床边，与我紧紧握手。我们互致问候，沉默一会儿后，她就断断续续地问我："你……带的是……什么书？"

有时我给妈妈读她已发表的诗，有时读一段圣经，有时读一些我自己写的文章。我们又一次把自己带入如醉如痴的境界——从米尔顿诗的激情到保罗的书信，从赖利的伤感到马克·吐温的幽默。

当我把40多年前妈妈曾讲过的、令我们快乐的故事讲给她听时，再没有什么比听到妈妈笑声更让我高兴的了。我们又谈到瑟伯和本奇利。妈妈坐在那儿，两眼微闭，双手紧握，听着书中那让人哭、让人笑、让人捶胸顿足的语言，频频点着头。像旅行者在接近岸边时盼望着看到家一样，我们也沿着这些熟悉的小黑字，急切期待着重新再现曾是如此令人感到新奇欢悦的时刻。

在我回家的路上，我常回想起妈妈在普利茅斯晚上下班回家时的情景。她要开30英里的车，虽已很疲倦，但从未停止过给我们读书。而今，我也开着车去给妈妈读书。

我感谢上帝使我能把妈妈先前给我们的最珍贵的礼物又赠还给她，感谢上帝使我由此而体验到无穷的欢乐。

（美）拉尔夫·金尼·贝内特

给予树

我是个单亲妈妈，薪金微薄。独自抚养四个年幼的孩子，让我不时感到心力交瘁。日子过得捉襟见肘，但我努力使孩子们夜有所宿、日有所食、衣着整洁、行为礼貌。在他们心中，妈妈并不穷困，只是非常"节俭"——这正是我追求的目标，因而让我深感欣慰。

圣诞节快到了，虽然并不宽裕，但我们仍决定好好计划一番，以便全家去教堂祷告、和亲朋好友开个聚会。那段时间，孩子们沉浸在购买别致彩灯和餐具的喜悦中，兴致勃勃地忙着装饰房间。不过，他们最关心的是选购圣诞礼物。很早以前，他们便开始讨论这一话题，试探祖父母的心意、互相询问对方理想的礼物，希望送出最真挚的祝福，收到最甜蜜的笑容。这种热情让我担心：我仅仅攒了120美元，却有五个人分享它，怎么够买更多更好的礼物呢？圣诞节前夕，我分给每个孩子20美元，提醒他们记得至少准备四份约5美元的礼物。接着，我们分头采购，约定两小时后碰头回家。

回家途中，孩子们兴高采烈，不住嬉笑。你给我一点暗示，我让你摸摸口袋，不断猜测对方的礼物，但我注意到，8岁的小女儿金吉娅异常沉默。而且，我实在难以相信：一番狂购后，她的购物袋居然又小又平。透过透明的塑料口袋，我还发现她仅仅买了一些棒棒糖——那种50美分一大把的棒棒糖！我情不自禁地怒从心头起：她到底用我给的20美元做了什么？这个疑惑让我的怒气几乎要当场发作。一到家，我立即将金吉娅叫到我房间，关上门，打算好好地教育她。

"妈妈，我拿着钱到处逛，本想着送您和哥哥姐姐一些漂亮的东西。不过，我看到一棵'给予树'——援助中心的'给予树'。树上有许多卡片，其中一张是一个4岁的小女孩写的。她一直盼望圣诞老人送她一个穿裙子的洋娃娃和一把发梳作为圣诞礼物。所以，我取下卡片，买了洋娃娃和发梳，把它们和卡片一同送到援助中心的礼品区。"金吉娅时断时续，并语带哽咽，因为没有给我们买到合适的礼物而难过，"我的钱就……只够买这些棒棒糖。可是，妈妈——我们有这么多人，已经能得到许多礼物了；而那个小女孩还什么都没有，她——我——"

我一把搂住金吉娅，紧紧地拥抱她，感觉到无比富有。

这个圣诞节，金吉娅不但送我棒棒糖，而且送给我善良、仁爱、同情和体贴，以及一个素未谋面的陌生小女孩得偿凤愿的笑脸。

而最珍贵的，是金吉娅那颗温暖的心！

有妈妈的地方

"儿子，把你的脚擦干净！"当我刚一出现在厨房门口，妈妈就对我叫道，她正在擦地板。

"现在，你就是唯一一个把这儿搞得乱七八糟的人了。"她说。在地板中间我哥哥的自行车两轮朝天放着，他正忙着拧一个螺丝，父亲坐在火炉另一边，双脚放在一盆水里。

"这儿没你洗脚的地方。"她说，"在起居室也有火，为什么你不去那儿洗呢？你们都在这儿，我简直连身都转不过来。"

"起居室没我洗脚的地方。"爸爸平静地说，他又指指那自行车，"等那个小伙子修完车子，你用点儿水就能把他弄的脏印子擦掉。为什么你不让他把那车搬到后院去呢？"

妈妈叹了口气，她总叹气，但不是那种能引起你注意的叹气，的确，这是由我们的行动引起的，可并非无可奈何，也不是抱怨。

"哦，外面太冷了。"她说，又转向我，"过来，儿子。"她拿起我的书包递给我，"你是个好样儿的，去起居室写作业吧，那儿很暖和。"

但我也不愿去那空空的起居室。

"上帝啊！"妈妈又叹了口气，"我不明白为什么每天晚上我都浪费时间把那火生起来，而你们没一个人去那儿，我真希望自己能去那儿，把这厨房留给你们！"

但她知道假如她去了那儿，没几分钟我们都会跟过去的：我和我的书包，我爸爸和那盆水，我哥和他的破自行车。

"哦，是的，我们都在这儿不挺好的吗？"爸爸说，"还有什么地方我们能一直看见你呢？"

珍珠项链

"你干吗戴上了一串珍珠项链？你可不是新娘子啊。"当我为了去参加一位朋友的婚礼穿上盛装走进客厅的时候，我丈夫惊讶地嚷起来。他接着又问："我问你，你是向谁借的？"

"向母亲借的。这项链还是我在很久前送给她的呢。"我回答说，话中隐隐地带着一丝骄傲。

"可你那时候并没有钱啊。再说，你跟我结婚的时候干吗没戴上它？"

"噢，我那时偏偏戴不成。"我舒心地笑了。

我的记忆回溯到十年前我买下这串珍珠项链的时候，回想起它背后隐藏的故事，还有它带来的幸福和欢乐。

一九五九年，我的父亲《半田三郎》的作者溘然去世。那时我正十九岁，在大学二年级念书。

父亲在世时我崇拜他，而他也溺爱我。可我跟母亲相处得不好。她体质娇弱，又苦于失眠症，老是嚷头疼脑热，常常表现出神经质。她对书和猫颇有兴趣，对我们子女却不大理会。

虽然父亲的死使母亲和我都感到悲痛，但我却不得不说，他的死并没有抹平我们母女之间的鸿沟。要弥合多年来冷漠的裂痕可不是件轻而易举的事，我们之间一向少有机会谈心，我那些蹩脚的尝试又总是归于失败。像新年这样的节假日，我宁愿去朋友家做客。等我回到家里，往往看见母亲孤零零地坐在火炉前，跟早晨我离去时没有什么两样。尽管她从来没有责备我，我内心却感到深深的内疚。然而，我又总是无法把心灵深处的隐衷向她披露。

根据我的观察，我觉得一般的母亲都会从丧夫的深切悲痛中恢复过来，担起生活的重担，撑持家庭。但我的母亲却例外。她简直就像生活在另一个世界上，没有自寻短见就叫人谢天谢地了。她成天把父亲挂在嘴边，对未来的日子感到恐惧，常常顾影自怜地说："在日文里，寡妇这个字眼还指活着的死人啊。"

难道说我就不能把母亲的心思从父亲身上移开吗？我时常想不顾一切地试它一下。不料又发生了更糟糕的事：我哥哥所在的公司把他调到日本西部的丰桥去了，撇下我一个人伴陪母亲。我常常用自己课余教书挣来的钱买点心和肉，想让她高兴一点。有一天，我买了几条鲟鱼，因为油炸鲟鱼饼是她最爱吃的菜肴。"我已经决定不再吃鲟鱼饼了，"她告诉我，"因为你爸爸过去很喜欢吃它。"

她除了我爸爸之外简直就别无话题。我终于忍不住了："老是为爸爸的去世感到悲痛，对您是没有好处的。您应该明白他已经离开了我们，您要向前看。"

"那对你倒合适，"她回答说，"你还年轻，可我呢？你爸爸就是我在这世上的一切。你干吗老是责怪我？你究竟要我干什么呀！"

但是，我仍不愿放弃改变我母亲的人生观的努力。说来也凑巧，第二年春天，我母亲和她的五个朋友共同出版的诗集得了奖，为此要召开一个庆祝会。就在这个庆祝会前不久的某一天，我回到家时，看见母亲正在比试她要穿的淡紫色条纹的衣裳。

"它在您身上真是好看极啦！"我脱口而出。看着母亲，我心里有一种受责的感觉。父亲过去是多么为他美丽、妖娆的妻子感到自豪啊！他要是在世的话，一定会凑钱买点珠饰为她的新装锦上添花的。我为什么就不能代爸爸为她买点东西呢？我暗自思忖着。

可是庆祝会只有十天就要到了，而我手中的钱仅够买一串廉价的人工合成的珍珠项链。母亲还算得上年轻美貌，可不能让她辜负了天生丽质。可我该怎么办呢？

在绞尽脑汁之后，我下决心写封信给御木本珠宝商店。我在信中诚恳地述说了我的苦衷，期待这家商店能满足我的心愿。三天之后，我收到御木本吉隆亲笔写的特汇信。信上说："敝人认为小姐为令尊买一串项链以赠令堂实属美好之举，敝人深信项链应与一颗爱心同时馈赠。请持此信到敝公司之金沙门市洽购。"

我一下子上了天堂！尽管天色已晚，我一头冲出房门，径直向时髦的御木本商店跑去。我找到了一位经理模样的人，不无迟疑地把这封信递给了他。

"哦，不错，"他说，"我已接到通知，恭候您光临呢。您喜欢哪种项链？"

"一串最便宜的粉红珍珠项链值多少钱？"

"一万元。"

　　"我想就买这串，"我最后指着一串色调浓淡变化均匀的珍珠项链。它们稍嫌小了一点，然而却十分好看。我的目光简直给吸引住了。对，这正是我要买的。多少年前，当我还在念小学的时候，人家就告诉我粉红色的珍珠是最华贵的，而粉红色跟我母亲的脸色也最相配。

　　"我们以九千元卖给您，您看三个月能付清吗？"

　　这真是出乎我的意料！我对他是千恩万谢，看着他把项链放进镶有红色天鹅绒边的盒子的时候，我高兴得几乎要昏过去了。

　　我尽了最大努力把自己的激动心情掩饰到庆祝会来临的当天。等到母亲穿戴停当，我递给她那个盒子，说："请您戴上这个试试看。"我心中真是有千言万语对她说——但我只能把御木本先生的信给她，随后就离开了那间屋子。

　　几分钟后，我回到屋里。母亲手里捏着信，正在无声地哭泣。过了一阵，她把那封信献上家中的香坛，这才戴上了项链。

　　"您真是美极啦！"我禁不住喝起彩来。母亲难为情地露出了一口皓齿。

　　"早知道我有这串珍珠项链，我会穿上一件开领的上衣的。"她开心地笑了，我有好长时间没有听到她这样愉快的笑声。

　　"真难为你了，亲爱的女儿，"她说，"我现在真是幸福极了。"这话她说了一遍又一遍。

　　从那天起，母亲真正成了我的母亲。我知道她偶尔也为父亲的去世难过悲哀，但是现在到底明白有我在她身边。她不仅成了母亲，而且还成了我的朋友。她寻到了爱女儿的乐趣，也尝到了生活的甜头。

　　直到今天，我还没见到过比这串弥合母女之间的疏远的珍珠项链更美的东西。为了这一点，我从不向母亲借用它，甚至我结婚的那天也没有。我要让母亲感到，我买这串项链完全是为了让她快乐。

　　现在，时间已过去十年，我的心迹她已完全明白，这才决定向她借用一下。

　　我常常在想，御木本先生是否还记得他那使一个年轻姑娘获得这样的幸福的一番善意？他在信中说的珍珠项链应该随着一颗爱心一起送人的话真是千真万确。我觉得，从这个意义上来看，我母亲的项链是世上最璀璨夺目的一串。

生命之树 | STORY

母亲的书桌

我坐在母亲的书桌旁。这是一张红木板做的带书橱的写字台,有可以折叠的活动桌面,桌面叠起来就可以看到一排排的分类书橱和一些小抽屉,甚至还有一个可以拉动的小隔间。我刚刚长到可以看得见桌面时,就喜欢上这张桌子了。

妈妈总是坐在那儿写信。站在她的椅子旁,呆呆地看着上面的墨水瓶、钢笔和光滑的白纸,我就断定,写字这事儿准是世界上最好玩的。

多年以后,母亲在弥留之际给姐姐和弟弟留下了各种各样的家什。"不过,那个书桌,"她反复说,"是留给伊丽莎白的。"我能感觉到母亲跟我一直灵犀相通,那是我朝思暮想了50年的啊。

我母亲从小到大都一直有个信条:情感是不可以告诉他人的。性格温和的人言行举止都很温和。我从来没见她发过火,从来没见她哭过。我知道她爱我,那是用行动而不是用语言表达出来的。但是,作为一个十几岁的小姑娘,我渴望母女之间亲密无间地倾心交谈。

然而,这样的交谈从来就没有过。于是我们之间产生了隔阂。我呢,"太爱动感情了",她呢,"总是很冷静"。她愿意接受我们之间的这种关系,可我不愿意。

一年又一年地过去了,我也长大成人,养儿育女。我喜欢我俩以前的那种不远不近的距离,我爱她,我感激她给了我们一个和谐的家。宽恕我,有一次我在给她的信中写道,宽恕我曾经有过的对你的不满。我字斟句酌地请她以任何方式告诉我她的确宽恕了我。

我把那封信寄了出去,急切地等待着她的答复,但始终没有回音。

急切变成了失望,失望变成了无所谓,无所谓变成了平静。不知道母亲是否收到了那封信。

我只知道写过那封信……在她生活的最后15年里,我们按照她的条件维持并享受了一种轻松、亲密、愉快的关系。

现在,她的书桌告诉我,她对我选择了搞文字工作感到欣慰。

姐姐把这张书桌放了起来，以便我们以后可以继续使用它。书桌在阁楼里搁了将近一年。我最后把它从阁楼上搬下来时，它已经是尘埃满身了。我很疼爱地擦干净那些小抽屉和小书橱。把那个秘密小隔间抽出来时，我发现里面有些纸张。有一张父亲的照片、家里人的结婚公告，还有一封只有一张信笺的信，它反反复复折了又折。

这就是我的那封信。我的信里写道：给我个答复，任何方式都行。妈妈，您总是选择胜于语言的行为来表达自己。

几乎错过的奇妙时光

我朝厨房里的挂钟望了一眼。如果快一点儿的话，也许我能在丈夫卡罗回家之前把衣物熨好，可晚饭肯定是要迟了。自从卡罗和我带着5岁的儿子蒂姆一起搬到这个农场以后，我好像总是有干不完的活。

我略停了一下，擦了擦脸上的汗水。密歇根州的4月从未这么早就热起来，而现在简直有些不合时令，加上伴随而来的干燥更使人感到焦虑不安。天尽管阴沉着，但这的确是我经历过的最干燥和最灼热的天气。

我刚俯下身，从篮子里拎起一件衬衣放到熨板上，恰在此时听见蒂姆在门口大声地喊起来：

"妈妈，快来呀！"

"出事了吗？"我不耐烦地在心里问了一句。要不是蒂姆那急切的叫喊，我是不会出去的。我立刻拔下熨斗上的插头，奔了出去。

蒂姆站在门前的台阶上，手指含在嘴里。看上去，显然没有什么急事。

"怎么了？"我问，"你不知道我正忙着吗？"

"你听呀！"蒂姆拉过我，低声耳语道，"那是什么？"

过了一会儿，我也听到一个模糊的声音从远处的树林中慢慢传来。我听着，有些困惑，这种声音我从来没有听到过。

突然，我明白了。"那是雨！"我轻轻地说，几乎不能相信是我自己的声音。

"哦，蒂姆！"我说，"雨来了。"我一把抱住蒂姆，简直是欣喜若狂。

多妙啊！我们听着那急骤的雨点落在地上的噼啪声，看着院子里和路上车辙里积聚着的雨水。于是，我们甩掉鞋子，光着脚跑进雨里，手拉着手，仰望着天空。很快我们就被雨水浇透了。真舒服，在可怕的热天过去之后，雨显得是多么凉爽、新鲜啊！

我们惬意地一起呼吸着清新的空气和潮湿的泥土散发出的沁人肺腑的气息。雨，下了一天一夜，雨住后，院子里留下了一片银亮亮的水洼。

但那奇妙的感觉一点也没有消失，真的，好像老天爷这个魔术师依旧在挥动着它的魔棒。远处的草地上，冒出星星点点的白色的紫罗兰，在明媚的阳光下，绽开着鲜亮的花瓣，空气是潮湿的，弥漫着令人心醉的芳香。

那天晚上的衣服熨完了吗？晚饭做了吗？我已记不得了。

但是我却清晰地记着雨中那美妙的一瞬：仿佛世界上只有我和蒂姆看到了那动人的一幕，也许就真只有我们两个人——啊，多么令人销魂的辰光！

现在，好多年过去了，然而那天晚上的快乐，是那么让人留恋，成为我最难忘的记忆。

蒂姆呢？他已经长大了，离开了家。但每当他回家帮助修整院子里的杂草时，他总是不去碰那些经过春雨长起来的紫罗兰。

那天晚上的事，使我体会到了一些东西：当孩子发现什么东西是那么奇特、玄妙而且需要你去分享这快乐的时候，你得加入到他们中去。在我看来，孩子们比成年人更亲近上帝，因为大人们太忙于工作了，以致往往忽视了上帝为大自然创造的杰作。

这个发现也许是很平常的，就像发现一只小蛤蟆蹲在花园里，或像发现一只红嘴知更鸟在草坪上喂自己的孩子一样。但是，你如果拒绝花时间去体味的话，许多年以后，也许会在记忆中失去许多可爱的经历——犹如那在四月的细雨中长起来的白色的紫罗兰。

（美）阿莱萨·珍·林德斯佳

母亲的复活节礼帽

我母亲是一个精明强干的家庭主妇，每天的基本工作就是为一家9口人做饭、洗衣、采购。她为我们制定了严格的纪律。如果我们7个孩子中，有谁胆敢踏着重重的脚步去吃晚饭，那么就会被罚上下楼梯几十次。妈妈还安排我们帮助她处理日常的家庭杂务。

妈妈相信我们几个孩子各有自己特殊的本领，这使我们每一个孩子对自己特定的任务都感到十分重要。比如，我大哥迈克有过人的视力，每次妈妈想要了解远处发生的事情时，大哥就会起到像人造望远镜一样的作用。如果哪只风筝被卡住了，二哥约翰的爬高技能总会一试身手。我呢，是我们家那辆老式汽车的向导。妈妈的身材不高，开车既要看清前面的路，又要自测车身两侧与道路边缘的距离，这对她来说太困难了。因此，只要妈妈驾车，她就会让我坐到后座上，不时地向她报告车子开过时两侧留下的空隙。遇到转弯，妈妈总是小心翼翼地让汽车缓驶过路牌标志，就像水族馆里的鲸慢慢游荡在玻璃水池中一样。

然而，有能力把全家整理得有条不紊，只是妈妈的一个方面。她丰富的想象力使她在各个方面都得心应手，并且能够胜任日常生活中的各种事情。妈妈从不相信舞台上表演的魔术。相反，水龙软管给金属桶充水的声音，小树林边寂寞开放但执著旺盛的蒲公英，却让她感到更有意义和价值。

悠然记得，那时在厨房窗外，妈妈精心设计了一个小花箱，里面种着罗勒、百里香、欧芹等许多花草。每到春天，一个用筷子做篱笆、多米诺骨牌做花间小径的微型花园，就会灿然出现在妈妈手中。——当然，其中有用扇贝盛上水当做的池塘，有用高尔夫球座当的的鸟浴缸。天气转暖的时候，园中的花草就会葱葱茏茏地长起来，活像一座美丽的森林。

妈妈第一次让我感受到她的魔力大约是在我6岁的时候。快到复活节了。那天，妈妈一直在集中精力收拾房间，根本没注意到我戴着一顶自己制作的复活节纸帽回到家里。那时，我脑子里充满了复活节的神秘传说——白兔、藏红花，翻来覆去想的就是复活节的游行。

可是那顶纸帽却十分平常。它是用一只纸盘做成。为了体现春天明快的旋律，我特意用纸剪出鲜花、白兔和太阳，把它们全都粘在纸盘的表面。可它仍然显得那样平淡无奇，毫无生气。我绞尽脑汁，把一枝柔嫩的柳条盘扣在帽沿上，又用绿色的手工纸剪出一棵小树，用苏格兰式的荷叶边固在帽上。这样，只要戴帽子的人低下头或者弯下腰去系鞋带，那棵小树就会快活地上蹿下跳。

我不敢想象妈妈会对这件礼物作出什么反应。我想，它也许只能和其他许多我带回家的手工制作一样，被束之高阁。我也知道，我的哥哥姐姐们都会朝我龇牙咧嘴，愚蠢地讥笑我，然后装模作样地把它戴在头上，责问天底下怎么会有用纸盘做复活节礼帽的傻瓜。我是7个孩子中最小的一个，对这种事，我早就无动于衷了。

但我没有想到的是，妈妈的反应却异乎寻常。复活节那天，是个阳光灿烂的春日，路边的连翘鲜花怒放，格外引人。妈妈戴着我做的那顶帽子去做礼拜。她做这一切时，没有表现出哪怕是一丝困窘难堪，倒让人觉得是在做一件庄重而时尚的事情。

走下汽车的时候，她用别针把帽子别在头上，把松紧帽带系在颌下，然后穿过那些身着复活节盛装的男男女女，从容地走向教堂。我知道我不该要求妈妈把这一切做到底，因此我想她不会就这样走进教堂。

我至今仍记得，那时，我凝神地看着妈妈，她走得很轻，就像是飘进了教堂。

妈妈没有看我一眼。到现在我才明白，当时她如果那样做了，无疑会破坏那种气氛和情绪。

帽顶上的小树枝在春天的轻风中摇摇曳曳，帽沿上的柳枝互相缠绕，从妈妈的右耳边垂挂下来。在走进教堂的一霎间，我忽然感受到一种爱的情感，那样博大和充实，使我无法把目光从妈妈身上移开。

她戴着帽子径直走到教堂的坐椅上，在礼拜开始之前才小心翼翼地摘下来，把一副更为郑重的面纱罩在头上。没有解释。

但是我们都明白，在做礼拜这样庄严的仪式上，现实毕竟要起作用。然而在孩子的小小童心中，那顶纸做的帽子比起所有坐在我们周围的妇女所戴的帽子都更为高贵、庄重。

我早已不记得礼拜仪式之后，妈妈把那顶帽子怎么样了。但我宁愿相信，帽上垂下来的那一挂绿柳就长在妈妈的小花园中，蓊蓊郁郁。

最好的瓷器

有一天黄昏，贝蒂正在布置餐桌，邻居玛姬忽然来她家。

玛姬敲了门，因为母亲正忙着做菜，就叫她自己进来。玛姬进了她们的大厨房，看见餐桌布置得这么雅致，发表了评论："哦，我想你需要招待客人，我待会儿再来。"

"不，"贝蒂的母亲回答，"我们并没在等客人。"

"那么，"玛姬的表情显得相当困惑："为什么你把最好的瓷器摆出来，我们家每年只拿出来招待客人两次。"

贝蒂的母亲笑答："因为我准备了我家人最喜欢吃的菜。如果你会为客人特别精心地布置餐桌，为什么不为自己的家人也这样做？他们对我来说比任何我能想到的人都特别。"

"是呀，可是你漂亮的瓷器可能会打破……"玛姬回答，她显然并不了解邻居为何用这种方式来对待家人。

"哦，"贝蒂的母亲随口说，"既使一些瓷器打破了，比起我们全家聚在餐桌享用这些可爱的碟子进餐，还是微不足道的。而且，"她的眼眨了眨，"每个裂痕都有一个故事，不是吗？"她看着玛姬，认为两个孩子都已长大的母亲应该懂得这些。

贝蒂的母亲走到橱柜旁，拿下一个盘子，说："看到这个裂痕没有？这是我17岁时发生的事，我永远不会忘记那一天。"贝蒂母亲在谈起往事时的声音变得更温柔了。

"那一年秋日，我的哥哥们必须帮忙堆起当季最后的一堆干草，于是他们雇了一个英俊高大的小伙子来帮忙。我的母亲叫我到鸡窝里捡拾鲜蛋，那时我才看到新来帮忙的人。我停下来看他把一大捆沉重的新鲜绿色干草扛到肩上，毫不费力地把它们掷向干草堆中，看了好一会儿。我告诉你，他是个出色的男人，手腕细但手非常有力，头发既多又亮。他一定也觉察到我在看他，因为当他把一捆草举到半空中时，他微笑着转头停下来看我。他的帅劲儿简直难以形容。"她缓缓地说，用一只手指抚过那个盘子，轻轻地叩着它。

"我想我的哥哥们挺喜欢他，所以才邀他和我们共进晚餐。当我大哥指定他坐在我旁边时，我感觉自己差点死掉。你可以想象我有多羞涩，因为他曾看见我站在那儿痴痴盯着他瞧，而我现在竟要坐在他旁边！他的出现使我窘迫不堪，舌头打结，只能低头看着桌子。"

忽然间，贝蒂的妈妈想起她是在小女儿和邻居面前说故事，她脸绯红了，飞快地将故事收了尾——

"当他把盘子递给我要求我帮他盛东西时，我的手濡湿而颤抖。我拿起盘子时，它滑了出去，撞上烘焙用的瓦盘，敲出了一个缺口。"

"哦，"玛姬一点儿也没被这个故事感动，"它听起来像个我会企图忘却的记忆。"

"相反的，"贝蒂的母亲继续说："一年后我就跟这个很棒的男人结婚了。直到今天，我看见这个盘子时，我都会想起我初遇他的那一天。"

她小心地把盘子放回橱柜里——在其他的盘子后头，它有单独的空间。她看贝蒂正凝视着她，便飞快地对女儿眨眨眼。

她知道玛姬对她刚说的爱的故事毫无感觉，于是她又很快地拿下另一个盘子——一个曾经碎裂又被一块一块拼回的盘子，在参差不齐的接合处还有胶水凝固的痕迹。

"这个盘子是在我们从医院把新生儿马克带回家那天打破的。"母亲说，"那天很冷，风又大！我6岁的女儿想帮忙把它拿到洗碗槽时，把它掉到地上了。刚开始我有点不高兴，但我告诉自己：'只不过是盘子破了，我不会让一个破盘子影响我们家欢迎新生儿的快乐。'我还记得，我们全家几次企图把它用胶水拼起来时是多么有趣！"

全世界最好的朋友

最近，我与哥哥一家一起度过了几天。由于住在相距较远的两个州，我已经有几个月没有见到我的侄女和几个侄儿了，看到他们又长大了许多，并且听他们讲述在学校里的经历和关于友谊的种种话题，真让人开心。

"谁是你最好的朋友？"我问刚刚上学前班的4岁侄女艾米莉。她皱着眉陷入了深思，然后微笑了起来。

"短头发的雷切尔，"她信心十足地回答说，"还有另外一个梳长头发的雷切尔，还有莎拉。她们都是我最好的朋友。"

"但是哪一个是你在这个世界上最好的朋友呢？"

她转着眼珠看着我这个好像反应有些迟钝的姑姑，"她们都是我最好的朋友。你真傻！"她说着便跳下我的腿去和她的芭比娃娃玩了。

那天晚上，当我把艾米莉送上床时，她问我谁是我最好的朋友。

"你妈妈。"我毫不迟疑地回答说。

"为什么？"她问道。我一边思量着该如何回答这样大的一个问题，一边不禁微笑了起来。我在上八年级的时候认识了帕米拉，当时她念九年级。起初我很不理解，为什么这个漂亮、外向又受大家欢迎的金发女孩，会愿意和我这样一个脑膜、瘦骨嶙峋而且又不招人喜欢的女孩子做朋友。也许是因为我们对一些明星、食品和游戏有着共同的爱好，也许是因为我们都愿意花上一个小时在街角的糖果店里挑选50美分的糖果，或是唱那些上百个不同电视广告中的儿歌。

很多年就这样过去了，帕米拉和我一直形影不离，尽管我们在不同的年级，并且住得相距十英里远。我们会一边为了争抢好吃的零食而大吵大闹，一边还在十分惬意地为对方化妆。夏季我们一起去海边，每个周末她都到我家来过。我们不但每天下午通电话，而且还换穿衣服、分享彼此的秘密。

在她16岁的时候，她承认爱上了我哥哥格雷戈。他最终也注意到了她，然后他们开始约会了。她18岁那年，他们订了婚，然后高中一毕业就结婚了。一切看起来都是那么完美，我最好的朋友成了我的嫂子。但事实是我们已经开始变得不同了。

帕米拉扎根在我哥哥担任牧师的乡村和教区。我则是一个单身的、自由自在的艺术家和大学生，追求着多萝茜·帕克或阿奈丝·尼恩式的无拘无束的艺术家生活。帕米拉给我的信中总是在述说关于生孩子、婚姻、家务和教堂圣餐的事情；而我的信里则都是关于诗歌、爱情悲剧、大学课程以及要在通宵小餐馆里写一部伟大的美国小说的种种幻想。在她留起披肩长发、穿着劳拉·阿希里式的印花裙和平底鞋时，我却剪了个平头，穿着军靴和撕破了的T恤衫在跳爵士舞。尽管我们好像已经不再有共同点，我却依然把她当做自己最好的朋友。是本能让我无法舍弃那一段自己不愿失去的过去。而更重要的是，我一直无法再找到另一个可以取代她在我心目中位置的人。

当然，我的头发又长长了，我成了一个自由撰稿人，并且爱上了一个建筑师。我们1995年结婚的时候，帕米拉已经是一个有了两个孩子、而且正怀着第三胎的全职母亲了。虽然我们的生活仍大不相同，但在确定我婚礼上的女傧相时，她依旧是我第一个、也是唯一的选择。她像以往一样站在我身边，看着我嫁给自己心爱的男人。仪式进行期间，她两岁的儿了蹒跚着走过来，要求姑姑和他一起去外边玩，她和我一起哈哈大笑起来。

从那以后，我们的生活时有交叉，但更多的时候却是各行其是。现在我们两家之间的距离开车要走11小时。就在我辞职回家单干的时候，她却开始学习护理，并且在外面做起了兼职工作。我们依然每年聚上一到两次，一起喝杯茶，聊聊天。我们总能在一两分钟内就很快地重拾上次分别时的话题，继续谈天说地。

正是通过这些谈话，我才发现，使我们的友谊如此特别的并非是我们共同的兴趣，而是我们共同经历的那段岁月。那是一起分享欢笑、泪水、快乐和痛苦的17年。同甘共苦的日子让我们彼此无条件地相亲相爱，也把我们紧紧地连在了一起，而这种联系也在我们从孩提时代到成年、从最好的朋友变成姐妹的过程中变得愈加紧密。

艾米莉，我希望你也能够找到一个忠诚、幽默、聪明的朋友，就像你妈妈——我在这个世界上最好的朋友一样。

自由飞翔

积雪正在消融，天空变得晴朗，世界充满了春天的美好气息。天空中一群大雁正在向回飞。我那4岁大的女儿坐在汽车里，非常好奇地研究着大雁。

"小雁们长大后飞走的时候，大雁妈妈会不会伤心？"女儿问道。孩子的智慧有时真能让父母吓一跳。

这个长着圆嘟嘟的小脸蛋和大大的黑眼睛的小女孩正盯着后视镜看。她说的话使我吃了一惊。我今年40岁，正处在中年阶段的顶点，时间对我来说已经成了一种珍贵的商品。我一直在心里想着下午要干的事，盘算着到孩子上床睡觉之前还有几个小时。时钟充满魔力的报时声不仅将宣布孩子上床睡觉的时间，还将同时宣布我的自由时间到了。就在这时，女儿突然提出的这个简单问题使我意识到，我一直认为理所应当的这种独特关系也快要走到尽头了。用不了多久，去干洗店、文具店，在商场吃午餐或浏览书架（我用一本新的滞销书可以换取在成人小说台前等待的时间）很快就会成为我独自一人的行动了。

我对着前面单调的风景叹了口气。毕竟，她是我最小的孩子，是最后一个陪我去杂货店的人了，尽管她常常要么向友好的收银员索要一块小饼，要么用"我想上厕所"这样可怕的话来考验我的耐心。"现在？"听到这样的话后，我会大喊起来，瞟一眼传送带上的商品，然后再瞟一眼在前面等着验支票的那个人。无数个脑袋将会转到这个方向来，看到一个中年妇女像抱橄榄球一样抱着她的孩子，以百米冲刺的速度穿过商场、跑进女厕所。"这样的日子什么时候才能结束？"我会抱怨着，再筋疲力尽地冲回来，结果却发现商场经理已经把我留在那儿的食品重新放上架了。

但是，在大雁吸引了她的注意力的那一天，我驾车去的是同一家超市，却不希望这样的日子结束了。我承认，我希望她只能跟着我走，跟着我干，没有什么可以选择的，这种想法很不公平。不过她总是很有兴致。还有谁会愿意陪我在邮局排上半个小时的队，却只需要我答应给她一根棒棒糖作为补偿呢？我和她形影不离，去什么地方都一起去。谁能想象，如果劳莱没了哈代、蝙蝠侠没有了罗宾、小熊维尼没有了小猪，那会是什么样？我的嗓子里似乎被什么东西堵住了一样。

"妈妈，"她说，"你还没有回答我的问题呢。"

我目送着大雁消失在远方。也许它们的乐趣就在于看着它们的孩子学会飞翔，因为它们知道它们曾经共同飞翔过。对我们来说，每次春来冬去，也都会有新的体验。女儿也会渐渐学会独立，在她的天空中自由飞翔。

"大雁妈妈会为她的孩子们感到骄傲的。"我回答说，"一会儿我们去一趟百视达音像店吧。"

我回过头，看到她在后座上咧着嘴笑。我默默地祈祷着，希望在几年后她离开家时，我还会记得这个时刻。总有一天她会离开我，投入到她的世界中。但是现在，我们仍然是亲密无间的搭档。

母亲的心

最近，女儿每天早上离开家时，我都会想起我的母亲。女儿雷切尔喜欢有自己的空间，所以在她准备上学时，我会尽量避开她。我能听到她上下楼的脚步声、沐浴时的流水声、房间里的音乐声、关抽屉的声音和关门的声音。

生命之树 | STORY

　　通常，我都会听着她离开。我听着车库的门轰隆隆地打开又关上，听着雷切尔把车倒到路上，听着她离开，然后祈祷她平安无事。大约一个小时后，我知道时间差不多了，如果这时还没有人打电话来，那她肯定没有出事。

　　这种时候，我就会想起我的妈妈。现在我似乎知道她当年那些做法的含义了。那时我还不理解，但现在已经逐渐理解她了。

　　我弟弟凯文有一天早上去上学，就再也没有回来。那一年他17岁，和雷切尔今年一样大。那时他在上中学的最后一年，正幻想着大学和离开家的生活。现在，我的女儿也17岁了，也面临着同样的生活。然而，这些天我感受最深的是对妈妈的怀念和理解，而不是对雷切尔或凯文的。

　　我经历过这种时候，因为我的每个孩子都走过了生命的这个阶段。我的女儿萨拉17岁时，也和凯文一样，是个运动爱好者。她是一名足球守门员，在一次比赛中把手弄伤了。她不能再比赛、不能再写字，也不能再开车了。当时，我深切地感受到了这件事，这和大约30年前的那件事是多么相似啊。

　　凯文在一次篮球比赛中摔碎了膝盖，但是他保持运动员的顽强作风，打完了全场比赛。后来，他的整条腿都打上了石膏，没有办法自己开车去学校，于是就坐朋友的车去上学。

　　那是一个二月的早晨，雨下得很大，我在房间里听着雨声。我经常躲在房间里，避开大家，听着大家忙碌的声音。我听到了妈妈的声音，她不同意凯文穿夹克走。后来我听到他离开了。半个小时后，我听到收音机里宣布，在修道院路上发生了一起致人死亡的车祸。凯文从此再也没有回家。我们家的生活彻底改变了。

　　当我的孩子们长大后开始自己挑衣服穿时，我很少和他们争论该穿什么。当然，我并不总是赞同，但觉得这种问题似乎不值得争吵。也许这同那天早上凯文的那件夹克有关。我也从没有阻止他们离开，但是我知道，在我的内心深处还是隐藏着一丝忧虑，担心他们会回不来。

　　每天早上、一整天，有时甚至一整夜，我都会祈祷他们在这个世界上平平安安。

　　现在我妈妈已经不在世上了，但她却以某种我以前无法想象的方式和我在一起，我反而感觉到她比任何时候都离我更近。她失去最小的孩子、也是唯一的儿子时是76岁。我今年50岁了，我最小的孩子已经同当年我弟弟出事时一样大。虽然我不会为一些琐事烦心，譬如为一件夹克去争吵，但我现在对妈妈的理解已经与当年不同了。我知道她所想的肯定跟我一样。虽然我再也听不到她的声音，但是我能够听到她的心声。

小事情

我妈妈喜欢晚上躺在床上看报纸。她半坐着靠在枕头上，鼻梁上架着一副眼镜，她喜欢在安静的卧室里翻报纸、折报纸时发出的声音。我想，这可能已经变成了她永久的习惯，但是我不敢确定。

今天晚上，她要在我家睡。她借了我儿子的床，读着我的报纸。我订的报纸和她的不一样。她发现这张报纸很有趣，还从卫生与保健版上撕下了一篇关于酸果蔓可以抑制消化道有害细菌的文章。

她看报纸的时候，我在屋里进进出出，到儿子的柜子里拿干净内衣和图书，准备安排孩子们上床睡觉。其实我没有必要进出这么多趟，说实话，我只是想听一听妈妈翻报纸的声音，看一看她放在箱子旁那双嵌着小蝴蝶结的粉红色缎面拖鞋，闻一闻她睡觉前身上散发出来的芬芳气味，这种香气与贴着优秀棒球手画像、摆着恐龙玩具的卧室环境很不相配。

我丈夫出差五天，她来我家是为了在这几天给我点安慰、陪陪我。我从心底感激她。

我感激她为我们准备了晚餐。在餐桌上，我无数次地站起来，帮我那三岁的女儿拿重要的东西：番茄酱、有小圆点的叉子，再来点苹果汁。

我感激她在我接丈夫从芝加哥打来的电话时把碗碟放进洗碗机。他还不错，没有在电话里告诉我他准备和辛苦了一天的同事们在一家很棒的饭店吃晚饭，然后再去一家钢琴酒吧。（这些都是我在他回家后审问出来的——聪明的男人。）

我感激她痛快地答应在晚饭后陪我七岁的儿子下四盘益智棋，也感激她在我试图平息我那红头发的女儿因疲惫而导致的怒气时，她能自己躲在屋里忙一些小事情。（我写到这里的时候，不禁想起来，是谁因疲惫而导致生气——我女儿还是我？）

当我们终于有时间聊一聊时，她说："这些年对你来说很重要。把你累坏了，对不对？"我在她身边躺了一会儿——作为一个女儿，而不是母亲。

"你带了四个孩子，都应付过来了。"我盯着天花板，感叹地说。

"噢，但他们的年龄相差很多。大点的孩子也能帮我。"

这只能说有一点儿道理。我出生时，我的哥哥姐姐们分别是12岁、8岁和7岁。当爸爸白天工作，晚上还要上夜校读书时，他们正忙着四处乱跑。（妈妈曾经告诉过我，有整整四年时间，她每天要为爸爸熨两件白衬衣，一件白天上班穿，一件晚上上夜校穿。）

她只是想安慰我。

我挪了挪脑袋下面的鸭绒枕头，开始想每次我丈夫出差、只有我一个人做家务和照顾孩子的时候都会想起的那个问题：单身父母是怎样度过每一个白天、每一个晚上和每一个周末的？

我紧紧地抓着她的手说："我很高兴你今天能来。"

"我喜欢这儿。"她也用力抓住了我的手。

第二天早上，我把一杯热气腾腾的咖啡端到了她的床头。她喝咖啡的样子简直就像是在喝玉液琼浆。

她心满意足地喝了一口咖啡，叹了一口气说："你知道已经有多久没有人把咖啡送到我床头来了吗？"

"我以为爸爸一直会给你端咖啡。"我很诧异地说。

"没有，他不知道怎么用那个新咖啡机。"

我做了个鬼脸说："可这个男人却在70多岁的时候学会了用电脑和上网。"

我们都摇摇头，在早晨朦胧的光线下哈哈地笑了起来。然后我就赶着去应我女儿的差。她正站在楼梯上，伸着懒腰，唱着《麦当劳叔叔之歌》。

一天后，我和妈妈正在通电话。她已经回到了自己的家，正在种郁金香、做鲜蔬鸡汤。我向她详细报告了我一天的情况，她则不时地"嗯嗯"、"啊啊"，表示听到了。

挂电话前，我又说："妈妈，谢谢你那天晚上来陪我。"

"谢谢你把咖啡送到我床头。"她说。这是她的心里话。

母亲的信

我至今还清楚地记得我母亲写信那天，那是从1941年冬天开始的。我哥哥前一年夏天应征入伍，但自从珍珠港事件以后就没有收到哥哥的来信。每天晚上母亲总是坐在那张大餐桌旁给我哥哥约翰尼写信。

我总不能理解既然约翰尼从不回信，母亲为什么还每晚给他写。

母亲说，信与人的心灵是相通的，犹如"神赐之光"，她期待着"神赐之光"能帮她找到约翰尼。

终于有一天约翰尼来了一封信，他在南太平洋，还活着。

母亲每次都在她的信上签上她的名字"赛西莉亚·卡普齐。"每当她签上自己的名字时我老想笑："干吗不写'妈妈'呢？"

母亲除戴一只金黄色的结婚手镯外不佩其他珠宝饰物，也从不梳妆打扮。她有一头漂亮的头发，又黑又直，系成纽结，鼻梁上架着一副轻巧的银丝边眼镜。

母亲写信总是把信交父亲寄出，然后她总是端上咖啡壶，我们围着桌子坐下，边喝咖啡边谈起我们当时一家十口人围坐在桌子旁的美好时光——爸爸、妈妈，还有八个孩子。然而我们这些孩子谁都没有想到有朝一日会离开这个家，去工作，去打仗或者结婚，到最后只剩我一个。

到了春天，母亲在她写信目录里又增添了两个儿子。每晚她总是写三封不同的信，然后让父亲和我在这些信上加上我俩的问候。母亲写信的事情渐渐传开了。一天上午，一位铁灰色头发的瘦小女人敲响了我们的大门。她用颤抖的声音问道："你能写信，这是真的？"

"我常给儿子们写信。"

"你也能念信？"那女人轻声问道。

"是的。"母亲答道。

那女人急忙从购物袋里拿出一大叠航空信。

"念……快念给我听听。"

这些信是这位女人在欧洲战斗中的儿子寄来的。母亲还记得那个红头发的男孩子。她把信一封一封地念给那位女人听。听着听着，那女人的眼睛里闪动着激动的泪花。她说："现在我得回信给他，但怎么写呢？"

"泰维，去煮些咖啡来。"母亲一边吩咐我，一边把那位女人领到厨房桌旁的椅子上坐下，然后拿出钢笔、墨水和信纸开始写了起来。写完后又念了一遍。

"你是怎么知道我想说的话呀？"

"我知道一个母亲想对儿子说些什么。"

不久，那位女人带了一位朋友又来了——她们的儿子都在打仗，她们都想给儿子写信。于是，为左邻右舍写信几乎成了母亲的专门职业，有时候她花上一整天替别人写信。

母亲把信尾签名看得很重要。那位灰发的娇小女人要我母亲教教她。"我想学会写我的名字给儿子看。"于是，母亲就手把手一笔一画地教她，一遍又一遍，整张纸都写满了那女人的名字。从那以后，每当母亲为她写好信，她就满面笑容地签上她的大名。

一天，她又来到我家，母亲一看便知道发生了什么事。这位女人眼中再也见不到以前那种希望之光了。她们久久地坐在一起，紧拉着手久久不分离。

战争结束后，母亲放下了笔和纸。"结束了，"她说，然而，她想错了。那些曾找母亲替她们给儿子写信的妇女又拿着她们意大利亲戚的信来找她了，信上谈及的都是希望成为美国市民一事。

母亲曾经说过，她曾一直梦想写一部小说。"那为什么不去实现这一梦想？"我问她。"每个人都有自己的生活目标，"她说，"我的生活目标看来就是写信。"

"没有什么能够像信一样把人们凝聚在一起，它能使你痛苦，也能使你欢笑。最好的关心莫过于一封充满爱意的信，因为它可以让世界变得很小，可以让写信人和读信人成为自己的主宰。孩子，信就是生活！"

母亲的信现在一封都没有了。但得到过她帮助的人却依然谈论着她，把她曾写的信装入他们深深的记忆之中。

（美）苏珊妮·凯津

浪漫的约会

头一个孩子出生6个星期后，医生通知我说，我们可以恢复和原来一样的夫妻生活了。我听完后，甚为恼火，与原来一样的夫妻生活，这不是开玩笑吗？！

我和丈夫尽管十分疼爱我们的女儿，但她的到来却把我们的生活搞得一塌糊涂。我们不得不改变过去习以为常的一切——甚至我们彼此间的感情。

孩子的确也带给我们无限的乐趣，他们需要我们的抚爱与关怀。但是，如果我们不由自主地充当了孩子的"勤务兵"，整天围着孩子转圈：在处理各种事物之前，首先想到的是孩子，而不是夫妻关系，这就会有损夫妻感情，不利于家庭的发展，对孩子也没有好处。合理地平衡夫妻间的要求和孩子的要求，经常暗自提醒一点：自己仅仅是孩子们的父母，同时也是一对恩爱情侣。那么蕴藏在夫妻心中的爱也就会重新燃起，这对家庭的和谐有着非同寻常的意义。

"假如把人们的愿望排个名次，浪漫尽管仍然不会居于首位，"作家劳伦斯·夏姆说，"但也是名列前茅的。"

生活中，人们特别容易忽视这一点。很多人认为，作为家长，在言谈举止、生活方式上更应该有涵养，无牵无挂地去享受、消遣，只能是无忧无虑的少男少女们的事了。但是，谁又不希望，在生活中偶尔也能品味到令人心花怒放的美妙一刻呢？要做到这一点，那就是给对方一个意外的惊喜。

我的丈夫经常出差。离别时，我们老是依依不舍，彼此惦念。有一次，为了让丈夫感到我们虽远隔千山万水，但仍心连着心，我绞尽脑汁。

突然，灵机一动，我给丈夫留宿的旅馆打了个电话。当丈夫步入自己的房间时，进入眼帘的就是桌上的一瓶葡萄酒，一篮新鲜的水果和我的一封短小的"情书"。丈夫被这出乎意料的喜悦深深打动，无论如何不愿落后于我。

第二天，我收到了去纽约共度周末的邀请与一张机票。美妙的计划激动得我心一直跳。然而，理智又把我拉回到现实生活中。在这短暂的时间里那么容易请到一位保姆吗？况且，难道就这样轻而易举地把钱玩掉吗？

和丈夫相见的幸福，在纽约共度周末的喜悦让我顾不得一切。我欣慰地想，这次行动就算是爱情的一笔投资吧，归根结底为的也是这个家。我与丈夫好像回到了恋爱时代，这次来之不易的约会令我们兴奋不已。

一位朋友，在她35岁时，和她丈夫破天荒"逃"出家门，玩了两天。现在，她回忆说："那段时光太美妙了，真希望再来一回。但您知道吗？事后是很内疚的。"

"为啥呢？"我疑惑地问。

"我们只顾自己玩，没有带上孩子，为此得忏悔好长时间。"

现在的许多家长，被不可能完全实现的父母责任感所拖累，为那一夜闲情不住地在内心责怪自己。很多父母除了参加别人的婚礼、葬礼或专为家长举办的晚会外很少外出。

生命之树 | STORY

为了让昔日的浪漫和亲昵不至于荡然无存，夫妻俩应该偶尔一起去度假，而且，这种喜悦也不要蒙上任何罪过阴影。

作为母亲，我明白，外出时不带上孩子是很难办到的，特别是当丈夫坐在小汽车里等着，而孩子却哭叫个不停，死拽着不放时。但人们也应该明白，作为父母，作为情侣，两个人的独处是生活中不可缺少的一部分。

度过蜜月，孩子出生之后，开始了实实在在的家庭生活，自己的愿望一时得不到对方的重视便盲目地断定，往日灼热的爱情被埋入婚姻这个坟墓了。确实，现实生活一点也不浪漫。孩子嘴里淌着涎水，又哭又叫；该付的账单排成队；该洗的衣服堆成堆。人们总不可能像王子与公主那样生活在童话里吧。不过，在宁静的家庭生活中完全可以奏出浪漫的乐章的。

人都会犯错误。不要因此就责怪对方。只要有勇气认错，主动地排除交流中的障碍，经常交换感情与心愿，幸福的家庭生活并不是天方夜谭。

有一位朋友认为她与她丈夫浪漫的爱情奄奄一息。我问她，按她想象，一个浪漫之夜是怎么样的呢？

"把孩子送到我母亲那儿去，自己在家精心地打扮一回。丈夫下班回来时，我在门口殷切地笑候他，然后，舒舒畅畅地坐在壁炉前聊天，吃上一餐丰盛的晚饭，在不知不觉中漫步到卧室，我们彼此按摩并甜甜美美地睡上一觉。"

"听起来不错嘛！"我问，"你计划在什么时候实行呢？"

我的问话让她很吃惊："你开玩笑吧！我丈夫一定会认为我疯了，我们早已是当爸当妈的人了。"

几天之后，她终于鼓足勇气，将她的美梦讲给了她丈夫听，他却欣然同意了。许多人认为，结婚久了，恋爱时彼此追求已经过去，因此也没有必要叫对方认为自己依旧迷人了。

有一位五个孩子的母亲："我从不想当然地认为丈夫对我的爱是一成不变的，我每时每刻注意自己的言行，让他觉得我永远充满魅力。"

打扮得漂漂亮亮，首先吸引对方的视线，表达了你希望从身心两方面接近他的愿望。这样，有助于永远保持彼此间的吸引力。只要让对方感受到你是多么爱他（她），一个爱的手势，或严肃、或滑稽、或性感，都能增强感情的联系。谁都希望被崇拜，被认为了不起。有一位丈夫每天都打好几个电话给他妻子，只是为了告诉她，他爱她。我们发现，这个习惯特别有益处，它把我们紧紧地联系在一块。有一位两个孩子的父亲，有一天晚上偷偷溜到屋外，按响了自家的门铃。妻子以为来了生客，开门时，他恭恭敬敬地向妻子递上一枝玫瑰，恳切地邀请同她约会。"我好像又回到了美妙的少女时代。"她后来这样说。

如果去约会，整个话题还是依旧离不开孩子与工作便失去了约会的真实意义。固然，它们亦很重要，但是，在你们精心设计的一夜里，最好避开这些话题，聊聊一天的趣闻，谈论些书籍、音乐，或回忆曾经的美好时光，甚至偷偷地谈谈夫妻生活。去创造一个美好的夜晚，你们又成为一对情侣，而不仅仅是苏姗的妈妈与马丁的爸爸。

假如夫妻俩不断努力在他们的关系中创造激情，他们就会更紧密地联系在一块，给成熟的爱情赋予青春、浪漫的永久活力。

耳环

当时苏珊娜10岁，母亲34岁。苏珊娜想的是海边有幢房子，母亲想的是钻石耳环。苏珊娜憧憬家里仆人如云，手托银盘，以巧克力、奶油糖、冰淇淋侍候他们。

母亲并不知道怎样放胆做大梦。她想的是一副每只大约有半克拉钻石的小耳环。

母亲的梦先实现了。第二年她生日，父亲就买了耳环给她。父亲是警察局督察，身材魁梧，人很聪明。苏珊娜记得他不喜欢别的男人对母亲多望一眼。

只有盛装外出，母亲才戴上那副耳环。家境不宽裕的时候，她说只要有耳环，不必添新装。

不大景气的那几年，情况很坏。他们虽然还不至于挨饿，可是市政府发给父亲的薪水，其中一部分是债券。耳环没有了，苏珊娜好久都不知道。耳环原来被母亲当了。

苏珊娜长大以后，母亲给苏珊娜看一张当票，说总要赎回来的。她担心忘记去付利息。有一年，她果然忘掉，耳环就此没有了。

母亲倒没有抱怨。就戴着那些一夹就行的耳环，是便宜货。苏珊娜也就忘记母亲的梦想了。

苏珊娜兄妹三人都结了婚，生了孩子。岁月催人，日历一张张撕掉，好像落在草坪上的枯叶一样。

这时苏珊娜想起母亲的梦想，不觉整整过了42年。她已经76岁了，瘦瘦小小的，无复当年风采。她说手杖是她最好的伴侣，走到哪儿都少不了。有时孙子重孙名字也会弄错。

4年前，苏珊娜把二老接到海滨去，苏珊娜的房子在沙丘上，不很大，是幢小房子，就在防波堤后面。没有仆役，咖啡罐里倒有奶油糖，母亲说："地方不错。真挺不错。

苏珊娜送母亲一只小丝绒盒子。她手颤抖抖地接了，笑自己紧张。

"约翰，"母亲喊爸爸，"来帮个忙，我手笨。"

爸爸打开盒子，告诉她耳环很漂亮。"真漂亮。"他说。

母亲吻苏珊娜，摩挲她的头发。她本来就喜欢哭。母亲把耳环戴好，说："你们看看，我样子怎么样？"

他们说，真漂亮。但母亲自己看不见。她已经瞎了。

感谢平凡生活的每一天

每年的感恩节我都试图让自己的心中充满一种特殊的感激之情，然而事实上在这一天，我并没有感到过比其他时候更加深刻的谢意。我们家在用餐之前从来不做祷告，因此在每年11月的第四个周四，突然要在餐前祈祷并致谢，会让人感觉非常的不习惯，而且我也认为这样做多少有些虚伪，好像在作秀似的。

上大学时我到姨妈家去过了一个感恩节。坐在餐桌边，他们要求每个人都说出一件表示感谢的事情。当时由于实在想不出什么事需要感谢，我便带着戏谑意味地说自己感谢"卡尔文·克莱因"牌的牛仔裤。后来我记得那位姨妈再也没有邀请过我到她家去。

幸运之神一直厚待着我，我嫁给了一个好男人，有一份极具创造力的工作，还生下了一个美丽的小女儿。直到1998年之前，在每年的感恩节我们对生活所怀有的满足多于感激。但就在那年的11月丈夫突然病倒，症状类似于流感：高烧、恶心、呕吐、肌肉疼，并且会时而出汗，时而发冷。我打电话向别人询问好的治疗方法，听起来当时好像可怕的流感正在四处肆虐，人人都告诉我让他多喝水，很快就会好起来的。

5天的时间里，我用尽了自己所知道的一切方法照顾着安德鲁。他虚弱得只能躺在床上，吃不下任何东西，即便是在我的哄劝下啜吸的几口饮料，最后也全被吐了出来。一时他会因高烧而汗流浃背，我就要为他换下被汗水浸透的睡衣与床单。半小时后他又会冷得浑身发抖，我就又要忙着将几条毛毯盖到他的身上。

我试过了各种办法，唯独没有拉安德鲁到他一向都不喜欢去的医院——事实上我早该坚持那样做的。我的心里万分恐惧，因为安德鲁的身体一直都很好，我从没见他得过这么重的病，同时我也在担心自己与3岁的女儿罗丝会染上同样的病。我已经有了5个月的身孕，我知道自己的身体是经受不了疾病的侵袭的。不得已我只好端了一盆消毒液，将安德鲁碰过的门把手、电话等都仔细地擦试了一遍。为了保险起见，我不让罗丝进安德鲁的房间，晚上还搬到了罗丝的双层床上去睡。

本来我们早已定好那一年的感恩节要在姐姐家中过，父亲与继母会专程开车从一千多公里之外赶来，为此姐姐还特意费尽心思准备了节日大餐。我不想由于自己一人而扫了大家的兴，因此只得带着愧疚的心情将发着烧的丈夫独自留在了家中，并在临走前一再叮嘱他要记得多喝水。

第二天早上我坐在丈夫的床边，对他讲述着前一晚的快乐时光，以及他所错过的那一顿丰盛的感恩节大餐。在谈话间我意识到安德鲁正在产生幻觉，紧接着多日来埋藏在内心深处的恐惧感突然之间再次涌了上来，我真的害怕安德鲁会就此永远地离开我。我狂乱地抓起电话，打给了一位在急诊室工作的朋友，请他帮我送安德鲁到医院去。

朋友赶来后走进安德鲁的房间，看了他一眼便问我："他的肤色发黄有多久了？"

"发黄？"以前我一直没有注意过，这时才看出丈夫的肤色已像蜡纸一样黄了。而肤色发黄则意味着黄疸、肝炎、肝衰竭……我已不敢再继续想下去了。

我们立刻把安德鲁送进了医院的急诊室。而在接下去的12个小时中，安德鲁的情况由糟糕转为恶化，他的主要器官都不明原因地衰竭了，血压极低，而脉搏极快。

傍晚时一组专家聚集到安德鲁的病床边，其中包括心、肺、肾与血液科的医生。稍后他们又耐心、沉稳地让我讲述安德鲁生病以来的情况，以求找出使一个健壮的男人突然病倒的真正病因。

从医生们相互对视时那谨慎的眼神中，我可以看出这些一向权威的专家也被安德鲁的怪病难住了，由此更加剧了我的恐慌，暗自担心这一次连医术高明的医生也救不了安德鲁了。

在大厅中护士看到腹部微微隆起的我，带着同情的目光安慰着我，让我不要过分地担忧。我在心里想着是不是需要将医院中的教士找来，安德鲁是否还有未了的心愿呢？

签署了同意给安德鲁的心脏插入导管的协议后，已疲惫不堪的我只能回家去睡一会儿了。

家中漆黑一片，没有安德鲁与罗丝的家变得空空荡荡。姐姐已将罗丝接走了，安德鲁住院期间，她会代我照顾孩子。一时之间我感到那样的孤独，蜷缩进罗丝的双层床，我将她的绒毛猴子拥在了怀中。那一觉睡得断断续续，每隔一个多小时就会醒来，给医院打个电话，而每一次都在担心听筒那头会传来安德鲁已经离开了这个世界的消息。

天蒙蒙亮的时候，我穿上衣服，昏昏沉沉拖着疲惫的身体来到医院，并带了罗丝的照片来摆在安德鲁的床边。我相信看到罗丝那灿烂的笑容，安德鲁是不会就这样轻易离我们而去的。

而就在那一天，安德鲁的情况开始好转。他在医院住了近一周，回到家中又休养了一个月。

直到后来我们才了解了安德鲁的真正病因。由美国一家专业机构所做的试验表明那是因钩端螺旋体病———一种动物所携带的疾病———所致，它一般可以通过被尿与粪便污染的土壤和水感染，但这种可能性都是非常低的，我们也一直都没有弄清安德鲁怎么会得上这种病的。

新年过后安德鲁又去上班了，他已完全康复，没有给身体留下任何的不良影响，我们的生活也恢复了原样。然而渡过这一段危难的特殊经历却改变了我们，改变了我。

我独自待在家里等待安德鲁病况发展的那个夜晚，使我终于意识到自己对于丈夫的陪伴是多么的依赖。认为一切都是那样理所应当地与丈夫幸福生活了13年后，我突然感动于他每日的守护、永恒不变的承诺以及给予我的信任。

那年感恩节安德鲁逃脱死神魔掌的经历对我们的影响非常大。随后我们到安德鲁的家里参加了一个家庭聚会，全家26个人欢乐地围坐在巨大的餐桌边，我突然想出了一个绝妙的主意。

首先我交给每个人一张彩色的纸条，要他们在上面写下自己所要感谢的事，并依次将这些感激大声地念出来，然后再将我们所写的纸条连成一条长长的感谢环。对于我，这个感谢环象征着安德鲁患病期间亲戚与朋友对我们所表达的爱与关怀。

当轮到我写下自己的感谢时，我没有提到牛仔裤。我已不再为不知该对什么事表达感谢而发愁了，因为我明白了人生之中充满了太多的惊奇与无常。

每天夜里我伸出手就可以触到睡在身旁的丈夫那健壮的臂膀；每个周末我可以依偎在他的怀中，伴着缠绵的乐声悠然起舞；每个清晨我可以满怀温情地爱抚新出世的小儿子黄色的鬈发，亲吻他那酷似父亲的脸颊，而心中不会带有任何的遗憾……

每当沉浸在这样幸福的时刻之中，一种甜蜜的谢意就会从心底涌上来，因为每一个平安、祥和的日子都是值得我们去感谢的。

母亲的荣誉

在我11岁的时候，母亲去世了。接下来的几个月里，爸爸在工作中遇到了多特，并且开始频频约会，一年以后他们结了婚。

突然之间，我的童年消失了。这么突然，这么快，另一个女人闯进了我的家，虽然母亲的形象仍然栩栩如生，多特却让人难以理解地做了我们3个孩子的继母，我们分别是5岁、8岁和11岁。

在我孤独的时候，我爱听那首古老的歌曲《你永远不会独行》。

我确信那是母亲在另一个世界里唱给我听的。在这悲伤的时刻，我多么希望她能走到我的面前，我幼小的心灵多么希望得到母亲的爱抚。

"你想要孩子们叫你妈妈吗？"有一天爸爸问多特。我有某种愿望希望她说

"是"。多特困惑了很长一段时间后，说："不，这样不好。"

血毕竟浓于水。这是祖母一贯的主张，我以前不明白这句话的含义，但从这一刻起，我明白了。我继母的回答似乎也证明了这一点，我只是我父亲的一件行李，虽然她介绍说我是她的女儿，但从血缘上来说我不是。

我是水，我做的事情就开始和我的身份不一样起来。

我把自己藏得很深很深，一副拒人于千里之外的感觉，但无论我多么无理，多特从不用刻薄的话伤害我。

每有机会就去墓地看母亲，去向她倾诉，我从不带花去，因为我母亲的墓地里总是鲜花盛开，不用怀疑，那是我父亲送的。

到我14岁的那年，我放学回到家里，看见我新出生的小弟弟，我在摇篮边轻轻地抚摸着他软软的肌肤，他的小手抓住我的手放到他嘴里。那一刻，我的眼睛充满渴望："我可以抱他吗？"

她抱起孩子，把他放到我的手臂里。

然而，把我们真正连在一起的还是那个小小的礼包。

圣诞节那天，当我打开漂亮的礼物盒，我看到了那件新羊毛衫和裙子时，多特说："你喜欢吗？"很快，多特成为我最好的朋友。

一个星期天，我无意中听到她告诉我的姑妈："我不想强迫孩子们叫我妈妈，铱乌林（我母亲的名字）永远是他们的妈妈，这是唯一的权利。"

哦，是这样吗？血浓于水这句话对吗？祖母的话对吗？

很多年以后，我有了自己的家。多特把我的丈夫当成自己的儿子，在我3个孩子降生的时候，每次都是她为我想办法减轻伤痛，照顾我。在这期间，她自己也断断续续地生了3个孩子，给我们带来了两个小弟弟和一个小妹妹：多么特殊的家庭啊，孩子们一起长大，情同手足。

那一年，我和丈夫搬到了200里外的地方。悲剧发生了，我们的儿子安吉死于非命。黄昏的时候多特赶到了，她拥抱着我，她的心都要碎了。

我凄凉地度过了葬礼后的几个月，我只想偷偷去死。每个星期五，我木然地看着多特的大众牌汽车驶进我的车道。"你父亲不能来，他得去工作。"她说。她陪我去墓地，牵着我的手，陪我一起落泪。在我不想说话的时候，她就静静地陪着我；如果我说话的时候，她静静地听着。在我绝望的时候她总是用她那柔弱的肩挑起我的痛苦。就这样，每个周末她都要开4个小时的车赶来，来来回回地持续了三个多月。

很快，我就习惯了在星期五的时候在门口等她，慢慢地，生活又恢复过来。

不久后，父亲弃世而去，把我留在这个世界上。我被噩耗击蒙了，悲痛欲绝，我第一个反应就是我需要多特——我的家。

自打母亲去世后，冰冷的、巨大的害怕就像要爆炸的炸药，藏在我心里。如今，父亲，我最亲最近的人，有血缘的父亲，走了。多少年来，我在父亲和多特营造的家里过着安稳的生活，我已经习惯了这种和睦的家庭，现在父亲突然离去，留给我们一道黑色的恐怖的裂痕。

父亲，我想知道，你像粘胶一样有凝聚力吗？粘胶和遗传因子能相提并论吗？

丈夫带着我回家的时候，我的心里充满恐惧。

我失去了家庭吗？恐惧，占据了我的整个心房。

血浓于水，我祖母是这样认为的，多特难道不是这样认为的吗？多特的家，不再是父亲和多特共同的家，难道父亲的离去改变了她吗？她爱我，是的，但是我突然敏锐地感到我们毫无遗传关系，只是常说的那种继子。很多熟悉的面孔来填补这种裂缝，但是站在他们中间，我感觉到前所未有的孤独。

"苏茜，"多特的声音在耳边响起来，朦胧中我看见她像海豚一样游到我身边，并把我揽在怀里。我就像是一个被遗弃的小孩，在母亲的怀中号啕大哭。

"亲爱的，他现在和你母亲在一起。"

我啜泣着，凝视着她善良的面孔，"他总是把花放在妈妈的墓地。"

多特花了很长时间，才帮我从痛苦中解脱出来。我带了鲜花去墓地看母亲，我想告诉她，我的伤痊愈了。令人惊讶的是，墓前摆放着鲜花，和从前一样。

"那么，是谁……"

我全理解了：水是血的一部分，祖母没有理解这一点。

有爱在里面，你怎么能把水从血中分开啊！

最后，我问多特："是叫你妈妈的时候了吗？"她微笑着，脸红红的，我分明看到她的眼里充满泪水。

我犹豫地说："可以吗？"

她哽咽着道："我将视它为一种荣誉。"

我们是怎样过母亲节的——
一个家庭成员的自述

在最近提出来的所有各式各样的意见中，我认为，一年过一次"母亲节"这个主意要算最高明了。难怪五月十一日在美国正在成为一个人人喜爱的日子，而且我还相信，这样的想法也一定会蔓延到英国去。

在我们这样一个大家庭里，这个想法特别受欢迎，所以我们决定为"母亲节"举行一次特别庆祝。我们觉得这是个好主意。它使我们大伙儿都体会到：母亲为我们成年累月地操劳，她吃足苦头和付出牺牲，全都是为了我们的缘故。

因此，我们决定把这一天过得痛痛快快的，成为全家的一个节日，我们要做一切我们力所能及的事情让母亲高兴。父亲决定向办公室请一天假，好在庆祝节日时帮帮忙，姐姐安娜和我从大学请假回家，妹妹玛丽和弟弟维尔也从中学请假回来了。

我们的计划是，把这一天过得像过圣诞节或别的盛大的节日一样隆重，我们决定用鲜花点缀房间，在壁炉上摆些格言，以及诸如此类的事情。我们请母亲安排格言和布置装饰品，因为在圣诞节她是经常干这些事情的。

两个姑娘考虑到，逢到这样一个大场面，我们应该穿戴得最最漂亮才合适，于是她们俩都买了新帽子。母亲把两顶帽子都修饰了一番，使它们显得挺好看。父亲给他自己和我们兄弟俩买了几条带活结的丝领带，作为纪念母亲这个节日的纪念品。我们也准备给母亲买顶新帽子，不过，她倒是似乎更喜欢她那顶灰色的旧无檐帽，不喜欢新的，而且两个女孩子都说，那顶旧帽子，她戴了非常合适。

早饭后，我们做了一个出乎母亲意料之外的安排，我们准备雇一辆汽车，把她载到乡下去美滋滋地兜游一番。母亲一向是难得有这样一种享受的，因为我们只雇得起一个女用人，在家里母亲几乎就得整天忙个不停。不然，如今乡下正是风光明媚的时节，要是让她驱车游逛几十英里，度过一个美好的早晨，这对她来说可真会是莫大的享受。

但是，就在当天早晨，我们把计划稍微修改了一下，因为父亲想起了一个主意，与其让母亲坐在汽车里逛来逛去，倒不如带她去钓鱼更妙。父亲说，出租汽车嘛，雇了一样得花钱，我们何不利用它又游玩又开到山上有溪流的地方去钓鱼哩。就像父亲说的，如果你只是驱车出游而没有一个目标，那么你就会有一种漫无目的之感；可是如果你要去钓鱼，前面就有个明确的目标，能提高你的兴致。

我们大伙儿都感觉到，对母亲来说，有个明确的目标会更好些；再说，不管怎样，父亲昨天刚好又买了一根新钓竿，这就更自然而然地使他想起钓鱼来了。他还说，要是母亲愿意的话，她还可以使用那根钓竿；真的，他说过，钓竿实际上是给她买的，不过母亲说，她宁愿看着父亲钓鱼，她自己却不想钓。

这样，我们便为这次旅行做好了一切安排，我们让母亲切了些夹心面包片，为了怕我们肚子饿，还准备了一顿便餐，当然中午我们还要回到家里来吃一顿丰富的正餐，就像过圣诞节和新年那样。母亲把所有的东西都给我们收拾齐全，放到一只篮子里，准备上车。

唉，车子到了门口的时候，不料汽车里面看来并没有我们想象的那么宽敞，因为我们没有把父亲的鱼篓、钓竿以及便餐估计在内，显然，我们没法儿都坐进车里去。

父亲叫我们不必管他，他说他留在家里也很不错，而且他相信他能利用这段时间在花园里干点活儿；他说那里有一大堆他可以干的粗活和脏活，比如挖个垃圾坑什么的，这就免得雇人来干了，所以他愿意留在家里；他说我们也用不着顾虑他三年来一直没有过一个真正的假日这回事；他要我们马上出发，快快活活地过个节，不要为他操心。他说他能够整天埋头干活，而且，真的，他还说，本来，他想过个什么节就是想入非非。

不过，当然我们全都觉得，让父亲留在家里可绝对不行；特别是，我们都知道，他果真留下来的话，准会闯祸。安娜和玛丽姐妹俩倒也都乐意留下来，帮着女用人做中饭，只是，在这样一个美好的日子里，她们买了新帽子不戴一戴，未免太使人扫兴。不过，她们都表示，只要母亲说句话，她们就都乐意留在家里干活。维尔和我本来也愿意退出，但是，我们在准备饭菜上，却是一点忙也帮不上。

因此，到最后，决定还是母亲留下来，就在家里痛痛快快地休息一天，同时准备午饭。反正母亲不喜欢钓鱼，而且尽管天气明媚，阳光灿烂，但室外还是有点儿凉，父亲有些担心，要是母亲出门，她没准会着凉的。

他说，当母亲本来可以好好地休息的时候，如果他硬拉她到乡下去转悠，一下子得了重感冒，他是永远不会原谅自己的。他说，母亲既然已经为我们大伙儿操劳了一辈子，我们有责任想方设法让她尽可能安安静静地多休息会儿。他还说，他之所以想到出门去钓鱼，主要的是，这么一来就可以给母亲一点安静。他说年轻人很少能体会到，安静对于上了年纪的人有多么重大的意义。关于他自己，他总算还够硬朗，不过他很高兴能让母亲避免这一场折腾。

于是我们向母亲欢呼了三次之后就开车出发了。母亲站在阳台上，从那里瞅着我们，直到瞅不见为止。父亲每隔一会儿就转身向她挥手，后来他的手撞在车后座的边上，他才说，他认为母亲再看不见我们了。

嗯，我们把汽车开到美妙无比的山冈中行驶，度过了最愉快的一天。父亲钓到了各式各样的大鱼，他敢肯定，要是母亲来钓的话，她是无论如何也拽不上来的。维尔和我也都钓了，不过我们钓的鱼都不及父亲钓的那么多。至于那两个姑娘呢，在我们乘车一路去的时候，她们碰到不少熟人，在溪流旁边她们还遇到几个熟识的小伙子，便在一块儿聊起来。这一回，我们大伙儿都玩得痛快极了。

我们到家已经很晚，快到下午七点了，不过母亲猜到我们会回来得晚，于是她把开饭的时间推迟了，热腾腾的饭菜给我们准备着。可是首先她不得不给父亲拿来毛巾和肥皂，还有干净的衣服，因为他钓鱼时总是弄得一身肮里肮脏的，这就叫母亲忙了好一阵子，接着，她又去帮女孩子们开饭。

终于，一切都齐备了，我们便在最最豪华的筵席上坐下来，有烤火鸡和圣诞节吃的各种各样的好东西。吃饭的时候，母亲不得不屡次三番地站起来，去帮着上菜、收盘，再坐下来吃；后来父亲注意到这种情况，便说，她完全不必这样忙来忙去，他要她歇会儿，于是他自己便站起身到碗橱里去拿水果。

这顿饭吃了好长的时间，真是有趣极了。吃完饭，我们大伙儿争着帮忙擦桌子，洗碗碟，可是母亲说她情愿亲自来做这些事，我们只好让她去做了，因为这一次我们也总得迁就她才行。

一切收拾完毕，已经很晚了。睡觉之前我们全都去吻过母亲；她说，这是她有生以来过得最最快活的一天。我觉得她眼里含着泪水。总之，我们大家都感觉到，我们所做的一切得到了最大的报偿。

（美）斯蒂芬·李科克

母亲的消息

　　昨天，乡下的母亲来电话说东京这里怕是用不着棉外褂了，让送回乡下去。正赶上管电话的妻子出门了，是大女儿接了电话转告给我的。

　　"什么棉外褂？"女儿问。

　　大女儿和几个妹妹不同，她是在乡下而不是在东京的医院出生的。许是母亲抱着带大的缘故，母亲的一口家乡话大体都能听懂。但有时也会遇上不懂的词，就给难住了。

　　母亲说的"棉外褂"就是厚厚地絮了很多棉花、不带翻领的棉袄。每年到了秋季，母亲都亲手做好，寄到东京来。

　　即使在盛夏我工作的时候，光穿贴身汗衫，外面不加和服就感到不踏实。母亲做的就是套在工作时穿的和服外面的棉外褂。

　　母亲六月一到就满八十岁了，但依然自己做针线活儿。虽然不能像从前一样做夹衣跟和服短褂了，但像家常外褂和小孩的夏衣之类，不要别人帮助还是能做的。连穿针引线也都是自己来。一次纫不上，便把老花镜架在鼻梁上纫它几回。即使我回乡坐在她身边，也从来不叫我帮她纫。我看不过去，说："来，我给您纫！"母亲就显出难为情的样子，呵呵地笑着说："真的，这阵子，眼睛不中用啦。"

　　由于母亲的眼力不好，做成一件棉外褂需要很长时间。入夏一个月后的盂兰盆节全家回乡，差不多该返回东京的时候，母亲就像忽然想起似的，从什么地方找出我的棉外褂，开始拆洗重做。

　　"不絮那么多棉花也成啊，东京没有这儿冷。"

　　我每次都这么说过之后才回来，可是到了十一月打开母亲寄来的快件邮包一看，同往年一样，棉花絮得鼓鼓囊囊。

　　记得小时候，母亲坐在居室草席上铺开棉被或棉袍絮棉花。我望着轻柔的棉絮飘落在母亲的双肩上，我想，多像棉花雨啊！而此时，想必母亲如同昔日一样正在为我絮棉外褂。眼下乡间已是下霜季节，母亲感到后背凉飕飕的，所以才不知不觉把外褂的两肩絮厚的吧。

不管怎么说，母亲做好这件外褂不容易，我就穿着它过上一冬。其实即使不穿棉外褂，这四五年来我已胖得发蠢，再套上它，自然就更显得圆轱轮墩的了。这副打扮实在见不得人，不过在家里还倒没有什么妨碍。

也许我是在壁炉旁长大的，对暖气或火炉之类总觉得难以适应。整个房间暖起来就头晕发困。因此，至今入冬后也还是只生被炉。可是即便是东京，深冬的黎明时分，外面的寒气也会侵袭双肩和后背。在这种时候，有这件棉外褂可就得济了。穿上母亲做的棉外褂，无论多么冻（我的家乡这么形容刺骨的寒冷）的夜晚，两肩和后背都不会觉得寒冷。伏在被炉上打个盹儿也好，和衣睡一觉也好，都不会感冒。夜里穿它出来，还能顶件短大衣。

棉外褂的布料大部分是母亲穿旧的和服。母亲已年近八十，那些和服大体上花色都嫩了些，不过想穿还是可以穿的。母亲把这些和服拆开给我做棉外褂。一旦做好，就用包裹寄来。

包裹里肯定会有封信，上面像记录似的写着这是用何时穿过的和服翻改的，曾穿着它到什么地方去过之类的话，末尾还注上一笔："还是挺不坏的东西呢。"

看上去料子诚然是上等货。无奈已经很旧了，加上我毫不吝惜地当工作服穿，每到开春，袖口和下摆就都磨破了；腋窝的里子绽了线；衣襟磨得油光；棉花打成了细小的球儿从后背和肩头冒了出来。

每到春天，我都想：这东西的寿命该结束了，便送回乡下去。可到了秋天，母亲又翻改好寄来，干净利落，焕然一新。同以往一样，棉花絮得满满当当。

我问同母亲通了电话的大女儿："别的，还说了些什么？"

"奶奶在电话里说：'这回你们又蒙我呀，我可难过了。'"大女儿告诉我母亲是这么说的，"声音可没劲儿呢，奶奶好像不大行了。"我听后笑了笑，摇摇头说："不过，那是没办法的事呵。"

听我这么说，大女儿也摇摇头："是呵，没办法呀。"

母亲近来身心不佳。她长期以来一直是病魔缠身，心脏不大好，轻微的心绞痛时常发作。直到四五年前，一收到邀请她来的信，还能立刻乘上十来个小时的长途火车来到东京。而今连这也做不到了。

看上去，母亲并不显得比从前弱多少。听说从前当问医生去东京住几天是否可以时，医生会立即回答说"请去吧"，还总是按在东京住的天数给她药。而最近，却同情地说："怕是太勉强了。"还说，想去的话去也成，但对后果可负不了责任。母亲本来觉得没啥了不起，但对于长途旅行的结果当然自己也没个准谱。生怕给周围的人带来麻烦，便只在乡下家中转悠了。

大女儿降生时，母亲六十七岁。母亲说，我在这孩子上小学前不死；孩子上了小学，又说小学毕业前不死。实际上母亲都如愿以偿了，如今大女儿小学毕了业。母亲也许是感到了疲惫和衰弱，这回没说等到中学毕业，只说想看看大女儿去参加中学的开学典礼。

"无论如何也要来的话，就请来吧。"我们这样给母亲回了信，当时决定由妻子去乡下迎接。然而，没想到今年初春寒气在母亲身上引起了反应；加上三月过半，住在新潟县小千谷的一个叔父突然去世的消息，又是一次冲击。

这个叔父是庆应义塾大学毕业的医生，年仅六十六岁就患心肌梗死突然故去。叔父搬到小千谷之前，曾在横滨的鹤见区住过很久，我的哥哥和姐姐们受到过他不少照顾。今年秋天，我本打算一步步踏着匆匆为自己结束生涯的哥哥和姐姐们的足迹，写一本长篇小说来记载我一家不详血统的历史，所以有很多情况要问这位叔父。当我从小千谷的堂妹那里得知叔父病故的消息时，便感到茫然了。

"噢，告诉您一个不幸的消息……您是坐在椅子上吧？"我用电话告诉母亲。闲谈了一会之后，又叮问了一下，才传达了叔父的讣告。

母亲发出了低低的悲声，但又出乎意料地用沉着冷静的声音告诉我吊唁时要注意的事情，并托我给叔母和堂妹带个口信。接着是一阵沉默。当我又开口讲话时，母亲说，听筒正紧紧地贴着耳朵，说话别那么大嗓门。然后又突然讲起了年轻时的一件往事。

这是件没什么意思的往事：叔父健在时，母亲每次到东京，叔父都请她吃冰激凌。有一回因为太凉，吃不惯，母亲不住地咳嗽起来。

"阿吉（叔父叫吉平）还老笑话我吃冰激凌咳嗽是山巴郎哪。"

像唱歌似的母亲的声音渐渐微弱了，突然又传来放下话筒的声音。

"山巴郎"大概就是山巴佬吧。我们家乡是这样称呼山里人的。

从那以后，母亲完全丧失了精神，看样子实在无法到东京来了。于是，我决定春假期间全家一起回乡下去看她。当车票已买好，也通知了回家的日期，就在出发前两天，二女儿突然发高烧病倒了。

为此，回乡的事只好作罢。母亲说我们骗她，指的就是这件事。本想这回把穿破了的棉外褂随身带回去，可现在却依然放在身边。恐怕母亲是在一怒之下，才叫赶快寄回去的。

母亲做针线活儿时总爱在嘴里含上抹茶糖，我买了一袋放进棉外褂里。我一面打包，一面想：即使这样，近些日子也要回趟家。

（日）三浦哲郎

母子浪

月挂柳梢头，雄鸡破晓时，萨哈森林小桥流水处的一户人家喜气洋洋，儿子哼着小曲吧嗒吧嗒地拉风箱，母亲淌着大汗刺啦刺啦地烙糖饼。这可不是个寻常的日子，娘儿俩要过鞑靼海峡去哈巴罗夫斯克，去采购儿子结婚用的钻戒、礼服和伏特加。一个寡妇人家，含辛茹苦28年，把儿子培养成铁塔似的一条大汉、响当当的越洋跨海的巨轮上的大副。如今，儿子要娶媳妇，这喜事儿可不能有半点马虎。不是图怎样的豪华光鲜，但真品实料却是要认真对待的，要是喜宴上摆上假酒，落下坏名声不说，弄得不好，要出人命的。因此，娘儿俩宁可舍近求远去哈巴罗夫斯克的"诚信"店，花钱花气力花时间买放心买信誉，值！何况，他们还要给鲍勃送去最可口的糖饼。

母亲挎着提包在前，儿子背着行囊在后，他们说说笑笑过板桥走小道坐马车乘汽车，终于登上了"明克"号海轮。

尊"明克"号为轮，实在是大大抬举了它。它充其量也就是一条大型的木船而已。好在鞑靼海峡不宽，使它能够多次化险为夷死里逃生，也算是一次又一次地创造了人间奇迹。儿子看了看"明克"号斑斑驳驳七歪八斜的外表，不禁摇了摇头，看来他的立即停止"明克"号航行的建议再一次被束之高阁。

三声低沉嘶哑的汽笛宣告"明克"号起航了。显然，它是油有余而力不足，船头左摇右晃地犁开了大海的胸膛，一条海豚一闪身超过了它。海豚在船的正前方高高地跃起、落下，又高高地跃起。

母子俩一眼认出：这条海豚就是他们8年前在海滩上救助的鲍勃。它来履行朋友的例行约会。母亲和儿子不约而同地发出呼叫，母亲敏捷地拿出糖饼，儿子一个又一个地向鲍勃抛去。

鲍勃像杂技团里最熟练的演员似的，一次次高高跃起，准确无误地把糖饼纳入口中。引来满船乘客的高声喝彩。

招呼打了，糖饼吃了，鲍勃该离开了。可是，今天它一反常态，老在船头游来荡去，有时还横着，像要阻止"明克"号的航行。

母亲和儿子异口同声发出嘟叭嘟叭的命令，要它离去。然而，鲍勃对救命恩人的指令充耳不闻，无动于衷。儿子气不打一处来，他操起一根长竹竿，高高举起，狠狠地向鲍勃打去。

鲍勃迎着竹竿跃起。突然，竹竿像被无形的手托住似的，轻飘飘地滑过鲍勃的左腮，引起满船乘客的哄堂大笑。

船自有它非走不可的航程，鲍勃的阻挡无济于事，它万般无奈又不肯善罢甘休，它在船尾的白色泡沫中沉沉浮浮紧紧相随。

鞑靼海峡的天气像孩子的脸——说变就变，刚刚还是日丽风和、海平如镜，只是近1小时的时间，狂风从天而降，它怒吼着掀起层层巨浪，汹涌澎湃排山倒海。

"明克"号晃动着，颠簸着。儿子和母亲紧紧地抱在一起。一阵狂风，一排巨浪，一声巨响，"明克"号粉身碎骨化为万千碎片，沉的沉、浮的浮。母亲和儿子都掉进了海里。

儿子是游泳的行家里手，是铁人三项赛的冠军。凭他的本领，即使风再大浪再高，横渡鞑靼海峡也不在话下。对于这个，当儿子的心里清楚，当母亲的更是心知肚明。此时此刻此地此境，关键的关键，是要母子双双保平安。

儿子左手抱着母亲，右手一阵猛划，双腿用力一走，一个鲤鱼打挺浮出水面。他喷了一口气，甩了一下头，睁开眼睛，只见鲍勃近在咫尺，它嘴里叼着一块木板，用力一送，不偏不倚撞入怀中。

现在，母亲抱着木板的右端，儿子推着木板的左端，时而冲上浪尖时而坠入波谷。

儿子要辨别方向、判明水流，好以最少的气力求得最远的游程。

母亲是属于每临大事有静气的人。现在，她完全清楚：母子双双逃生，必定双双死亡！儿子一个逃生，必定成功！想到这里，她趁儿子转过脸的当儿毅然决然地松开木板，任自己沉向海底。她恨自己沉得太慢，她想：自己沉得越快越深离儿子越远越好，自己离死亡近一步，儿子的安全就增一分。

儿子一回头，不见了母亲。真正的知母莫若子，他最最担心的事情发生了。面对母亲的良苦用心，他心里暗暗叫苦：妈妈，您怎么可以这样做？他丢开木板，一个猛子扎下去。

乌云蔽日，风急浪高，母亲在往下沉。她心想：娘去也，儿平安！

儿子在往下潜，他心想：找不到妈妈决不上海岸！儿子第三次扎了下去，他睁大眼睛四处搜寻。终于，他看见鲍勃拱着妈妈向自己靠拢再靠拢。儿子和母亲浮出海面的时候，他们碰上了千载难逢的母子浪。

原来，不同的风向、不同的地形、不同的海流所形成的波浪千差万别：有并肩而行的兄弟浪，有若即若离的情人浪，有相背而去的仇人浪。母子浪，又称活命浪，小浪在前，大浪在后，大浪拥小浪，后浪推前浪，滚滚向前直抵彼岸。即使是投海自尽者，要是碰上母子浪，也是欲死无门，母子浪会一次又一次把他送上岸的。

此刻，儿子抱着母亲坐在鲍勃的背上，鲍勃顺风顺水，乘着母子浪直抵安全的彼岸。

（俄）布洛宁

家人间相互交流的奥秘

医生发现我的声带上生了小结节。"你必须完全禁声，"他警告我说，"你至少需要十天不说话，这是完全必要的。禁声一月，那就更好。"

"这办不到，"我想，"这个家不能没有我的声音，离开我诱导、督促就不能过一天。"

然而，鉴于我的病况，我不得不严格遵照医嘱。于是，我只得准备一个笔记本，用笔谈来回答丈夫的询问。不到一周，我对家事的管理和安排就只剩下点头和摇头了。而全家似乎失去了某种凝聚力，失去了往日的生气。此后，沙达医生对我说还得禁声一周。

"我不想吓你，"医生说，"你的声带结节还可能再生出来。"

当我离开医院时，脑中的一个想法几乎把我压倒："假如我永远再也不能说话了，那可怎么办呢？"我忽然感到，我从来没同丹好好地说过心里话，也没有好好地听过他说说他的苦闷和希望。而且，我对我的儿子真正了解吗？现在，我比过去任何时候更想了解他们，可现在已晚了……

一天晚上，我做了一大堆卡片放在厨房桌子上，在每张卡片上写上一个问题。这些问题有些是严肃的，如："你认为什么是爱？"有些则是轻松的，如："你在空余时间喜欢干什么？"坦率地回答这些问题，就可以展示一个人的心理概貌。不久，我就写好了近200张问题卡片堆在桌上。突然，在我脑中产生了一个主意：用这些卡片像玩纸牌一样玩桌面游戏。

这个游戏很简单。每个参加者用掷骰子的方法来确定卡片号码。然后回答卡片上写的问题或者是卡片上所写允许的对某人的评论。这个游戏没有输赢，所有的是情感的分享和交流，但是游戏中不能交谈。

第二天晚上，我与丹和两个儿子玩这个"不是游戏的游戏"，当轮到我时，我就把答案写在纸上给他们看。在我写的时候，他们都静静地等着我，这使我感到满足，因为我感到我又属于他们了！

丹抽到一张卡片，上面写道："让我们分享你的担忧。"

他沉默一会儿，接着慢慢地说出了这么一段话："我担心以后我们会怎样，如果你们的妈妈病不好，我真不知我一人能否把你们培养大。"

听到丹的这席话，使我惊奇，我的丈夫清楚使他害怕和失去自信的东西，这使我感到像吃了蜜一样的香甜。

大林是一个聪明伶俐的中学生，他抽到一张卡片说的是让他谈谈有关成功的看法。

"我恨它，"他温和地说，"人人都要我干得出色，我总是感到压力与紧张。"

接下来轮到迪安了。他抽到的卡片问他："当有人笑你时，你的感觉怎样？"

"我真想去死，"他低着头，看着地板，轻声说道，"它使我感到愚蠢。"

这一晚，我们就这样，一家人围坐桌边，交流着各人的心声，共享着似乎已有些陌生的甜蜜情感。"在这20分钟中，我比过去5年更多地了解了你们，"丹宣布道，"让我们明天再来'玩'。"

通过这所谓的"不是游戏的游戏"我获得了新的尊重，并且了解了过去不知道的丹在工作上的一些问题和苦闷。我发觉自己对孩子更关心了，更理解了，更亲近了，我甚至又开始拥抱他们。他们之间也很少发生口角和争执了。丹的话也更多了。我们又开始星期天驾车出游，更多地在一起活动。

当我后来再次来到沙达拉医生那儿，出乎意料，他宣布我的声带已治好，这对我简直是一份特殊的礼物。但是，我清楚我再也不能重复过去的说话习惯了。在过去的几个月中，我发现了获得人间真正交流的五个奥秘：

1. 听——只是听。

在我被迫禁声后，一天，迪安放学回家，进门就嚷着："我恨老师！再也不到学校去了！"

听到孩子这么说，在我声带没病时，我就要严厉地回敬他了。但是，那天我没那样做，我要看看下一步会发生什么？我那愤怒的孩子，蜷伏在我身边，把头摆在我的膝盖上，伤心地哭了，他说："妈妈，今天老师叫我们写一篇作文，我拼错了一个字，老师指出了这个错字，引起哄堂大笑，我窘极了！"

我用手搂着他，他沉默了几分钟，接着他挣脱了我，平静地说："我要去公园会杰米了。谢谢妈妈！"

我的沉默换来了迪安的信任和理解，使他能向我吐露他的内心痛苦，实际上，他不需要我的教训与忠告，他受到了伤害，他需要有人听他诉说内心的痛苦。

2. 不要草率评论和判断。

一天下午，我与简凯一起在她的厨房闲坐，她的十六岁女儿像阵风一样进来，张口就说："哦，妈妈，你对流产怎么看呢？"

简凯听了女儿这个话，脸露愠色嚷道："我再不愿听到你说这类事了！"

简凯的女儿为什么突然问她这个问题？简凯也许永远不会知道了。不仅如此，此后，她女儿也许再也不会同她讨论严肃的问题了，更不能与她谈及有争论的问题了。

此事之后不久，一个叫曼丽沙的中学姑娘同她妈妈玩我发明的游戏，当曼丽沙被要求说说她生活中不愉快的事时，她谈了因她的一位女友流产而感到十分难过。像简凯一样，她妈妈也感到震惊。但根据游戏的规则，做妈妈的此时不能说什么，只是简单地说了一句："在学校里不该发生此类事情。"

在游戏结束后，母女间进行了一场亲切深入的交谈。这是曼丽沙有生第一次向母亲吐露内心中存在的恐惧。曼丽沙母亲对我说："我真没想到我们会进行这样一次交谈。"

3. 要将理智寓于感情之中去交谈。

几年前，我在一个公园闲坐，正值附近街区的一场橄榄球赛散场。我听见一个十几岁的男孩兴致勃勃地对他父亲说："爸爸，你看见我在底线得分的那个球了吗？"他爸爸冷冷地说："你怎么会在四分之三位丢失一个球呢？你以后应该多练习接球和拦截！"此时，我注意到那个与父亲边走边说的孩子一下落到父亲后面去了。如同当头一盆冷水，孩子兴致勃勃的热情顿时烟消云散。

在这儿，做爸爸的动机是无可指摘的，但他的这个反应不仅贬抑了孩子的长处和才华，而且损害了孩子的心理，长此以往，孩子会感到在爸爸那儿很难获得鼓励与帮助，因而将心灵之窗关闭，最终使你远离他的思想与事业之外。

4. 对人的判断不要想当然。

一次，道格和妻子曼莉玩游戏，曼莉抽了一张卡片，上面要她回答："你是否感到孤独？"曼莉平静地答道："我每天晚上感到孤独。"道格听后感到惭愧。

游戏结束后，道格才问曼莉："你为什么这样说呢？"曼莉轻声回答道："每天晚上我们睡觉时，你总是背对着我。"

道格听后，惊异得目瞪口呆。此时，这位粗心的丈夫满脸愧色地向爱妻解释："在中学踢球时，我撞断了肋骨，至今没有好全。我转过身去，是为了转向没受伤的一边。"

两星期后，我在超级市场遇到他俩。曼莉告诉我说："我们的问题解决了，我俩调了一下睡位。"

5. 表达你的爱。

在交流中，无声的行动有时能与话语一样重要，起到交流的作用。一天晚上，我与卡曼、她丈夫和两个孩子玩游戏，卡曼43岁，富裕而有魅力。我想她是一个要什么能得到什么的人。卡曼抽了一张卡片，要求她谈一件受到伤害的经历。"当我六岁时，"她开始第一次向她的家人吐露自己的内心，"我的母亲说我长得难看，没人爱吻我。我痛苦极了，以致每天早晨到盥洗室找她用过的唇膏纸，把它整天带在身边，什么时候想吻，就拿出唇膏纸往脸上擦。"

卡曼的生活看来不像我想象的那么完美无缺。将近40年来，她一直忍受着这个小小的内心痛苦。我想，谁能治愈她的这个小小的内心创伤呢？

　　轮过几圈之后，卡曼8岁的儿子抽到要他评论他人的卡片，只见他平静地站起来，走到他妈妈身边，没说一句话，他伸出他那瘦弱的手臂抱住妈妈的脖子去吻她的脸。此时，卡曼的眼里充满了眼泪，她那陈旧的伤痛消失了——也许就此治好了。

　　无声的话语胜过有声的话语，这是人间交流的又一奥秘。你能理解这无声的交流吗？你能学会使用它吗？试一试吧！

（美）雷伊·沙凯齐

爱的力量

　　晚饭后我在厨房洗碗，双手浸在洗碗水里。我7岁大的儿子罗勃在浴室里喊我。他在浴缸里，跪在水龙头前，在冒泡的瀑布下挥舞他的塑胶蛙人。水从水龙头汩汩地流出，满室都是带着肥皂香的蒸汽。

　　"有什么事吗？"我在门口问他。

　　"没什么，"他说，一边把水龙头关了，"我只是想让你来跟我聊聊。"他笑笑，张开脱落了五颗门牙的小嘴，那真挚的笑容使我动容。他小心翼翼地把瘦削的身躯、四肢和圆球般的膝头滑下水里。罗勃喜欢挑浸在热肥皂水里的时候，把一般男孩子通常会有的想法和幻想向我尽情倾诉。

　　他平常不大说话，人很沉静。他是那种会把在街上遇到的小生物、特别是那些需要照顾的，统统带回家去的男孩；那种会花上整个下午绘画古阿兹特克印第安人、金字塔、蛇神和战士的男孩。你给他最后一片蛋糕，他会抬起头来老实地望着你，说出叫人难以相信的话："我已吃了我那一份。"他就是那种男孩。

　　我把浴室内唯一的座位的上盖放下，坐下来，等他开口。

　　"你知道为什么我们能站在地球上吗？"他眼睛发光地问道，一边咧嘴笑，一边用毛巾擦手臂。

　　"那你知道吗？"我假装很诧异地问他。

　　"那是由于地心吸力，"他解释说，"那是一种力量，把东西吸到地球上来，但那是很难解释的。"

他像只水獭般动作优美地滑进水里，头发浮在水面，随水波漂动，只露出双眼、鼻子和嘴巴。"没有地心吸力，"他凝视着天花板说道，"我们就会飘来飘去，食物不能好好地放在盘子里，连盘子也会飞到天花板上……星球会在太空里乱窜，互相碰撞。"罗勃眼睛睁得大大的，对于自己创造的混乱景象也感到十分惊奇。

他坐起来，把洗头水涂到头发上，同时告诉我太空人在太空如何吃东西、睡觉和上厕所。"老师在学校里有一本关于太空人的书。"他说，然后又滑进水里，冲洗最后一次。

我张开浴巾等他，然后把他裹起来，这是个老习惯，他还是婴儿的时候就已经开始了。即使隔着厚厚的浴巾，我仍可感到他那薄薄的肩胛骨，我取笑他背后凸出一双天使的翅膀，但我只是轻轻一拥他就放开了，他不再允许我像以前那样把他紧搂在怀里，那时一条浴巾就可把他整个裹起来。

在那一刹那间，我联想到浴帘拉上，浴室门紧锁的一天。他的世界会不断扩大，不再以家庭和家人为中心，逐渐向外伸展。但现在，就在这一刻，在肥皂和洗头水、温暖湿润的皮肤和干净湿发的香气中，另一股无须多加解释的力量正把我俩紧连在一起。

（美）玛丽·E.波特

妈妈感冒之后

母亲都不常生病，但是一旦她们病了，这就是所要发生的——

你感冒过吗？当你发烧、浑身疼痛时，你就得躺在床上。很多人都有过这样的体验，并且在24小时之内就恢复了。但是这许多人不包括母亲们，做母亲的总能在12小时或更短的时间内好起来。

妈妈刚量完体温，超过了39度，她感冒了——这是感冒流行的季节。

正是午餐过后，大一点的孩子都上学去了。婴儿正睡着。妈妈也该休息一会了。

可是，她先得做完这些事：为晚餐准备好面包；给清洁工留一个字条；找人代她在今晚开会时送咖啡；把脏衣服放进洗衣机；把垃圾倒掉。

最后，她终于躺下了。噢！她正疼的腿贴在冰凉的床单上，感觉一阵舒畅。她带着血丝的眼睛闭上了。她睡着了！

突然，客厅门被撞开了。孩子们放学了。"妈妈，妈妈，你在哪儿？"他们叫喊着。妈妈想回答，但她实在虚弱，孩子们听不见她的回答声。过了一会儿，他们发现了她——躺在床上。

"你还没起床吗？"小女儿叫道。

"我怎么到比尔家去？"男孩子问。

"晚饭怎么办，我们得吃饭啊！"大女儿说道。

妈妈懂了，她明白了这些孩子不习惯妈妈待在床上。

"我病了，"她说，"什么都不能干，我得把活全交给你们。"她说道，"煮土豆，……照看好婴儿……摆好桌子。"

孩子们兴奋地冲出去像战士一样投入了战斗。一时间，妈妈被留在安静的房间里，身上的疼痛又加剧了。

爸爸回来了，他走进卧室，重重地跌坐在床沿上去摸她的手，他看上去很累。妈妈安慰他道："没什么。亲爱的，只不过是感冒。"她说，"我能起来做饭，并且……"。

爸爸摇摇头："你就待在这儿，什么事也不用操心，我和孩子们会操持一切，你不在，我们也会干好的。"

妈妈的房间又变得安静了，也显得空荡荡的。她静静地躺着，倾听着家里的声音。她有一种被遗忘的感觉。但其他人好像都很不在乎，似乎正在召开一种会议，还有孩子们"吃吃"的笑声和父亲的大笑。

一会儿，又安静了。显然他们正在用餐，而妈妈一个人孤独地躺在那里，生着病，没人想到过给她送晚餐来。他们把她全忘了。即使没有她，他们照样做得很好，活着真是没意思啊！

"砰"地一声，门打开了。小女儿冲进来告诉她："他们把盘子打碎了，狗把你的晚餐都吃光了。"

原来是这样！又是一阵喧哗，孩子们都来了，他们为他们带来的东西感到自豪：一杯水——水洒了一盘子，还有一个盛着三粒菜豆的碟子，一块凉了的土豆，一小块烤糊了的面包。"你吃饭的时候我们能和你待在一起吗？"他们问，"爸爸晕头转向，厨房里一团糟，没人知道扫帚在哪儿，我们和你待在一起你高兴吗？"

妈妈觉得舒畅极了，在孩子们的注视下，她吃完了这顿凉饭。"这些东西都好吃极了。"她说。不知不觉地她发现身上的疼痛全没了。

大女儿讲话了："哎，妈，我真希望你早点起来，你生病了一点儿也不好。"

"是的，"儿子说，"我希望你明天就好，我们想你。"

妈妈笑了。"我已经全好了。"她说。

你看，这就是母亲的生活，其他人可以一天24小时卧床不起，但母亲不行，她必须在12小时或更短的时间内好起来。

（美）乔依斯·路波德

漫步星光下

对那些工作一天之后还能打起精神热情地给孩子读故事、帮助他们做功课或纯粹陪他们闲聊的父母，我总怀着一丝妒意。

10年前，倘若哪天我能在彻底精疲力竭之前收拾好餐碟关锁上前门，那就算幸运了。当时，我丈夫刚死于癌症，留下我和3岁的儿子、6岁的女儿。白天，姐弟俩有保姆很好的照料；晚上，他们本也需要一位尽心尽职的母亲，可我呢，只想快些穿上睡衣，倒床酣睡。

是那次"面条大祸"迫使我认真对待夜里与孩子们的闲谈，并使之成为一项家庭惯例。那天晚上，我正靠着沙发闭目小憩，两个孩子正吃着晚饭，不一会儿，我突然被从厨房方向传来的奇怪的"卟——哇"声和嬉笑声惊醒。我赶紧跑去察看，只见两个孩子正起劲吹着面条，四周锅架上挂的、墙壁上沾的、厨台边吊的、全是一根根面条！两人脸上、衣服上沾满了暗红色的面酱。

我猛地把两个捣蛋鬼抱离坐凳，拉起他们沾满面酱的小手，呵哄着带出屋外。

"咱们散步去。"我憋着火说。

"天黑了呀，妈妈。"女儿不解地问。

"好冷。"儿子也说。

"知道。"我勉强应了一声，生怕憋不住发起火来。

我抓住他俩黏乎乎的小手，一边一个牵着朝前走去。走了不到两个街区，我心里感觉好受了些；走完了3个街区之前，孩子们就已挣脱我的双手，独自欢快地跑在了前面。大约一小时半后我们回到家门口时，嘴上都哼着歌曲。

第二天夜里我们又去散步，以后的几个晚上也都如此。孩子们对这种夜间漫步的热衷使我大为惊讶。这两个白天走路有气无力牢骚满腹的小家伙竟能在夜间散步时雀跃前行。

也许，他们是满足于能在大多数小孩子都准备上床睡觉的"大人时间"里出来欢蹦乱跳一番；要不就是某种不可言状的快乐感吸引了他们。黑夜里，我们似乎没有了长幼之分，只是3个同样大小不见脸面的伙伴；一样的傻笑，一样的伤感，一样的沉默无语，谁也不干涉谁。

天气越坏，姐弟俩越喜欢出去。他们会一边挥舞着雨伞，一边朝天欢叫："下雨喽！下大雨喽！"同时，用脚践踏着道上的积水，搅乱街灯闪亮的倒影。

夜间散步使我们发现了许多东西：夏夜盛开的茉莉花的幽香；落日后聚拢的云霞，最先露脸的群星以及黑夜中树木奇形怪状的形态。不久，夜色渐渐笼罩四周，使我们再看不清对方的身影。每当踏上归途的那一英里坡路，我们的思绪就放松开来，嘴上的话语滔滔不绝。比起家里的交谈，户外的言辞要自由活泼得多，因为谁都能轻易地做到在谈完一个话题之后独自沉思一会儿，然后再回过神儿重新开始一个全新的话题。

多年来，每次都是两个孩子同我一块儿散步。但现在我通常一次只同一个孩子出去，这更易展开母子（女）间的亲密交谈。我16岁的女儿赫塞尔一直不愿向人表露自己内心深处的感情，可在晚间散步时，她却把最近与知心好友拌嘴的事以及她对性的认识、对控制未婚少女生育的看法连同她在英语作文方面吃过的苦头和取得的成绩统统告诉了我。至于我已13岁的儿子埃塞恩，依旧是那么饶舌话多。每轮到他同我一块儿散步，他总是兴奋地抓紧时机，喋喋不休地告诉我他那辆新自行车离合器的运行情况，向我分析为什么七年级的同学常举办晚会而八年级的却不举办的原因（八年级的同学已懂得待客并非易事，客人们都很苛刻、挑剔），并不厌其烦地向我描绘他想象的房屋设计。至于我，除了过分琐细的老话重复，什么都乐于倾听。

随着孩子的长大，我开始更多地向他们吐露我的思想和感情。他们也总乐于得到向我提出建议和表示支持的机会，同时，也喜欢听我讲述我在他们那个年龄时的往事。

夜间漫步还是一项有益运动，对我来说它是一种促使血液流通、头脑清晰、食物消化的健身法。早年，孩子们能尽力走上两英里路而毫无怨言，如果途中能买上一个蛋卷冰淇淋吃则更是乐此不疲。现在，我们不吃冰淇淋也能轻松愉快地漫步4英里。

4年前，我再度结婚。而今我丈夫和我也不时在夜晚单独外出散步。这使我俩有机会继续白天的交谈或活动，相互体验着有对方陪伴而无孩子打扰的乐趣。

现在，我家最小的新成员，我那18个月的小儿子怀利，也能脱离大人的保护稳稳当当地独自走上半英里了。一天晚上，他扯了扯我的衣袖，向我说出第一个完整的句子："妈咪，散步去！"

（美）J.I.奥维斯特里特

使家庭之成为家庭的趣事

洗澡间应该改名叫儿童游乐室了。那儿成了他们的公用水池。他们两岁时就发现了这个好去处，除了外出度假和课堂上打盹儿之外，简直就从未离开过那里。直至他们长大成人，有了自己的住处。

他们到底在里头干些什么？把一个个电灯泡漂在浴缸里，用水枪射击，把死了的癞哈蟆包裹在一面旗子里替它进行"海"葬，这些都是他们的把戏。他们还把马桶盖子装饰得像只大蛋糕，用爸爸的刮胡膏在上面拼出字来。

我若是敲敲门冲里面嚷嚷："你们在干什么哪？"他们总是无一例外地回答："没什么！"

要是一个孩子说："没干什么"，那当父母的八成就该拨911叫警察了。当他们在浴室里"没干什么"的时候，小狗在汪汪叫，水从门底下流出来，他们的哥哥姐姐开始替他们说情，而且甚至会有烧糊东西的味儿和万马奔腾的声音从里面传出来。

现在回头想想，我意识到那时候和孩子们的交流多半是隔着浴室门进行的。往往是深夜了，我敲着门问：

"你在家吗？"

"那你以为是谁呀？"

"现在已经几点啦？"

"你说是几点啦，妈？"

"你吃了饭吗？"

"我能总不吃饭吗？"

"你想让我明天晚点叫你起床吧？"

"你是在开玩笑吗？"

"我要去睡了！我们能这样谈话还真不错呢。很多像你这样大的孩子根本就没法和父母谈话！"

我们的孩子们很少回家来，除非他们需要钻进壁橱翻找他们旧日的运动奖章、学校的毕业照和绶带、灰扑扑的照相机和皱巴巴的折了角的旧信。作为家长，我们总是确信永远不会因为儿女有了新家而失去他们，因为我们还保有那壁橱。孩子们小的时候，我和丈夫有时打开他们的壁橱，笑笑："想想吧，亲爱的，也许有一天这地方又是我们的了。"

后来这希望到底没有实现。他们的住处太小了。还是得把他们的宝贝都收藏在家里，而且隔段时间就回来瞧瞧。

"你在翻什么呢？"有一次我问，小心翼翼地迈过丢了满地的箱箱匣匣和断了弦的旧网球拍。

"我的天，你没扔掉我的旧棒球证吧，妈？那玩意现在值一笔钱呢。"

"哦，她已经把我的一盒贵重画片都给扔了！"弟弟接腔道。

"你怎么知道它贵重？"我问。

"妈！它们上了收藏家的名单！"

手足间的竞争心理是心理分析家阿尔弗莱德·阿德勒在20世纪20年代初揭示并论述的。从那时候起家长们就记住了这样的字句："他们彼此作对。"以及，"看在上帝的分上，不要对此视而不见。"阿德勒说这是一个"阶段"，孩子们在这个阶段拼命竞争以争取更多的注意。

"妈，叫她止住。"一个声音平静地说。周围静悄悄的。

"叫她止住什么？"

"嗡嗡叫。"

"我没听见什么呀。"

"你永远也不会听见的。她只是用一种除了我谁也听不见的声音在嗡嗡叫。"

我靠过去，把耳朵贴在她脸旁，还是没听见什么。

"看看她的脖子吧！"她哥哥发号施令，"你能看见她的脖子在振动！"我仔细看了看，好像只是血脉在跳动。于是我命令她止住。

"她止住了吗？"我问儿子。

他得胜地笑了。

很多家庭在外出度假时都有不少游戏可玩。我的孩子们的把戏尤为古怪。当载着全家的汽车穿过风景区的高速公路，经过起伏的稻田和景色奇幻的群山时，他们却老是在喋喋不休地争论。

他们争论在汽车以每小时75公里速度前行时能否将它一下子以每小时100公里的速度倒退而不熄火。他们争论印刷钞票的工人能否成功地在下班时把一张100美元的钞票塞在嘴里并且绷住不笑而通过检验门。他们争论在月亮上能否抖空竹以及为什么牛痘疤上长不出汗毛来。

没有一个假日里不发生"踢司机座位"的把戏。儿子坐在爸爸的驾驶座位后面以每公钟200下的频率蹬前面座位的靠位而且要持续400公里的里程。

女儿茜丝也顶淘气。当我们驶上高速公路时，她就会靠近正在以难得的轻松心情微笑的爸爸，低声问他："我们走时花园的浇水皮管还在淌水呢，你不在乎吧？"于是她可怜的爸爸在整个旅程中便再没情绪微笑了。有时，她也会扭头问哥哥："你告诉妈妈你把猫藏在你的床下了吗？"

当你想到茜丝也许会告诉点什么好消息时，她却说："我本不想提的。爸爸在走前把钥匙藏在前门庭花盆底下的时候，我瞧见一个陌生人正在街对面的车里盯着他看。"

很多年来，人类学家们就在试图找出把一个家庭以一生的信托联系在一起的纽带。是什么力量把我们圈在一起？是不是因为我们无论如何都会相爱，尽管有的时候彼此对抗或忽视？因为即便我们撒谎，漠视或者把什么都弄糟，仍能够彼此原谅？因为一个家庭的永远存在是这个家庭之外的人所无能为力的！维持一个家是件辛苦事儿，有许许多多毫无趣味的琐事要做，而且一直要这样下去。现在回想起来，不管我的生活中有多少其他成就存在，不管我写的书在图书馆的索引上列了多么长的一列，我仍认为另一件成就是我此生最最重要的：30年来，我一直是一个家庭的女主人，把其他的人联系在一起，耐心等待四处乱窜的小东西们长大，修修这儿，补补那儿，并且用一种称做爱和忠诚的药水使他们迷醉。

为什么我们永远在考验着彼此的耐心、忠诚和爱？这难道不是一个家庭赖以存在的基础吗？

(加拿大) 爱尔玛·彭泊克

乡音

五月的密西西比州布兰登市温暖异常。星期日早晨我和妻子帕特闲坐庭院，一边慢呷咖啡一边极目遥望，但见南边天际雷积云迅速汇集成云山。微风止，潮气浓，手掌上几乎能流下水来。

喝完两杯咖啡时，天空一片漆黑，天际闪电飞舞，伴着沉闷雷声。骤雨刚把我们驱赶入室，铃声即将我们唤到电话机旁。帕特拿起听筒，在令人惆怅的阴暗时刻她发亮的脸庞引人注目。

来电话的是我们的儿子大卫，他是陆军直升机驾驶员，二级飞行勋章获得者，3个月前到一遥远异国服役一年。

大卫极力控制自己，佯装心情愉快，但我们听得出他低沉话语的含义。我当过兵，二次大战中驻南太平洋一小荒岛，辨得出思乡愁断肠的症状。

亲切交谈暂时消除了忧伤，我们心情稍好，可偏在此时惊雷炸响，窗户摇动，正在旁边打电话的我和帕特吓了一跳。

"什么响声？"大卫问。"听起来像是爆炸声。"

"哦，是雷声，"帕特说。"这里下了一星期雨了。"

好几秒钟听筒里毫无声息。"大卫，"我问，"怎么不说话？"

"我在想妈妈刚说的——'哦，是雷声。'你们知道除父母外我最思念——我的很多伙伴说他们最思念的是什么吗？正是雷声。我们这儿刮风下雨、雪花飘舞是常事，有时还有风暴，可从不打雷。"

他接着说："爸爸，还记得小的时候你和我伸展四肢躺卧地板听雷鸣的情形吗？你总是用笑声来为我壮胆，对不？"

"怎么忘得了？"我虽然喉咙哽塞却尽力平静地说。

"真希望能在家和爸爸妈妈一起听打雷。"他深情地说。

电话刚打完我便拿起录音机、大伞和椅子。"我要为儿子录下雷声。"我对帕特说。

"鲍勃，邻居们准会说你疯了。"

"可大卫不这么看。"我走进庭院。

长空电闪雷鸣宛如绚丽礼花，瓢泼大雨中我安坐伞下，录下半小时密西西比州最奇妙的雷声——一个孤独游子盼望听到的乡音。第二天我给大卫寄去磁带并附上一行字："特别礼物。"

3周后大卫又来电话，这次他恢复了天性。"爸爸，"他说，"昨晚我搞的活动你一定猜不着。我请了8个朋友到我房间举行雷声晚会。听到磁带的录音时我们的反应都一样：刹时沉默，接着是久久的哀伤，可一想到听的是乡音时我们又振作起来，好像卸下了沉重包袱，我们喜笑颜开。这盒带对我来说真是太重要了，"他继续说，"现在我能安心服役了。谢谢爸爸，这的确是非同异常的礼物！"

雷声同样成为我和帕特的特别礼物。在此后大卫仍驻海外的8个月里，我们悄悄地祈求雷暴雨来临。阴暗雨天不再令我们忧郁，暴风雨给我们带来特殊感觉。每一声霹雳都仿佛是一条纽带，它把我们和远离家乡的亲人紧密相连。

现在大卫已回国任飞行教官，他所在的明尼苏达州不乏雷鸣，可我们和他还是定期交换雷声磁带。隆隆雷声使我们觉得：不管相距多么遥远，父母和儿女总是心贴心的。

给女儿的信

亲爱的玛嘉：

昨天我们把你童年用过的东西都搬走了。你已经快13岁了，而且你也说是应该这样做的时候了。因此，你的娃娃屋、摇篮、游戏器具和所有能让人知道"这是个小女孩的房间"的玩具，全都放进储藏室了。你要在房间内贴上海报、堆放一些录音带，使它看起来像大人的房间。

你是我们的第三个女儿，因此你父亲和我对你的宣布一点也不觉得惊愕。唯一令我们再一次感到诧异的是，这来得太快了。你不是才出生不久的吗？你什么时候开始不怕黑的？我们最后一次玩捉迷藏是在多久以前？我还记得当时你曾大声喊道："准备好了没有？我来啦。"

而现在，你不管我们准备好了没有，一说来就来了——你这个说小不小、说大不大的女孩，内心充满着矛盾，渴望踏出那一向安全而熟悉的环境，进入一个完全新鲜而刺激的世界。

我的玛嘉啊，我的意思是：在未来几年你会觉得奇怪，怎么你父亲和我对潮流竟然知道得那么少。我们所喜欢的，很可能你会觉得讨厌；当我们跟你的朋友闲谈时，很可能你会感到尴尬；当我们说"不许"做某件事时，很可能你会立刻告诉我们说，所有其他的青少年都获准做这件事。

结果，有时你会认为我们是全世界最愚蠢、最小气、最不公平的父母。我猜想这并不要紧，因为我们那么爱你，即使你有时不喜欢我们，我们也不介意。有时，当你父亲和我感到特别厌烦时，我们可能很想说："那你就去做吧，你喜欢怎样就怎样吧。"不过，一想到那些得不到父母关心的孩子会变成怎样，我们就会不寒而栗，把到了嘴边的话硬吞回去。我们都是思想守旧的人，想念生命是上天赏赐而需加以培育的礼物，而培育子女正是父母的天职。

有时，父母职责之所以觉得那么重，是因为我们知道成长之路是无人可以陪伴的，我们无法牵着你的手把你从这里安全地带到那里，这条路必须你自己只身去走。我们能够真正向你许诺的，只是对你提供坚定不移的支持——即使在你希望我们走开的时候。我们会给你指引，把我们的经验告诉你，向你提供意见，但你听取和接受与否，就要由你自己决定了。作出选择是你自己的责任。

有时候，人是很难不想快一点成长的。玛嘉，不管你相不相信，你这个年老的老妈妈还记得她当年的心情。踏入13岁，就是得到了一个即将实现的承诺。前面尽是等待实现的梦想和将要认识的新朋友，而独立的生活就在咫尺之外向你招手。你要记着，虽然你很希望你一切都在一夜之间发生，但这是不可能的。

就在不久前，在你希望我全神贯注地听你说话而又感觉到我心不在焉的时候，你会用手捧着我的脸提醒我说："妈妈，用你的眼睛听我说话，用你的心来看我呀。"

你教会我们的东西实在太多了。你一向都是梦想家、诗人和寻找雨后彩虹的人。

玛嘉，谢谢你给我们的生命带来了快乐和美好。愿你永远用心而不单是用眼去看人生。

爱你的妈妈

天国感受

夜色已深。警长刚刚离开，我和丈夫正努力从最糟糕的噩梦中恢复过来：我们的儿子迈克死了。他曾经克服了四肢瘫痪症，使自己成为了一名轮椅运动员，可是他现在死了。我努力使自己振作起来，我必须要打几个电话。我喘不过气来，嗓子里噎着一大团东西，几乎说不出话来。

我拨通了我的朋友伊莱恩的电话，她几乎跟我们一样爱迈克。当我说出了那几个可怕的字时，她并没有泪如雨下，甚至没有问发生了什么事情。她说的第一句话是："我能做点什么？"

这不是我第一次在遇到危机时向她求助了。几年前，我曾经打电话给她，告诉她我意外地怀孕的事。"太好了！"她说，把我从绝望中惊醒了。就在一瞬间，这三个字改变了我的想法。我立刻认识到，不管在什么情况下，即将到来的新生命都是值得庆祝的，而不应成为哭泣的理由。

伊莱恩就是这样的人。不论何时何地，在任何情况下，她永远都是我的顾问、支持者和朋友。

我第一次遇到伊莱恩是在26年前。那时，我刚刚成为别人的妻子，同时也成了四个孩子的继母。四个孩子中有两个正处于叛逆的青春期，我对他们显得手足无措。伊莱恩曾经带过三个十多岁的孩子，于是她就成了我的助威者，不断地给我鼓励和有用的建议。当我觉得自己无能为力而感到痛苦时，她帮我摆脱了苦恼。

"十多岁的孩子最难带。"她说，"从我个人来讲，我觉得真应该把他们埋在沙地里，只露出头，我们给他们喂饭喂水，等他们长大以后再把他们挖出来。"

在认识她的头10年里，我们争吵过。我们的政治观点完全对立，我是民主党人，而她则是顽固的共和党人。我们在宗教问题上也有不同意见，处理问题的方法也不同。但是，随着时间的流逝，我们之间的差异渐渐淡化、模糊。现在，我们都在同失望和疾病作斗争，我们彼此依赖。互相关心和共同欢笑就像一叶生命之舟，载着我们在日常生活的惊涛骇浪中前行。

和伊莱恩在一起时，想不笑都不行。她还会经常吸引一些怪人。几年前，有一个孩子从饭店一直跟着她回到了家，原因就是他喜欢伊莱恩脚趾上的指甲油。她的丈夫对此虽然感到不高兴，但却并不惊奇。她妻子身上发生的怪事太多了。

有一天早上，伊莱恩穿着睡袍开车送孩子们上学时，不小心把烟掉在了身上（当时她抽烟），结果把自己给烧着了。她只得跳出车子，把睡衣甩掉，以免烧伤。她还有过一次类似的经验。有一天晚上，她觉得丈夫犯心脏病了，就准备打电话叫急救人员。她打完911，冲下楼把门打开，然后再冲回楼上，一边看着丈夫一边换衣服。就在她刚把睡衣从头上脱下来时，她看到门口站着的急救人员正目瞪口呆地看着她。她和丈夫都没事了，但是她一想起这件事心里就别扭。

像大多数我们这个年纪的人一样，我们俩都失去了自己的母亲。我妈妈好几年前就去世了，伊莱恩的妈妈也已经深深地陷入老年痴呆症的灰色世界中。虽然我们没有意识到，但是实际上我和伊莱恩成了彼此的母亲。我们会像妈妈一样做一些小事情来安慰对方。我们理解那种只有女人才能理解的对年华老去的无奈，理解在日光灯下试泳装绝对是一种失败，理解老年斑使我们感觉丑陋。当我哀叹在镜子里受到的打击时，她总是说她的问题比我更严重。

"我眼角的皱纹像大鸟的脚印一样深。"她哄着我说，"别大惊小怪地说你那点小细纹了。最重要的是我们都还没有入土。"

经过几次实践验证，我已经越来越相信她的建议了。1984年，我和丈夫正因买不买一套房子而苦恼。我们在无意中发现了这套房子，它正是我们梦寐以求的。但这套房子很贵，我很害怕背上一大笔债务。

"生命短暂。"伊莱恩说，"你根本不知道将来会发生什么。买下来吧。"

我们买下了这座房子。房子坐落在一个风景宜人的湖边，为全家人带来了无尽的欢乐。我和丈夫都认为，除了结婚，买下这座房子是我们做过的最英明的决定。

当我为一些琐事而忧虑重重时，我的朋友伊莱恩就会帮我回到现实中。她会安慰我说："你只是个平常人，做事有时候欠考虑也没什么大不了的。"

最近，我又因为自己一时糊涂做下的事而给她打电话。

"我做了一件最蠢的事。"我说，"我买了一个大高脚盘，样式是两只猴子托着盘子。它根本不是真正的意大利陶器，可我却是花很多钱买的。真不知道我当时是怎么想的！"我哀叹着。

"别再想不开了。"她说，"这两只猴子能够让你每天露出微笑，这可是多少钱都买不回来的！"

不过，伊莱恩所做的远不只是鼓励我，她还常常给我启示。她追求幸福的极大勇气和不懈努力成了我的信条。她对迫切需要帮助的人们总是会本能地伸出慷慨之手，不管对方是卖苦力的老人，还是买不起书的孩子。她遵循着自己神圣的原则。当我面临是否多迈一步去帮人时，我会想起我的朋友，然后坚决地迈出我的步子。

同样，伊莱恩也非常需要我，就像我非常需要她一样。有一段时间，她陷入了半生最大的困境：丈夫得了无法治愈的肺病，三个已长大成人的孩子都身患重病。在自己的身体状况也不好的情况下，她还要每天至少去两次疗养院照顾她的妈妈。她住在另一个州的哥哥知道了她所受的压力后，问她是如何挺过来的。

她说："我有一个真正的朋友，她毫无保留地爱着我，而且永远不会让我失望。"

这是我听过的最动听的恭维话。

松垮的黄衬衫

那件松垮的黄衬衫有长长的袖子，前头有4个镶黑边的特大号口袋。不太好看，但绝对很实用。它是我在1963年当学校新生时，在圣诞假期返家时发现的。

返家度假的部分乐趣是翻妈的杂物堆，那儿放着不值钱的东西。她规律性地把房子里的衣物、床单和其他日用品清理掉，把这些收集品收在纸箱里，放到前厅壁橱里。

有一天当我在翻拣妈的收集品时，看到这件超大号的黄衬衫，它因经年累月地被拿出来穿而有点旧了，但样子还很好。

"这件很适合我在上艺术课时穿！"我对自己说。

"你不是在翻老东西吧？"妈问。当她看见我拎出这件衬衫时，她说，"这是我在1954年怀你弟弟时穿的！"

"这很适合我穿去上艺术课。妈，谢谢！"我在她提出反对前把它放进我的行李箱中。

这件衣服变成我的大学服之一。我喜欢它。念大学期间，它都在我身边，在上那些会把人搞脏的课时穿着它总是很舒服。腋下的接缝在我毕业前就必须缝补了，但我还是穿了它很多次。

毕业后我搬到丹佛，搬进我的公寓那天我也穿着这件黄衬衫。在每个星期六早上我清理房子时也穿着它。前面的4个大口袋——两个在胸前，两个在与臀部同高的地方——是放抹布、蜡和磨光粉最好的地方。

第二年，我结婚了。我怀孕时找到塞在抽屉里的黄衬衫，并且穿着它度过大腹便便的日子。虽然我第一次怀孕期没法和爸、妈及家人共度，我们在科罗拉多，而他们在伊利诺伊州，但这件衬衫使我想起他们给我的温暖和保护。当我想起妈也在怀孕时穿它，我微笑地抚摩这件黄衬衫。

1969年，我女儿生下来以后，这件衬衫至少有15岁了。那个圣诞节，我把这件衬衫洗过熨过后用礼品纸包好寄给妈妈。我边笑边写了一张纸条塞在其中一只口袋里，说："我希望这适合您。我很确定您穿了它看来一定很棒！"妈回信给我，感谢我送她"真"的礼物，她说黄衬衫很可爱。她就没再提起它了。

第二年，我的丈夫、女儿和我从丹佛搬到圣路易去，我们在伊利诺伊州的石瀑布市我爸妈家停车，搬一些家具。几天后，当我们把装餐桌的条板箱拆开时，我注意到有黄色的东西贴在它的底部，就是这件衬衫！这个游戏规则就建立了。

我们再一次回家时，我偷偷地把黄衬衫放在爸妈床上床单与弹簧垫间。我不知道隔多久她才发现它，但差不多两年后我又得到它了！

那时我们的家庭人员又增长了。

这次是妈来看我。她把它放在我们客厅的大灯上，她知道一个有3个小孩的妈妈，不可能每天打扫房子、移动大灯。

当我终于看到这件衬衫，我常穿着它修理那些我在廉价品大拍卖中发现的家具。衬衫上核桃大的污点更为它的历史写下更多的情节。

不幸的是，我们的生活也充满了污点。

我的婚姻从一开始就走下坡路。经过多次婚姻咨询协调的尝试后，我在1975年和丈夫离婚了。3个小孩和我准备搬到伊利诺伊州，离我家人和朋友的感情支持更近一些。

当我在打包时，深深的沮丧捕获了我。我怀疑我是否能独力抚养3个小孩。我怀疑我找不找得到工作。虽然我在念天主教学校时没有读太多《圣经》，我还是翻了《圣经》，寻找安慰。在书中我读到了："在敌人攻击时用上帝的每一片盔甲去抵挡，事过之后你将会站起来。"

我企图想象我穿着上帝的盔甲，但我看见的却是穿着玷污的黄衬衫。当然！我母亲的爱难道不是上帝的盔甲吗？我微笑地忆起了这些年来黄衬衫所带给我的愉快和温暖的感受。我的勇气恢复了，未来看起来不再那么令人畏惧！

搬到新家后感觉好多了，我知道我必须把衬衫还给妈。下一次我拜访她时，我小心翼翼地把它塞在最下面的放冬衣的衣柜，我知道穿毛衣的季节已经过去几个月了。

之后我的生活变得明亮起来。我在一个广播电台找到一份好差事，孩子们也都能和新环境打成一片。

一年后，在决定洗窗户时，我在一个清洁柜的破袋子里找到这件黄衬衫。它已经被加上一些新东西。胸前口袋的上头被缝上鲜绿色的字做装饰——"我属于佩"。因为不想认输，我拿出了我的刺绣工具加上了7个字："我属于佩的妈妈。"

有一次，我缝上锯齿状的线补起所有的破洞。然后我请我亲爱的朋友哈洛德帮我把它还给妈。他安排了一位朋友从弗吉尼亚州阿灵顿把衬衫寄给妈。我们还放了一封信，宣称这是她因善行所得到的礼物。这封得奖信，被放在哈洛德当助理校长的那个学校的公文用信封内，上头有"贫民救济机构"的字样。

这是我最得意的时刻。我真想看看妈打开"奖品"时看见里头的黄衬衫时的表情。但是，当然，她并未提及。

在第二年复活节那个星期天，妈带来了她的"致命一击"，她堂而皇之地到我们家来，在复活节的装束外套着她的黄衬衫，好像那是她这套衣服的一部分。

我的嘴巴张得大大的，但什么也没说。在吃复活节大餐时，我忽然忍不住大笑出来。我决定不要捅破这件衬衫编织在我们生活中的全部秘密。我相信妈会脱下衬衫，企图把它藏在我家，但她和爸离开后，她走出门时仍穿着"我属于佩的妈妈"的衣服，那件衣服似乎与她融为一体。

一年后的1978年6月，哈洛德和我结婚了。婚礼那天，我们把车子藏在朋友的停车场以避免有人开例行玩笑。在婚后，当我的丈夫开车载我们到威斯康辛度蜜月时，我拿了车内的枕头好靠着休息。这个枕头塞得鼓鼓的，我打开套子发现了一个礼物，用婚礼的包装纸裹着。

我以为那是哈洛德给我的惊喜，但他跟我一样惊讶。盒子里是那件新熨好的黄衬衫。

我的母亲知道我需要那件衬衫，提醒我由爱调味的幽默感是快乐婚姻的重要元素。在口袋里放着一张指示："读约翰福音书14章27节到29节。我爱你们，妈。"

那个晚上我翻开了旅馆房间内的《圣经》，发现了这样的诗篇："我给你们一个礼物：头脑与心灵的和平。我给你们的和平不像这世界上所谓的和平那样不堪一击。所以不要烦恼，不要害怕。记得我告诉你们的：我走了，但我会再来到你们面前。如果你们真的爱我，你们会为我感到欣喜，因为现在我要回到天父那儿，它比我伟大。在这些事发生前我已经把这些事告诉过你们，所以当它们发生时，你们会信我。"

这件衬衫是妈最后的礼物。

她在我们婚礼前3个月就得知她患有末期肌肉萎缩硬化症。13个月后她去世了，享年57岁。我必须承认我很想让这件黄衬衫陪伴她一起进坟墓。但我很高兴我没那么做，因为它是一个鲜明的纪念，纪念她和我玩了16年的爱的游戏。

此外，我的大女儿现在已经上大学了，她读的是艺术……每个艺术系学生都需要一件有大口袋的宽松黄衬衫好上艺术课程！

（美）派翠西亚·罗伦兹

别担心，没事

作为母亲和学校的心理学家，我见过孩子之间许多异乎寻常的友谊，我儿子考特和他的朋友韦斯利就有着深厚的友谊，那种友谊世上罕见。

考特的童年并不快乐，语言表达障碍和运动神经反应迟缓一直困扰着他。4岁时，考特在特殊学校教育学前班认识了韦斯利。韦斯利患了脑瘤，这使他像考特那样发育迟缓。相同的境况使他们亲密起来并成为最好的朋友。对两人来说如果谁某一天没去上课，另一个一天都不会快乐。

2岁时，韦斯利被确诊脑部有一个"无法手术"的肿瘤，做了几次手术，都没成功。孩子们玩的时候，韦斯利就会拖着那条惹人注意的腿挪来挪去。机器记录装置表明肿瘤变大了，于是韦斯利又要忍受一次手术的痛苦了，只是这一次在俄克拉何马城。

在学前班的生活中，考特和韦斯利一直得到一位好老师的精心照料。孩子们深情地称她"白诚曼"。她是我校心理学家生涯中所见过的最好的老师。白诚曼尽力向语言障碍学前班的孩子们解释韦斯利的手术和俄克拉何马的旅行。考特十分激动，他哭了。他不愿让最好的朋友坐飞机去那么远的地方，更不愿让医生碰韦斯利。

起程那天，韦斯利和全班同学一一告别，韦斯利热泪滚滚。后来，白诚曼让孩子们散去，让考特和韦斯利单独在一起，叙叙离别之情。考特害怕再也见不到最好的朋友了。韦斯利很瘦弱，比考特矮了许多，他抱住考特的胸，会意地看着考特安慰道："不要担心，一切会好的。"

手术极其危险，可韦斯利再一次挺住了。许多周以后，他重返校园。考特和韦斯利比以前更亲密了。

随着年龄的增长，韦斯利不得不做更多危险的手术并且每次都有试验性的药剂。每一次，他都得忍受这些手术带来的副作用。韦斯利许多时候是坐在轮椅上或是让人从一个地方挪到另一个地方。

韦斯利喜欢学校的千米慢跑活动。只要一有机会他就参加。尽管他的腿不能正常行走，可这并不能阻止他。有一次，他坐着妈妈推的轮椅参加比赛，边跑边喊："快点儿，妈妈！"还有一次，韦斯利是伏在另一个孩子父亲的肩上参加比赛的。

11岁时，每一种手术和可以选择的药品对韦斯利的病都无济于事了。肿瘤已经扩散到韦斯利的全身。那年3月9日，白诚曼打来电话通知考特：该向他最亲密的朋友真正告别了。韦斯利已经回到家，没有活下来的希望了。

到11岁生日时，考特已经有了很大的进步。只是学习上的困难还很明显，千米慢跑运动也不适合他。白诚曼打来电话通知考特的第二天，考特就参加三千米慢跑。那天他的感冒和气喘病刚好，可他却想尽方法让我相信他能够上课了。下午我去接他的时候，他说肺滚热。拿着一个证书和闪闪发亮的第一名的绶带，证书上写着："奖给五年级组第一名获得者考特和他的朋友韦斯利。"

平时考特不是那种有主见的、倔犟的孩子，可是那天晚上他坚持要去看望韦斯利。韦斯利的妈妈安排我们在治疗间隙看他。韦斯利躺在床上，柔和的阳光照在他那虚弱的天使般的身体上，从后院传来了圣乐声。在病魔和过多的药物的折磨之下，韦斯利不能做什么了，偶尔地，能握着别人的手指，睁开一只眼睛。

白诚曼唤醒韦斯利，并且让他明白：考特来了。考特握住韦斯利的手，把证书给韦斯利看。告诉他，考特是为韦斯利拼命夺第一名的，因为韦斯利不能参加比赛了。韦斯利紧紧握住考特的一个手指，脸上的表情只有他们才能明白。考特俯下身亲吻韦斯利，低声说："再见，韦斯利，我的朋友。不要担心，一切都会好的。"

韦斯利挨到了自己11岁的生日，6月离开了人间。考特参加了韦斯利的葬礼，有人问他心情怎么样，他说已经跟最好的朋友告别了，并且知道韦斯利会"很好的"。

我想韦斯利死后他们的友谊就结束了。我错了。韦斯利死了整整一年的时候，考特得了严重的脑膜炎。在急救室里，考特绝望地抓住我，我们怕极了。考特浑身发冷，不停地打颤。

当医生做脊柱抽液时，我和考特感到一股暖流和难以描述的平静涌向全身。考特立刻放松了，不再发抖。

医生和护士离开房间以后，考特和我互相凝视着，考特十分镇静地说："妈妈，韦斯利在这儿，他说：'不要担心，一切会好的。'"

一些友谊永远也不会结束，我对此深信不疑。

（美）珍妮斯·亨特

同学会

几个星期以前，当我正忙于照料我的事务的时候，我接到那个"邀请"——那令人恐惧、刺耳的电话铃声带给了我一条简直要比一个家中有人死了还要糟糕的消息。那是我的一位高中同班同学打来的，希望我能协助参加我们的20年同学会。

真的已经是20年了吗？我怅然而惊，一丝凉意顺着我脊椎骨上下游动，额头也渗出了汗珠。在过去20年之中，对于我的生命，我都干了些什么？我的母亲曾告诉过我，总有一天我要面对这个问题，但我当时却一笑置之，就如同我总是对她过去经常戴在发间的那些令人窘迫的粉红色塑料卷发器一笑置之一样。（上周，我在一家商店也买了一套，凭借它也做出许多种式样的卷发来！）

简直令人惊异，一个简短的电话竟能把一个人的生活整个颠倒了过来。突然间，我开始听那些用改编过的乐曲演唱70年代的歌曲（现在通称"老歌"），意识到米克·詹戈已经年过半百，"水边吸烟"再也不具有什么意义，我的"阳光下的四季"已经不加夸张地被忘却了。难道我真的已经到了暮年？

我匆匆瞥了一眼镜子（好了，我注视着那该死的镜子），检查着每一个细微的裂痕和毛孔，从我的头发轮廓线开始，往下经过那些以恩人自居的"笑纹"，一直到我的脖颈的底部。谢天谢地，还没出现双下巴，我想。

往后的几个星期纯粹就是地狱，每天都是以一项令人精疲力竭的训练活动为开始——早晨6点30分跑步，无意义地企图摆脱夜里积聚在我大腿上的那种无法看见的赘肉。我到商店去买合身的衣服——你知道，就是那件能使我看上去可以年轻20岁的衣服。我发现，他们在1975年左右就已经停止销售这种衣服了。后来，有3件衣服让我找到了感觉。恐怕只有一个合乎逻辑的解释：我正经历着中年危机。

我意识到了我每天夜里爬楼梯时听到的那种有趣的、嘎吱嘎吱的声响其实就是来自于我的膝盖。我还认真地增加个人的琐碎训练当做我的一个伟大的成就。敷皮片成了我每日常规食品的一部分——并非是因为它们是我喜好的食物。我还举办各种家庭晚会，只有这样做我才能计算清楚我到底有多少个朋友。

生活并没有从我原先设计的道路上出岔道。当然，我很快乐，我有一个极好的丈夫和两个可爱的孩子，他们是我生活的中心。但不知为什么，兼任秘书和充当母亲的双重角色几乎不能符合我的一位同学给我下的"非常成功"这个定义。难道我真是荒废了20年光阴？

正当我打算承认自己被击败而拒绝接受邀请的时候，我的7周岁的孩子拍打了一下我的肩膀，说："我爱你，妈妈，给我一个吻。"

你知道，现在，我确实在盼望着下一个20年。

（美）林尼·C.高娃

生命之树 | STORY

星期一早晨

"我们可以在雨中游戏！真是非常有趣！我爱这下雨的天气！"

我被威廉的歌声吵醒了。他的歌根本不成调，只不过在唱每一句歌词中的最后一个字时声调更高一些而已。我翻了一下身，睁开一只眼睛看了看闹钟：6点35分。我又闭上眼睛，心想：如果不是6点35分该多好，如果今天不是星期一该多好，如果我不用在一个小时之内带威廉出门该多好。

"雨啊！雨水从天而降！到处一片潮湿！快停吧，雨！"

歌声一直持续着。我躺在床上，想着我接下来要做什么：每天的"拔河"又要在我们之间开始了——威廉要把我推进虚幻的世界中，而我要让威廉认识到每天穿衣服、吃早餐、上学和工作的现实。想到这些，我就感到非常泄气，因为我知道如何在这场游戏中取得胜利，而威廉却根本不知道他在玩什么。

我挣扎着起了床，跌跌撞撞地走进威廉的房间。他正穿着他的卡通睡衣，双腿交叉着躺在印有小熊维尼的床单上。这时我才发现他的睡衣已经快穿不了了。他看见我，笑着坐了起来。

他的头发像往常一样卷曲而蓬乱。我几乎从来都没有时间去收拾他的"鸟窝头"，今天也一样。不过，我要告诉他的幼儿园老师，他正在蹩脚地模仿伊桑·霍克。

威廉又开始和我说话了。在我们之间永不停止的对话中，昨天晚上好像只是一次间歇。

"我的推土机已经脏了。"

"是的，它们已经脏了。"

"开动的时候，轮子也脏了。"

"是的。宝贝儿！"我耐心地跟他说，"先把推土机放在一边儿。你赶紧把衣服穿好，今天早晨我们得出门。你必须要上学，妈妈也要去上班。你那条绿色的裤子和高领条纹毛衣是干净的。你想穿吗？"

"但是，妈妈，为什么轮子也会脏了呢？"

"威廉！"我扯着嗓子大喊，"我们以后再谈你的推土机。现在，我们要先把衣服穿好。你想穿这件条纹上衣吗？"

"但是，妈妈，你能先告诉我到底轮子为什么会脏吗？"他也提高了嗓门。

"威廉！如果你不回答我的提问，我可就帮你选衣服了。"

"不用你帮我选衣服！"威廉大声地告诉我。他慢腾腾地走到衣柜旁，用力地拉开一个抽屉，拿出了一件短袖运动衫。天啊，现在可是12月份。

"你可以穿这件，但是你还得穿一件毛衣。"我说。我知道一会儿这会引起我们之间的争论。他同意了。

我们下楼的时候，已经是6点52分了。我基本上还能赶得上。我径直走进厨房，烧上沏茶用的水。

"妈妈，你能和我一起玩儿吗？"威廉一只手拿着一个翻斗车，另一只手正递给我一个小型的压路机。

"亲爱的，我现在真的没有时间。我非常想和你一起玩儿，但我们已经晚了。"

其实，时间并没有真的晚。但是，这句话总是能反映出每天早晨的忙乱。"好了，你今天早晨想吃什么？是吃燕麦粥和百吉卷，还是吃鸡蛋和吐司面包？"当我说完"鸡蛋和吐司面包"的时候，我简直想咬掉自己的舌头。这是他最爱吃的，他一定会要求帮我做。

果然不出我所料，他大声地说："鸡蛋和吐司面包！"

当我把三个鸡蛋打进碗里时，威廉已经手里拿着打蛋器站在那儿等着了。于是，我把打鸡蛋的工作交给他来做。但是看到厨房的桌子上到处都是黄色的黏液时，我又后悔了。"威廉，小心点儿。不要把鸡蛋打出来！"

听到我刺耳的声音，威廉抬起头来看着我。"威廉，对不起！但是，我们真的晚了。"

最后，威廉坐了下来。他把他所有的鸡蛋都放在果酱面包上。然后，把早餐沿着盘子边推来推去，嘴里发出消防车的声音。

7点37分时，威廉在看电视节目"芝麻街"。我冲了个澡，穿好了衣服。如果理想的话，我们可以在3分钟之内从车库出来。但这似乎不大可能，因为我们还需要穿别的东西。当我把威廉的靴子拿给他时，他接过来说："妈妈，你看我可以这样穿鞋！"他跨坐在我们家安乐椅的一个扶手上，就像是在骑马一样。我强忍着没有说

"我们晚了",而是一边把他的脚套进靴子,一边应付差事似地说:"真棒!"

"这是我的建筑鞋,对吗?妈妈!"说到"建筑"这两个字时,他的眼中充满严肃和认真,并且拉长了这个字的音节。这并不是因为他说不清楚这个字,而是因为"建筑"对他来说是非常严肃的事情。然后,我们开始穿毛衣。

"威廉,你要穿上毛衣。"

"可我不冷。"他坚持着。现在是7点42分。

"威廉,你现在感觉不到冷,但是到了车上你就会冷了。还是现在穿上吧!"

"但是……啊,我有一个好主意!"他改变了战术,"我一上车就把它穿上。"

"你上车后要系安全带,怎么穿呀!现在穿上!"我的声音变得非常激动。

"但是希瑟和雷切尔说——"这是他最后的一招:把老师的智慧搬出来了。

"威廉!"我终于爆发了,"我们今天别来这套。知道吗!我只是要给你穿上毛衣。我们真的晚了。你现在必须穿上毛衣。如果这样做会让你哭的话,我感到抱歉。"

他哭了。我也真的感到抱歉。

威廉坐到车后座上时,眼睫毛依然是湿的。他已经不再流眼泪了,只是在默默地抽泣。我坐到司机的位子上,把车倒出车库,打开收音机听新闻的时候,这时,汽车上的仪表盘显示,现在是7点47分。我漫不经心地听着军事专家谈海湾战争的科技应用。

准备拐上大路时遇到红灯,我停下了车。威廉这时从衣服里面拿出了他的卡车,嘴里哼哼着装出轻微的引擎声。主持人正在问专家有关"精确制导炸弹"的问题。

"……它们可以从烟囱里钻进别人家的客厅。"专家解释说。

"妈妈!妈妈!"威廉大声地叫喊着,好像喘不过气来一样。我看了一眼后视镜:他的眼睛睁得大大的,闪闪发亮,嘴唇微微张开着。他用一种恭敬的语调说:"他们在讲圣诞老人。"

交通灯变成了绿色,我们驶入了星期一的车流中。威廉问:"妈妈,你为什么要哭?"

"我很好,亲爱的!"我通过后视镜看着他灿烂的脸说。突然间,我感觉到,即使我们又一次迟到,即使黏黏的鸡蛋汁溅到了厨房的台子上,即使威廉由于所有的头发都歪向右边而不愿意离开家,这些都无关紧要了。威廉天真地认为只有圣诞老人才可以从烟囱里爬下来,这使我能通过他的眼睛看世界。今天早晨所有的紧张、仓促和烦躁，在我看到儿子那张天真而漂亮的脸蛋儿时，都消失得无影无踪了。威廉今年四岁，他相信有圣诞老人。

生命的奇迹

活到现在，我已经见识过巨大的大峡谷、炫丽的阿尔卑斯山脉，以及太平洋的尽头。目前为止，没有一件我想看看的，或我曾经想看的，能够比得上我曾经在一个灰暗的、有防腐剂味的生产室里所见到的一切。

我在牙医诊所当见习护士的最后一天晚上，我看到了一个生命的诞生。在我最后的实习轮班时间，我的护理指导员建议我去四号病房，看看生产的过程，听一些惊慌的声音。我敲敲门，把头伸进去，并且问年轻的夫妇是否能让我观察生育的过程。他们答应了。我谢了他们并且挑了不会阻碍他人、又能看得清楚的位置，然后我把我的手放在背后，像研究般地环顾房间四周其他准备接生的护士。

这位年轻的妈妈，用一块蓝色的布盖着，曝露下体，以很不舒服的姿势躺着，而且拼命地冒汗。几乎每隔一分钟，她就会用力、嘶吼，而且用尽吃奶的力量往下用力。她的老公站在她身边，疼惜地握着她的手，一位护士用冷毛巾为她擦拭额头上的汗，另外一位则鼓励她再用力，医生则蹲下来以方便接生。我站得远远的，对自己还能保持专业的冷静感到自傲。

一会儿，护士对着医生说："他来了！"我对接下来看到的感到惊讶。披着黑头发的婴儿头首先出现，然后医生很轻柔但坚定地把新生命的肩膀转过来且拉出来。就在那一刻，我确信我自己的嘴巴一定是张得开开的。医生继续转并往外拉，婴儿的妈妈继续用力，婴儿的爸爸不断予以鼓励。准备了九个多月，只为了等待这几分钟的到来，我感觉到如此的神奇。

我感觉到是一股暖流包围着我，一时不知道该说些什么好，只是恭喜两位新爸爸新妈妈。

离开生产室后，我顺着转角走到一条黑暗的通道，而我的眼泪再也禁不住流下来了。

那天晚上，和我一起实习的同学问我看了生产过程后的感想，每一次提起，我的眼眶都泛着泪水且手舞足蹈地告诉她们我刚刚经历过的最美丽的时刻。她们听完后或是给我一个拥抱，或是拍拍我的肩膀，并且用闪闪发亮的眼神告诉我说："我懂。"

日子过了很久，我还是认为生产的过程是那么的值得一提，即使到现在，想起那天晚上在产房里发生的事我仍很激动。

我这一辈子看过很多景色，在我的生命结束以前，我还会看到更多。但是没有一样比得上那晚我在婴儿的脸上所看到的希望及美丽。

STORY

母亲的账单

母亲的账单

小彼得是一个商人的儿子，经常到他爸爸做生意的商店里去瞧瞧。店里每天都有一些收款和付款的账单要处理，彼得往往受遣把这些账单送邮局寄走。他渐渐觉得自己似乎也已成了一个小商人。

有一次，他忽然想出了一个主意：也开一张收款账单寄给他妈妈，索取他每天帮妈妈做点事的报酬。

某天，妈妈发现在她的餐盘旁边放着一份账单，上面写着：母亲欠她儿子彼得如下款项：

为取回生活用品——20芬尼

为把信件送往邮局——10芬尼

为在花园里帮助大人干活——20芬尼

为他一直是个听话的好孩子——10芬尼

共计：60芬尼

彼得的母亲收下了这份账单并仔细地看了一遍，她什么话也没有说。

晚上，小彼得在他的餐盘旁边找到了他所索取的60芬尼报酬。正当小彼得如愿以偿，要把这笔钱收进自己口袋时，突然发现在餐盘旁边还放着一份给他的账单。

他把账单展开读了起来：

彼得欠他的母亲如下款项：

为在他家里过的10年幸福生活——0芬尼

为他10年中的吃喝——0芬尼

为在他生病时的护理——0芬尼

为他一直有个慈爱的母亲——0芬尼

共计：0芬尼

小彼得读着读着，感到羞愧万分！过了一会儿，他怀着一颗怦怦直跳的心蹑手蹑脚地走近母亲，将小脸蛋藏进了妈妈的怀里，小心翼翼地把那60芬尼塞进了她的围裙口袋。

关爱的秘密

"对不起，您能听一下这孩子的话吗？"那是阿丽达在当百货玩具柜台工人时遇到的一件她一生都难以忘记的事情。

阿丽达被一位30多岁的母亲叫住，有一位小学一年级左右的男孩子紧张地站在母亲身旁。那男孩子像贝壳一样闭着嘴，眼睛只是向下看。

他母亲以严厉的语气说："快点，这位阿姨很忙！"

阿丽达感到空气骤然紧张起来，到底是什么事呢？她一边猜想着，一边仔细看着这母子俩。

这时阿丽达发现那男孩子手中握着什么东西，他那双小手还有点颤抖——那是件当时很受孩子们欢迎的玩具，这种玩具每次进货都被抢购一空，而且被盗窃的数量不亚于销售量。

"怎么了，你说点什么呀！"他母亲很生气，眼眶里充满了泪水，这时男孩子已经上气不接下气地哭了。

阿丽达的心脏仿佛被猛戳了一下，阿丽达又一次面向孩子，阿丽达想她必须要听他说句话，阿丽达甚至感到这个瞬间可能会左右孩子今后的人生。

这时，男孩子的手不自然地伸开，被揉搓得破烂的包装中露出了玩具。

"我没想拿……"他费了很大力气才说出这句话，阿丽达至今还记得，男孩子最后泣不成声地说了一句："对不起。"

母亲那时的表情难以形容，阿丽达感到她好像放心地深叹了一口气。

然后，他母亲干脆地对阿丽达说："请叫你们负责人来，我来跟他说。"

这时，阿丽达第一次懂得了母亲对孩子深深的爱和教育子女的不易，阿丽达被他母亲的行为深深地感动了。

"不用了，我收下这玩具钱，这件事就作为我们三个人的秘密吧，孩子也明白了自己做错了事，这就够了。"

阿丽达觉得自己只道出了心情的一半，阿丽达的眼泪已流到面颊。那位母亲几次向阿丽达鞠躬表示歉意的身影，阿丽达现在也忘不掉，永远也忘不掉。

一朵蒲公英

在我生长的那个小镇上，学校离家只有步行10分钟的路。每天中午，母亲们都是做好了午饭，等孩子们放学回家。

那时，我并不认为这是一种奢侈的享受，尽管现在看来的确如此。我理所当然地认为，母亲应该给我做三明治、欣赏我的手工画和督促我做作业。我从未想过母亲这个曾有职业、有抱负的知识女性，在我出生以后，不可能把每天的时间都消磨在我身上。

每当中午放学铃声一响，我便急急忙忙地冲回家，母亲肯定站在家门口最上面的一级台阶上等着我，就好像我是她心中最重要的事。年幼无知的我却从没有因拥有这份深厚的母爱而对母亲存有感激之情。

在我三年级的一天中午，我告诉母亲，我被挑选进一部戏里演公主。在以后的几周里，母亲总是不辞辛苦地帮我排练、记台词，尽管在家里排练时那些台词我说得非常流利，可是一旦上了舞台，我就将台词忘得一干二净。

没办法，老师把我从剧组里挑了出来，让我担任旁白的角色。尽管老师在向我解释时语气很温和，但我感到阵阵的心痛，特别是看到"公主"由另一个小姑娘扮演时，我的心被深深地刺痛了。

中午回家后，我没把这事告诉母亲，但她看出了我的心思，没像往常那样提出帮我排练，母亲让我跟她到屋后的园子里去散步。

那是个宜人的春日，玫瑰花的叶子已经绿了，葡萄架上爬满了返青的藤条，大榆树下，满地绽放着一丛丛黄色的蒲公英，远远望去，就像一位美术大师在我们的视野上轻抹了一层金黄色。

我看到母亲弯下腰，随手拔起一丛蒲公英说："我想把这些杂草都拔掉，只留下漂亮的玫瑰。"

"我喜欢蒲公英！这园里所有的花草都是美的，即使是这些普通的蒲公英。"我喊道。

母亲神情凝重地看着我，意味深长地说："是啊，每一朵花都有它的出众之处，也正是如此，才给人们带来不同的欢乐。"我点点头，心里正为自己说服了母亲而高兴。

接着又听母亲说："对人来讲也是同样的道理，并不是每个人都能成为'公主'，这并没什么值得羞愧的。"

我想母亲大概猜到了我心中的隐痛，于是，我向她哭诉了在学校里发生的一切，她安详地笑着，仔细听着我的述说。

"我想你会成为一个出色的旁白者的，你大概没忘，以前你很喜欢给我朗读故事，而且旁白者的角色和'公主'同样重要。"

在母亲的鼓励下，我逐渐对扮演旁白者这个角色而感到自豪。放学后的大部分时间里，都在我和母亲反复朗读我角色里的台词以及和母亲谈论演出时的装束中度过了。

正式演出的那晚，在后台我感到有些紧张。就在演出开始的前几分钟，老师走过来对我说："你母亲让我把这个交给你。"说着递给我一束蒲公英。尽管花有点蔫了，有些已从花杆上飘落。然而看到这花，我明白母亲就坐在台下，我立刻觉得有了自信。

演出结束后，我把这束蒲公英带回家。母亲把它仔细地夹在一本词典里。

现在，每当夜深人静时，在柔柔的昏黄的灯光下，我时常回想起和母亲一起度过的那些美好时光。尽管对整个人生来说那是很短暂的，然而，从那些日复一日简单重复的生活以及生活中发生的那些看似平常的小事中，我感到了深深的母爱，也悟出了爱——主要体现在一些极微小的事情上。

我工作后，一次母亲来看我，我请了一天假陪母亲。中午时，像重温往事一样，我特地陪母亲吃午饭。中午的餐馆忙乱得很，坐在许多匆忙吃饭的人中间，我问已退了休的母亲：

"妈妈，我小时候你一直在家操持家务，肯定觉得厌烦了吧？"

"烦？是啊，家务活是够让人厌烦的，可你却永远不让我厌烦！"母亲静静地答道。

对她的回答我并不特别相信，于是我进一步说：

"照看孩子肯定不会像从事一项职业一样能给人以鼓励。"

　　"职业的确能激励人，我很高兴我曾经拥有的职业。职业就像一个吹起的气球，只有不停地打气，才能使它一直膨胀。而一个孩子却像一粒种子，你给它浇水，精心照看，才会自己长成一朵漂亮的花。"

　　听到这里，小时候和母亲坐在餐桌旁的情景好像又浮现在我的眼前。我突然明白了，为什么我一直保留着夹在那本旧词典里的那朵已压成薄片的、变黄了的蒲公英。

妈妈哭泣的那一天

　　这是很久以前的一个昏暗的冬日。那天，我刚收到了一本心爱的体育杂志，一放学就兴冲冲地往家跑。家，暂时属于我一个人，爸爸上班，姐姐出门，妈妈新得到一个职业，也要过个把钟头才会回来。我径直闯进卧室，"啪"一声打开了灯。

　　顿时，我被眼前的景象惊住了：母亲双手掩着脸埋在沙发里——她在哭泣。我还从未见她流过泪。

　　我走过去，轻轻地抚摸着她的肩膀。"妈妈，"我问道，"出什么事了？"

　　她深深地吸了口气，勉强露出一丝笑容。"没有，真的。没什么大不了的事。只是，我那个刚到手的工作就要丢掉了。我的打字速度跟不上。"

　　"可您才干了三天啊，"我说，"您会成功的。"我不由地重复起她的话来。在我学习上遇到困难，或者面临着某件大事时，她曾经上百次地这样鼓励我。

　　"不，"她伤心地说，"没有时间了，很简单，我不能胜任。因为我，办公室里的其他人不得不做双倍的工作。"

　　"一定是他们让您干得太多了。"我不服气，她只看到自己的无能，我却希望发现其中有不公。然而，她太正直，我无可奈何。

　　"我总是对自己说，我要学什么，没有不成功的，而且，大多数时候，这话也都兑现了。可这回我办不到了。"她沮丧地说道。

　　我说不出话。

　　我已经十六岁了，可我仍然相信母亲是无所不能的。记得几年前我们卖了乡下的宅院搬进城里时，母亲决定开办一个日托幼儿园。她没受过这方面的教育，可这难不倒她，她参加了一个幼儿教育的电视课程，半年后就顺利结业，满载而归了。幼儿园很快就满员了，还有许多人办了预约登记。家长们夸她，孩子们则几乎不肯回家了。她赢得了人们的信任和爱戴。这一切在我看来都是自然而然、顺理成章的事。母亲能力很强，这不过是个小小的证明罢了。

然而，幼儿园也好，双亲后来购置的小旅馆也好，挣得的钱都供不起我和姐姐两人上大学。我正读高中，过两年就该上大学了。而姐姐则只剩三个月工夫了。时间逼人。母亲绝望地寻找挣钱的机会。父亲再也不能多做了，除了每天上班，他还经管着大约三十公顷的地。

旅社卖出几个月后，母亲拿回家一台旧打字机。机子有几个字母老是跳，键盘也磨得差不多了。晚饭间，我管这东西叫"废铜烂铁"。

"好点儿的我们买不起，"母亲说，"这个学手可以了。"从这天起，她每天晚上收拾了桌子，碗一洗，就躲进她那间缝纫小屋里练打字去了。缓慢的"嗒"、"嗒"、"嗒"声时常响至深夜。

圣诞节前夕，我听见她对父亲谈到电台有个不错的空缺。"这想来是个有意思的工作，"她说，"只是我这打字水平还够不上。"

"你想干，就该去试试。"父亲给她打气。

母亲如愿以偿。她那高兴劲儿真叫我惊异和难忘，她简直不能自制了。

但到星期一晚上，第一天班上下来后，她的激动就悄然而逝了。她显得那样劳累不堪，一副筋疲力尽的样子。而我无动于衷，仿佛全然没有察觉。

第二天换上父亲做饭拾掇厨房了，母亲留在自己屋里继续练着。"妈妈的事都顺利吗？"我向父亲打听。

"打字上还有些困难，"他说，"她需要更多地练习。我想，如果我们大家多帮她干点活儿，对她会有好处的。"

"我已经做了一大堆事了。"我顶嘴道。

"这我知道，"父亲心平气和地回答，"不过，你还可以再多做一点儿。她去工作首先是为了你能上大学读书呀！"

我根本不想听这些，气恼地抓起电话约了个朋友出门去了。等我回到家，整个房子都黑了，只有母亲的房门下还透着一线光亮。那"噼啪"、"噼啪"的声音在我听来似乎更缓慢了。

　　第二天，就是母亲哭泣的那一天。我当时的惊骇和狼狈恰恰表明了自己平日太不知体谅和分担母亲的苦处了。此时，挨着她坐在沙发里我才慢慢地开始明白起来。

　　"看来，我们每个人都是要经历几次失败的。"母亲说得很平静。但是，我能够感到她的苦痛，能够觉着她的克制，她一直在努力强抑着感情的潮水。猛地，我内心里产生了某种变化，伸出双臂抱住了母亲。

　　终于，她再也把持不住自己，一头靠在我的肩上抽泣起来。我紧紧抱住她不敢说话。此时此刻，我第一次理解到母亲的天性是这样的敏感，她永远是我的母亲，然而她同时还是一个人。一个与我一样会有恐惧、痛苦和失败的人。我感到了她的苦楚，就像当我在她的怀抱里寻求慰藉时，她一定曾千百次地感受过我的苦闷一样。

　　这阵过后，母亲平静了些。她站起身，擦去眼泪望着我，说："好了，我的孩子，就这样了。我可以是个差劲的打字员，但我不是个寄生虫，我不愿做我不能胜任的工作，明天我就去问问，是不是可以在本周末就结束掉这儿的工作，然后就离去。"

　　她这样做了。她的经理表示理解，并且说，和她高估了自己的打字水平一样，他也低估了这项工作的强度。他们相互理解地分了手。经理要付给她一周的工资，但她拒绝了。

　　时隔八天，她接受了一个纺织成品售货员的职业，工资只有电台的一半。"这是一项我能够承担的工作："她说。

　　然而，在那台绿色的旧打字机上，每晚的练习仍在继续，夜间，当我经过她的房门，再听见那里传出的"噼啪"声时，思想感情已完全不同于以前了。我知道，那里面，不仅仅是一位妇女在学习打字。

　　两年后，我跨进大学时，母亲已经到一个酬劳较高的办公室去工作，担负起比较重要的职责了。几年过去，我完成了学业，做了报社记者，而这时的母亲已在我们这个地方报纸担任了半年的通讯员了。我学到许多东西，母亲在困境中也同样学到了。

　　母亲再也没有同我谈起过她哭泣的那个下午。然而，每当我初试受挫，当我因为骄傲或沮丧想要放弃什么时，母亲当年一边卖成衣、一边学会了打字的情景便会浮现在眼前。由于看见了她一时的软弱，我不仅学会了尊重她的坚强，而且，自身的一些潜在的力量也被激发和开掘出来。

前不久，为给母亲62岁生日作寿，我帮着烧饭、洗刷。正忙着，母亲走来站到我身边。我忽然想到那天她搬回家来的旧打字机，便问道："那个老掉了牙的家伙哪去了？"

"噢，还在我那儿，"她说，"这是个纪念，你知道……，那天，你终于明白了，你的母亲也是一个人。当人们意识到别人也是人的时候，事情就变得简单得多了。"

真没料到她竟知晓我那天的心理活动。我不禁为自己感到好笑了。"有时，"我又说，"我想您会把这台机子送给我的。"

"我要送的。不过，有个条件。"

"什么条件？"

"你永远不要修理它。这台机子几乎派不上什么用场了。但是，正因为如此，它给了我们这个家庭最可贵的帮助。"

我会心地笑了。"还有，"她说，"当你想去拥抱别人时，就去做吧，不要放弃。否则，这样的机会也许就永远失掉了。"

我一把将她抱住，心底里涌涨起深深的感激之情：为了此时，为了这么多年的岁月里，她所给予我的所有的欢乐时刻。

"衷心地祝愿您生日愉快！"我说。

现在，那台绿色的旧打字机仍原样摆在我的办公室里。在我苦思冥想地构思一个故事，几乎要打退堂鼓时，或者每逢我怜悯自己时，我就在打字机的滚轴上卷上一页纸，像母亲当年那样，吃力地一字一字地打起来。这时，我心里就会升起一种东西，一种回忆，不是对母亲的挫折，而是对她的勇气——自强不息的回忆。

（美）杰拉德·莫尔

母亲的账单 | STORY

走进风中

风怒吼着，夹着雨点敲打着小屋的窗户。在这个寒冷冬日的下午，刚过三点，黑暗就已经开始驱赶白昼的最后一丝光亮了。

我4岁大的女儿伊登一直在我身边看着电视节目"芝麻街"。忽然，她站了起来，趿拉着拖鞋走到前厅。在接下来的几分钟内，她一直非常努力地想穿上靴子。我等着她让我帮忙，但是她没有。穿上了靴子后，她又费力地从衣架上取下了她红色的夹克衫。

"你想去哪儿吗？"我忍着笑问。她肯定是要去地下室的玩具小屋，不久我就会被邀请去喝茶，而她会从微型厨房那挂着帘子的窗户里端出茶来。

"去丹妮尔家。"虽然伊登年纪很小，说话的语气却像我那40岁的老板一样坚定。

我忍住了没有说话。我没有指给她看窗户，也没有说暴雨可能会把她一直冲到某个神秘之地。她根据天气选择的穿着表明她已经具有了一定的判断能力，我不想压制它。

她取出了印着米老鼠图案的雨伞。她的袖子紧绷绷的，手臂几乎不能合到一起握住伞柄——毛衣肯定是在胳膊肘那儿窝到一起了。我忍住了帮她拉直衣服的冲动，只是默默地看着。

最后，我说："我开车送你去。"到丹妮尔家只有不到500米，也不用过街，如果天气好，很容易走。

"我可不是个孩子。"她打开门向外看去。

我可以用一些可怕的词汇，如黑暗、危险等来吓唬她，也可以提醒她，她姐姐马上就要从舞蹈班回来了，我们可以一起烤饼吃。

但是我却说："亲一个吧？"

她微笑地看着我，边脸颊上的酒窝变深了。

她湿润的嘴唇在我的脸上留下了一个温暖的圆形印记。她的胳膊受到衣服的限制，只在我胸前短暂地停留了一下。然后，她推开门，走了出去。

我赶紧抓起电话，飞快地告诉丹妮尔的妈妈"伊登正在去你们家的路上"就挂了。然后，我迅速穿上大衣，抽出一把雨伞，穿着橡胶底的拖鞋冲入了雨中。

我一直跟在女儿身后15英尺左右。她用力地顶风撑着伞，艰难地向前走着，一次也没有回头。

在路灯的光线下，我看到暴雨疯狂地敲打着她的伞，在她小小的身体后面形成了一道瀑布。

这是一个我没有想到但已经到来的"成人仪式"。这个不久前才学会走路的孩子已经属于她自己了。她已经可以毫不畏惧地离开我，走进黑暗之中。在黑暗的暴风雨中，我"失去"了我的孩子，取而代之的是一个将来必定会环游世界的女人。

从一扇开着的门里透出的方形光线表明，丹妮尔的妈妈已经在等着我们了。伊登被接了进去。她根本不知道，这时我的嘴里已含着咸咸的泪水。

在春天到来之前，我9岁的女儿托玛宣布，她可以在外面住宿了。她以前对所有的流浪动物的喜好——从毛毛虫到野兔——忽然却变成了小孩子的把戏。现在她想参加的是戏剧小组。

"你有哪几个朋友也准备去？"我问她。

她拨弄着我的耳垂，看着我的耳环说："一个也没有。"

在她两岁半的时候，我就已经把将碗碟从洗碗机中拿出来的任务交给了她。为什么我要对她的自信而感到惊讶呢？

在接下来的几个星期，我们耐着性子看完了这个小组的说明会。我有一种想把我美丽的女儿像珍稀蝴蝶一样钉在天鹅绒上的冲动，但是这种冲动被我压制下来了。

一天晚上，当我帮她掖好被子，坐下来给她讲只有我们才知道的睡前故事时，她把那双杏核般的眼睛尽量靠近我，近到我们的鼻子几乎都碰到一起了。她说："妈妈，等我长大了，我想跟你一样，不要做PTA（家长教师联谊会）妈妈。"

我的笑声中掩饰不住职业妈妈的内疚感。"什么是PTA妈妈？"

"你有自己的生活。"

我想说，你就是我的生活，你和你妹妹就是我的中心。但是你在考验我。为了通过考试，我必须让你成为你想成为的任何人，而不是作为我的烦恼和痛苦的载体。但是我没有这么说。

当我送她上车，去参加她选择的户外小组时，她的粉红色背包使她的身影看起来异常矮小。运动鞋上面是她的两条有力的小腿，她的黑眼睛里透出勇敢的神情。只有她头发上的一大朵黄花才使她看起来不像一个流浪的小孩。

"我谁也不认识。"她在我的耳边轻声说，仿佛她刚刚想到这一点似的。她温暖的呼吸和嘴唇上的泡泡糖香气使我有一股带她回家的冲动。

"等你到那儿就会有朋友了。"我告诉她说。

到托玛上大学的时候，她从接受她入学的几家大学中挑了一家最大的学校。几个月后，她坐了5个小时的火车去参加新生指导。第二天，我坐飞机去参加一个同时举行的家长会。我和她准备在辅导员办公室见面。

我耐着性子听着家长们谈论离别和被抛弃的痛苦。我周围所有的家长都晕晕乎乎地认为，自由对他们的孩子来说是说不清好坏的——而且是危险的。我不禁诧异起来，怀疑自己是不是缺少某种尚未发现的染色体。这些家长们所描述的那种亲子关系似乎是一种我不能分辨的颜色。虽然我认为我与托玛的关系非常稳定，但是这么多年来，我的养育方法肯定出现了问题，以至于我们俩都没有感受到离别的痛苦……前一天她走的时候，我甚至都没有跟她谈过话。也许她还没有到学校，也许我不应该让她一个人出门，或者至少应该坚持让她打个电话。是什么使我们如此武断地认为，今后的几个月和几年都会一帆风顺？

忽然，我开始怀疑我是不是应该做一个PTA妈妈。幸运的是，在伊登身上我还有一次机会。

我把伊登转到一家私立中学。这里可以为她永不满足的求知欲提供充分的食粮，我也可以更多地参与她的学习。但是，没有几年，她就到了青春期。她要求回到公立学校，因为那里活动的空间更大。

五年后，在一次学校放假的时候，伊登带我出去吃寿司。她说她已决定做一名电影制作人，但是必须要做大。她问我认为这种想法是否不切实际。

她解释说，这是一个竞争激烈的行业，而且她必须要搬到加利福尼亚州去。但是她还没有跟那边联系。她说，最省事的办法是在纽约找一家公司，安安稳稳地上班。这里已经有公司接受她实习了。

她右边脸颊上的酒窝仍然像4岁时那么深。我的孩子仍然走在风中，仍然撑着米老鼠图案的雨伞艰难前行，虽然暴雨如注，她却勇往直前。

我的嘴唇冰凉，握着陶瓷茶杯的双手却是热的。这是我把最小的孩子安稳地留在身边的一个机会——最后的机会。

"你会成功的。"我轻声地说。我知道，我的职责就是永远不要当绊脚石。

敏锐的眼睛

在我5岁时，妈妈在一个闷热的夏夜叫醒了我。"我想让你看点东西。"她小声地说。

她把我眼前潮湿的头发拨开，用力把我柔软的身体从一套被汗浸透了的被单中拖了出来。我把头靠在她的肩上，把脸埋在她柔软的蓝色睡袍中。她抱着我走过房间，走出后门，来到了后院。她坐在一张绿色的草坪椅上，把我放在她的大腿上，用一条毛毯把我们俩都裹了起来，以免被蚊子叮。

"看。"她指着天空说。

我揉了揉眼睛，向上看去。开始我只能看见几个星座。它们是妈妈以前告诉过我的猎户星座、大熊星座和七姐妹星座。然后我看到了她指给我看的。几十颗星星正从天空坠落，每一颗后面都拖着发光的尾巴。我张大了嘴，目不转睛地看着，怀疑是不是天上所有的星星都会永远消失。

"这是流星雨。"妈妈告诉我，流星就是比星星离地球更近的岩石碎片。

"那它们会打中我们吗？"我用手抱住头问。

妈妈笑了。"不会的。不过，它们看起来很漂亮，对不对？"

我点了点头，继续盯着这场精彩的"灯光表演"。渐渐地，我的眼皮变得沉重，我在妈妈的臂弯里睡着了。我只在她把我的头放在枕头上、亲吻我的前额时稍稍醒了一下。

妈妈总是尽量让我多看一些东西。我是幼儿园班上唯一能分清麻雀和八哥、紫罗兰和牵牛花的孩子。每一次和妈妈坐车出门都像是一次探险。杂草变成了野花，乌云变成了积雨云，树林里移动的影子变成了小鹿。如果是我第一个发现一只獾蹿进路旁的草丛，妈妈就会称赞我有一双敏锐的眼睛。

13岁的时候，我的敏锐眼睛开始模糊了。我坐在汽车后座上，戴着耳机。我把妈妈当做我的司机。与星星和獾比起来，现在我更关心火暴的音乐和我脸上的青春痘。

有一天晚上，妈妈让我出去看了一次月食。这一次，她用不着把我叫醒。

我看着挡在月亮前面的那个黑圈，淡淡地说："很不错。"

"这多漂亮啊。"她说着把她的望远镜递给了我。她似乎没有听出我话里的讽刺意味。

那时，她已经开始给别的孩子看各种各样的东西了。她的一年级教室里到处都是鸟巢、骨头、树叶和贝壳。有一个冬天的晚上，我在家给爸爸做饭，妈妈还留在学校组织一年一度的"望星会"。我可以想象得出她和学生以及学生的家长们一起站在操场结了霜的草地上，她指给他们看猎户星座、大熊星座和七姐妹星座。然后，他们就会回到教室里，喝点热可可，吃点饼干。

妈妈回到家时，脸兴奋得红红的。我站在厨房的水池边，胳膊上都是肥皂泡。她问我有没有看星星。

"没有。我一直在洗碗。现在我还要做功课。"

她拿起一块洗碗巾，把我推到一边，然后把手放进冒着热气的水中，开始刷起锅来。"来得及的话赶快去看一眼。今天晚上天空非常晴朗。"

我跺着脚走进卧室，瞪着我那双敏锐的眼睛，看着洒满一床的书。

26岁那年一个春天的晚上，妈妈给我打了个电话。"你无论如何要看一看。简直太棒了！而且我们这辈子也不会再看到比这更近的彗星了。"

我告诉她，在我住的地方，什么星星也看不到。洛杉矶的夜空都被灯光染成了黄色。

妈妈叹了口气说："我们这儿晚上的天空还很晴朗，也没有什么灯光。你这个周末到我这儿来吧。"

我告诉她我走不开，我有太多的工作要做。我那双敏锐的眼睛已经被排完版的杂志文章所占据。我必须找出每一个错误的标点和语法，没有时间晚上出去在夜空中找彗星。但当我挂上电话后，我却对错过了她特意告诉我的东西而有一种失落感。

两天后，我和丈夫晚上看完电影准备回家。在向车走过去的时候，我抬起头，透过凉爽、咸湿的空气向天空望去。我的确看见了几颗星星，其中有一颗非常模糊。我摘下眼镜，以为镜片脏了，但是镜片很干净。我突然意识到我看到了什么。

我一把抓住丈夫的胳膊，说："快看，那是慧星！"

在开车回家的路上我们一直都从车窗里看着这颗彗星。我把脸贴在冰冷的车窗上，心里想着，不知道妈妈是不是也在看着它。刚一到家，我就迫不及待地给妈妈打电话。

妈妈现在已经老了，住在一家疗养院里，只有大声地冲着她的左耳喊，她才能听得见。我去看她时，问她愿不愿意出去看星星。她点了点头。我帮她坐进轮椅，在她身上盖了好几床被子，以免她着凉。我推着轮椅，走到院子里，指给她看那些我很久以前就非常熟悉的星座：猎户星座、大熊星座、七姐妹星座。她粗糙的食指在不停地颤动着，但是她那双敏锐的眼睛完全知道应该往哪儿看。

杰克的朋友

　　我的小儿子杰克最近去参加了一个朋友的生日派对。这本不是什么大不了的事，但在此之前我们家根本就没有人知道杰克竟然还有朋友，所在这件事就显得有些特别了。

　　"杰克被邀请去参加派对？"我女儿玛利亚有点不太相信，"谁的生日？"

　　"雅各布，我们学前班的。"杰克回道说，语气中不无骄傲。

　　"你和雅各布常在一起玩吗？"我问道。他兴奋地点了点头。

　　在继续讲下去以前，我得先解释一下。杰克是一个聪明、可爱而且乖巧的孩子，但他一直缺乏社交生活。当然了，他也和玛利亚以及他的哥哥查理一起玩，但每次都是他们俩把他拉进那些他们共同编排的游戏里，而且大多数时候都是让杰克扮演婴儿或是小狗。不过杰克玩得还是很高兴。

　　我的两个大孩子却有着完全不同的社交倾向。查理有一伙每天都在我们家进进出出的固定朋友。对于这些男孩子来讲，我们的地下室就是他们的据点，他们在那儿玩电脑游戏和橄榄球，甚至在家里过夜。夏季天气好时，这群男孩子会绕着街区溜旱冰，或者在我们的车库门前练投篮。

　　女儿玛利亚则在不断地扩大自己的朋友圈子。在我同她一起去商场和其他公共场所时，她常常会和一些我根本不认识的孩子打招呼，并向我做介绍，比如，林赛是她两年前在足球队时的队友，科迪是一个朋友的堂兄。她的基本活动方式有两种：要么是在和朋友玩，要么是在计划和朋友去玩。在找不到朋友一起玩时，她对于社交活动的极度渴望就会导致委靡不振等各种症状。我只在那些试图戒烟的人身上见过比她此时更古怪的反应。

　　与哥哥姐姐不同，杰克从不谈论学校里的事情。他从不吵着要求去和邻居家的孩子玩，也从不问是否可以请别的孩子到家里来玩。他从不抱怨过得闷或是想要去干点儿什么。在家里，杰克显得最快乐的时候就是在玩拼图或是模仿动作片中的人物一个人冲杀的时候。总之，对于一个疲于应付两个大孩子社交生活的母亲来说，他真是一个完美的老三。

"有时别的孩子在门口要和他一起玩，"我告诉我母亲，"他就会说：'不了，谢谢，我有事。'"

"你在他这个年纪的时候就是这个样子。"她说，"真是个古怪的孩子。我从来都猜不透你。"

在我一生中，妈妈总是这样给我安慰，让我重树信心。

到了约定的那天，我有点惴惴不安地开车送杰克去参加生日派对。我相信他希望我能留在那儿，尽管我已经十分地坚决告诉过他我不会那样做。我们把车停在雅各布家的车库门前，看到前院里派对已经开始了。"杰克！"两个小男孩叫了起来。杰克站在车门口，像凯旋的英雄一样笑了起来，然后跳下车加入了他们的行列。

我把礼物交给雅各布的母亲，并感谢她邀请我的儿子。

"雅各布非常希望他能来参加派对。他说杰克是他最要好的朋友之一。"她说。

另外一个孩子的母亲也加入了我们的谈话，"你是杰克的妈妈？我儿子斯宾塞总是说起杰克。他们是好兄弟。"

我不禁在想，我的儿子到底还向我隐藏了哪些其他的秘密。

杰克终于想起了我的存在，和我挥手告别。在开车离去的时候，我从后视镜里默默地观察他。他表现得非常好，和其他的男孩子一起勇敢地跳进了一堆枯树叶里，以此来分散对于我离去的注意力。

当我在两小小时之后回来时，派对还没有完全结束。

"我们还有点儿事没完，"雅各布的母亲抱歉地说，"如果你不介意再等一会儿的话。"介意？这是一个绝好的观察我儿子在社交场合表现的机会，也许由此可以找到帮助他从他的小"蚌壳"里钻出来的办法。

"妈妈，你猜得到吗？我们在地板上吃东西！"当他注意到我时，杰克这样对我说。这使我更加肯定：即使是生活在旧石器时代，我的儿子也一定可以茁壮成长。

到了拆礼物的时候了，我屏住呼吸，急切地等着看杰克如何应对这样紧张的时刻。小客人们围着雅各布坐成一圈，每个人都叫着让他接下来打开自己送的礼物。在达到兴奋的顶峰时，孩子们挤成了一团。雅各布看上去高兴得快要窒息了。一个大人试着过去维持秩序，这才让雅各布有了喘息之机。看到杰克完全融入其中，和其他孩子一起又叫又闹，真的是让人心动。

蛋糕摆上来时，杰克只吃上面的奶油，就像其他所有参加派对的学龄前孩子一样。我骄傲极了。

接下来孩子们又来到户外玩砸陶罐（一种墨西哥儿童游戏）。这时我终于看到了杰克完全不同的一面。他不再是我原来想象中的那个总是溜边儿的、没有朋友的小家伙了。他正在一边笑一边和其他的孩子讲话，完全是他们中的一员。

游戏中，杰克是排在队伍第一个去砸陶罐的。那个色彩亮丽的陶罐很显然是用制造飞机黑匣子的材料制成的，每个孩子都砸了它4次之后依然没有什么明显的损伤。最后，雅各布的父亲把陶罐掷在地上摔掉了一块，雅各布的妈妈则把里面的糖果摇晃了出来，孩子们全都飞扑在地上，就像小鸟在抢啄散落的面包屑。

告别的时候，我提醒杰克要感谢雅各布邀请自己来参加派对。他照做了，并在最后加了一句自己的话："明天学校见。"我领着杰克一边往车边走一边在想：我的宝贝是从哪儿学来的这些社交风度呢？

"妈妈，"杰克的话打断了我的思绪，"我怎么从来没有像玛利亚和查理那样有朋友过来玩呢？雅各布可不可以什么时候到我们家来玩？我还想邀请斯宾塞一起来。"

很显然，杰克也开始和友谊这件事搭上了。

我松了口气，一个特殊时期终于结束了。

紧握木棒的黑孩子

那天晚上，母亲告诉我：今后我必须学会自己到食品店买东西。母亲领我到大街拐弯处的食品店走了一趟，让我记住道怎么走。我激动不已，觉得自己一下子长成了大人。

第二天下午我就拎着篮子沿着人行道去那家食品店买东西。

当我走到街道的拐弯处时，突然，一伙流氓蹿了出来。他们揪住我的衣领，把我推倒在地。

他们夺走了我的篮子，抢去了我的钱。我惊慌失措地回了家。

我把发生的事情告诉了母亲，可是她没做声，随即坐了下来，写了一张所买东西

的清单，

给了我更多的钱，又打发我去食品店。我踌躇地走上了大街，发现还是那帮小痞子在路边闲逛，我掉头飞奔回家。

"又怎么啦？"母亲问我。

"还是刚才那群流氓，"我战战兢兢地回答，"他们还会揍我的。"

"我要你自己去对付这些人。"她平淡地说道，"好，去吧。"

"我害怕。"我乞求道。

"走吧，不要理睬他们。"她告诉我。我走出家门，径直沿人行道走去，祈祷着——那群小流氓别再骚扰我。

然而，正当我走到几乎和他们并排的时候，其中一个突然喊道："看，还是那个黑小孩。

地痞们向我逼过来了。我感到心惊肉跳，马上转身狂奔起来。很快，我被追上了。他们把我揿倒在人行道上。我哭喊，恳求，用两脚使劲蹬，但终无济于事，没逃脱被殴打的厄运。他们掠走了我手中的钱，扯住我的两腿猛拽，朝我的脸上凶狠地抽扇。最后，我又是哭着走回家。

母亲在门口遇见了我。

"他们打……打……打我。"我边抽泣边委屈地说，"他们抢……抢……走了钱。"

我正要迈上台阶，渴望着躲进"家"这个避难所。

"你不要进来。"母亲阴沉着脸警告我。

我吓得退回原地，瞪大了眼睛看着母亲，心中无限委屈。"可他们一直追着打我。"我哭诉着。

"那你就给我站在该站的地方。"母亲用吓人的声调说道，"今天晚上我非教你学会挺起腰板儿不可。并且让你学会怎样保护自己。"说着，她走进屋里，我只是战战兢兢地等着，不知道母亲要做什么。

不一会儿，母亲出来，拿出更多的钱和另一张买东西的清单，而且另一只手中拿着一根又长又重的木棒槌。"带上这些钱和这张清单，还有这根木棒槌，"她说，"去，到商店把东西买来。"

我疑惑了——母亲在教我打架——这是她以前从没有做过的事。

"可是，我怕——"我嗫嚅着。

"要是买不来东西，你就不要进这个家门。"母亲冷冷地说。

"他们会欺负我，他们……"

"那你就待在外面，不准回来！"

我攒足了力气向台阶上冲去，试着挤过母亲，闯进屋里。

可随即而来的，是脸颊上重重的一记耳光。我被抽到了大街上。我哭求着："妈，求求您让我明天再买吧！"

"不行！"她说，"现在就去。你要是空手回来，我非揍你不可。"

"砰"的一声，母亲关上了门，上了保险。

那伙流氓就在我身后，只身一人面对这阴森的街道，我惊骇地颤抖着。只有两条路可走，或是回到家里，或是远离家门。我攥着木棒，边抽泣边思索。如果我回到家里，最终也躲不过被母亲打一通，而且自己丝毫不会对此做什么改变，然而，我要是走上街头，去面对那些无赖，那么至少可以获得机会——用棒和他们较量较量，看到底谁输谁赢。

我慢慢沿街走着，接近了那伙地痞，我捏紧了木棒，紧张得几乎停止了呼吸。

我已经站在他们对面了。

"黑小子，又来啦。"狂吼滥笑着，他们很快把我围住，其中一个正要抓我的手。

"我他妈宰了你们！"我从牙缝中挤出这样一句话。随着我的吼声，手中的木棒早已使一个地痞的脑袋开了花。接着又是一棒，打倒了另一个流氓。就这样，我打倒了一个又一个，把刚才的怨恨和愤怒全部倾注在这根大棒上。我明白，只要我停歇一秒钟，痞子们就会缓过劲，所以我要把他们一个个打倒，不能让他们有机会再爬起来。我呐喊着，挥舞着，眼睛里浸满了泪水。刚才所遭受的殴打，所受的屈辱，一幕幕又在脑子里呈现。阵阵余悸使我每抡动一次大棒都用上全身每一分气力。

挨过一顿猛击，小流氓个个狂呼乱喊，抱头鼠窜。有个地痞瞪大了眼睛看着发生的一切，一点也不相信这是刚才那个任他们肆意欺侮耍弄的黑小子。他们大概从来也没看见过这样的疯狂愤怒。

我站在那儿喘吁着、叫骂着，激他们上前来斗。当发现小流氓们真的吓破了胆时，我就急追过去。他们喊着、叫着飞跑进各自的家。

随后出现在街道上的是那些地痞的父母们，他们是来吓唬我的。是平生第一次吧，我冲着大人们高声喊叫。我警告他们，如果要找我的麻烦那我就让他们尝尝我木棒的滋味。

最后，我终于走到商店，买了东西。

回家的路上，我仍紧握木棒，准备着再次用它保护自己。可是，这回连个流氓的影子都没有碰上。

就是那天晚上，我赢得了在美国孟菲斯城的街道上行走的权利！

（美）R.赖特

爱你的亲人

在一个非洲裔美籍家庭，他们的父亲去世了，家人们从父亲的人寿保险中获得了一万美元。

母亲认为这笔遗产是个大好机会，可以让全家搬离哈林贫民区，住进乡间一栋有园子可种花的房子。聪明的女儿则想利用这笔钱去实现念医学院的梦想。

然而大儿子提出一个难以拒绝的要求。他希望获得这笔钱，好让他和"朋友"一起开创事业。他告诉家人，这笔钱可以使他功成名就，并让家人生活好转。他答应只要取得这笔钱，他将补偿家人多年来忍受的贫困。

母亲虽感到不妥，还是把钱交给了儿子。她承认他从未有过这样的机会，他配获得这笔钱的使用权。

不难想象，儿子的"朋友"很快带着钱逃之夭夭。失望的儿子只好带着坏消息，告诉家人未来的理想已被偷窃，美好生活的梦想也成为过去。妹妹用各种难听的话讥讽他，用每一个想得出来的字眼来责骂他。她对兄长生出无限的鄙视。

当她骂得差不多时，母亲插嘴说："我曾教你要爱。"

女儿说："爱他？他已没有可爱之处。"

母亲回答："总有可爱之处。你若不学会这一点，就什么也没学会。你为他掉过泪吗？我不是说为了一家人失去了那笔钱，而是为他，为他所经历的一切及他的遭遇。孩子，你想什么时候最应该去爱人：当他们把事情做好，让人感到舒畅的时候？若是那样，你还没有学会，因为那还不到时候。不，应当在他们最消沉，不再信任自己，受尽环境折磨的时候。孩子，衡量别人时，要用中肯的态度，要明白他走过了多少高山低谷，才成为这样的人。"

孝心就是美德

我外婆已经94岁了。耳朵也快聋啦。我们大声嚷嚷地对她说话，她也无动于衷。有时候，她孩子似的要求我们干这干那，干我们办不到的事情；有时候，她没头没脑地弄得我们无法安慰她。

在外婆生活显然不能自理的时候，她被搬到我父母宽敞的房子里来了。他们照顾了她多年。

但外婆总惦着她从前的那个小屋和清闲的日子，尽管她在那儿非常寂寞。现在，只要高兴，她就会回去看看。

外婆的视力、听力和脚力都明显开始衰退了。我们召开了多次家庭会议来讨论如何处置。不言而喻，谁也不想跟她一块过。我们谈到把她安置到养老院，可这种想法行不通。尽管外婆那儿可以跟许多与她同年龄的人在一起，可一想到跟她的家人少见面，她就心碎了。而且，像样的养老院花费很大，便宜的养老院又没人想去。

妈妈直截了当地说，不能让外婆在养老院里过世。到了那个时刻，外婆可以住在她家里。外婆18岁时就不得不辍学来侍候她年迈的父母。她尽心竭力地照顾他们，直到他们过世。妈妈是不容她自己的母亲在一个陌生的环境里谢世的。我对母亲这种决定极为欣赏。对她来说，这不是一件好办的事，然而却是一件明智的事。在许许多多人冷漠地摆脱对他们上了年纪的父母的责任时，我妈妈却是带着极大的勇气站出来的。

在许多国家，从所谓原始文化到高度发达的文化，家中最老的人是被奉为一家之尊的。他不当家后，家庭的其他成员就会照料他的余生。我听说，若干年前，在一些文化落后的社会中，老人是被送到荒野，让他们死在自然手中的。虽然这听起来既残酷又没心肝，我有时却想：这种办法是否比我们今天把老人安置在陌生的环境中，让他们在寂寞与困惑的心情下度其残年更为无情呢？

许多在养老院住的老人都是体弱多病的，他们挣扎着求生。想想吧！如果你的儿女把你交给完全陌生的人去照顾你的起居，你对生活会感到多么诚惶诚恐！而更使人不堪忍受的是，你的自尊心将受到极大的损伤。

我妈妈精力充沛，又很能干。她展望未来，曾做了很多长远计划。可总有一天她也会变得衰弱，也会有这么一天，她五个孩子之一，或许就是我，会意识到照顾年老父母的日子来了。

我们常常谈起这些事情，我开玩笑地对妈妈说，我会把她带到山上，就扔在那儿。这时，妈妈就讲了下面的故事回答我：

"有一天，一个年轻人看见自己的父亲用力拖着一个大篮子，步履蹒跚地在街上走着。当他走近父亲时才看出：篮子里是他老祖父。

'爸爸，你把爷爷带到哪儿去呀？"年轻人问。

'我把他带到山谷去，'父亲答道，'他老朽啦，一点用处都没有了。我准备把他扔到峭壁底下去。'

'行，爸爸，你只管往前走吧！'年轻人又加了一句，'不过你可别把篮子也一块扔掉，将来我还要拿它来装你哩。'"

总有一天，我们都会老弱起来，我们希望，所有幸福的家庭都不要忘记——孝心就是美德！

宽容并不是默许

如果说在同周围的人与环境相处时我们需要宽容，那么，对待成长中的孩子我们则更需要一份深藏爱心与责任的宽容，这份宽容并不是默许。

有一位聪明的母亲是这样教育孩子的：

孩子两岁了，第一次看见一只蚂蚁，也许别的母亲会鼓励她的孩子去一脚踩死那只蚂蚁来锻炼他的胆量。可是这个孩子的母亲却柔声地对他说："儿子，你看它还乖哦！蚂蚁妈妈一定很疼爱她的蚂蚁宝宝呢！"于是小孩就趴在一旁惊喜地看那只蚂蚁宝宝。蚂蚁遇见障碍物过不去了，小孩就用小手搭桥让它爬过去。母亲一脸欣喜。孩子的心里已播下同情关爱的种子。

后来，孩子上幼儿园了。有一次，他吃完了香蕉随手乱扔香蕉皮。她没有像一些母亲那样视而不见，而是让他捡起来，带着他丢进果皮箱里。然后给他讲了一个故事：有一个小女孩，在妈妈的熏陶下，她总要把垃圾扔进果皮箱里。有一次马路对面才有果皮箱，她就过马路去丢雪糕纸，妈妈看着她走过去。然而一辆车飞奔过来，小女孩像一只蝴蝶一样飞走了。她妈妈就疯了，每天都在那个地方捡别人丢下的垃圾。当地人被感动了，从此不再乱扔垃圾。他们把那些绿色的果皮箱擦得一尘不染，在每一个果皮箱上都贴上小女孩的名字和美丽的相片。从此，那个城市成了一座永远美丽的城市。故事讲完的时候，孩子的眼眶湿润了。他说：妈妈，我再也不乱扔东西了。母亲宽容了孩子，但也告诉了他不要乱丢东西的道理。

孩子上小学了，可是最近他总是迟到。老师找了母亲，她没有骂他，也没打他。临睡前，她对他说："孩子，告诉妈妈好吗？为什么你那么早出去，还要迟到？"孩子说他发现在河边看日出太美了，所以他每天都去，看着看着就忘了时间。第二天，母亲一早就跟他去河边看日出。她说："真是太美了，儿子，你真棒！"这一天，他没有迟到。傍晚，他放学回家时，他的书桌上有一只好看的小手表。下面压着一张纸条：因为日出太美了，所以我们更要珍惜时间和学习的机会，你说对吗？爱你的妈妈。母亲宽容了孩子，但也告诉了他不可以迟到的原因。

后来，孩子上初中了。有一天，班主任打来电话，说有重要的事情要她去学校。原来，儿子在课堂上偷看一本画册，里面有几张人体画！她的脑袋嗡了一下。和老师交换了意见后，她替儿子要回了那本画册，仿佛什么也没有发生。第二天早晨，儿子在他的枕头上，发现了那一本画册，上面附着一封信：儿子，生命如花，都是美丽的。所以一朵花枯萎了，很多年后，我们还能忆起；所以一个女人死了，千年后，我们还能怀念她的美丽，比如李清照，还有秋瑾。孩子，从审美的角度出发，记住那些让我们感动的细节。比如一片落叶，一件母亲给你织的毛衣，一个曾经为你弯腰系过鞋带的女孩……有一天，你就会以你充满色彩和生命的心感召世人，就像你小的时候我给你讲的那个飞翔在果皮箱上的小女孩。人们爱她，因为她是天使……

也许这个孩子就是你我他，也许这位母亲就是你我他的母亲。这个极聪明极伟大的母亲懂得在孩子的缺点中发现那一点点优点，并用无微不至的圣洁的母爱和宽容呵护着他生命中的那一点点光！而那一点点不曾被扑灭的光，总有一天会洒成满天的星星、月亮和太阳，照亮这个我们深爱的世界。

家长总是在与孩子共同生活的过程中给予孩子深切的期待，这种期待必须包含一种发自内心的真正的宽容。它没有对孩子"恨铁不成钢"的焦虑，没有对孩子"揠苗助长"的虚伪，没有对孩子的错误、失误耿耿于怀的刻薄。这种宽容并不是默许，而是以一种平和的教育智慧原谅孩子目前的落后，用发展的眼光相信孩子日后的优秀。正是在这种期待中，孩子不断感受着生活中的智慧、关爱、激励和赏识，在不断的碰撞、跌倒、爬起中，再碰撞，再跌倒，再爬起，直至独立前行。

罗斯福夫人

静静地伫立着，号声在肃穆的空中回旋。我看了母亲一眼，她脸上那严峻、愤怒的线条不见了，表情是安详镇定的，目光明晰，直盯着墓后花岗岩墓碑上的铭文。

这是1945年4月15日，我的父亲富兰克林·德拉诺·罗斯福，美国第32届总统，被安葬在纽约海德公园的玫瑰园中。

我为母亲而担忧，最近几天所发生的事情对她的压力实在太大了。首先，是我父亲在佐治亚洲温泉的逝世。一段时间以来虽然他的病情很明显，但母亲仍然感到意外。其次，当她到达温泉时，发现了另一件使她不安的事情。她了解到露西·默塞尔·拉瑟福德在我父亲逝世时曾守候在他的床边，而她却以为这个旧日的情敌早在27年前就已经从她丈夫和她自己的生活中被除去了。

不少人写过关于我父母婚后生活中出现的问题与纠葛。我记得在我7岁时，第一次注意到事情有些不对头。每天晚间，大人吃饭以前，妈妈总是上楼来听我们祈祷。我记得有几次她把头靠在我的枕头上，眼泪直淌。我伸手轻轻擦去她的泪水，问道："出了什么事？"她总是摇摇头，擦掉眼泪说："没什么，亲爱的，我不过是害怕下楼去招待客人。"

几年以后我才知道发生了什么使她不愉快的事情。我11岁时我的姐姐安娜把父亲和另一位女士——露西·默塞尔之间的隐私告诉了我。似乎是在夏季，当妈妈带着孩子们到加拿大坎贝尔度夏时，父亲发生了不忠实于她的行为。妈妈是从父亲由于疏忽而没有保存好的信件中发现了这件事的。

她的生活破碎了。当她还是一位并不漂亮、而且在羞涩难当的少女时，就爱上了这个精神抖擞的堂兄弟。除此以外，在我母亲的生活里再也没有过别的男子。婚后，我父亲就成了她的一切。但是现在，她要求离婚。我父亲也同样心烦意乱，但并无意为这位同他秘密来往的年轻女郎使家庭破裂。此外露西·默塞尔是位天主教徒，没有教会的同意就不能离婚。他的母亲当时正帮着维持家庭生计，她也决不同意离婚。离婚是不堪设想的。

然而母亲长时间地坚持离婚，最后终于达到了一项妥协办法：他们还维持夫妇关系。这对于他的事业、对于他们的孩子都是最为有利的，但是约法两章：父亲决不再见那个女人；母亲另辟卧室，今后在他们的爱情中没有性关系。

这种安排似乎有成效。作为孩子我们感受到家庭的爱和友情。在父亲患脊髓灰质炎时，母亲支持他渡过了难关。当他入主白宫时，母亲数百次外出活动，总是作为父亲的耳目在国内旅行。自从父亲在1918年作了结束那桩事情的诺言，母亲始终相信他。

然而现在，在他逝世后，她所了解到的一切使她为之心碎。不仅那种关系一直存在，而且很显然，甚至家里和她关系最密切的人都串通一气，对她瞒着这件事。父亲的嫡堂姊妹波利知道这件事。总统秘书格雷斯·塔利也知道这件事。母亲怒不可遏，责骂了她们（虽然她很快原谅塔利，不能要求她把对自己的上司的忠实延及他的夫人。不过三年以后她才原谅了波利）。

她被自己的女儿深深伤害了。对安娜严加盘问了半小时后，妈妈得知，在她外出、安娜在白宫充当女主人时，拉瑟福德夫人是非正式家庭晚餐的常客。母亲还了解到总统专列在途经南卡罗来纳州或新泽西州时，不时会停一阵，让总统去拜访家在那里的拉瑟福德夫人。

不仅是丈夫的这第二个背叛，还有自己的孩子们和亲友们的背叛，给了她很大打击，使她感到蒙受了耻辱。在安排葬礼的最后48小时中，她不知道该怎样思考，不知道谁还可以信任。在我面前她也显示出怨恨和迷惑不解的神情。

但是现在我看着她同安娜和我站在墓前，她那冰冷淡漠的表情缓和了，她的愤怒似乎平息了一些，我想一定要问问她，在哪一瞬间安宁又回到了她的心中。

几天以后的一个晚间，我们单独坐在炉火前。我轻轻地问妈妈："这些日子您似乎平静多了。妈，您现在考虑好今后要怎样生活了吗？"她的回答极为坦荡："那当然，埃奥特，我已经完全想好了现在我必须做什么。"

她接着说到父亲想要完成但尚未完成的许多任务：他没能享受到即将在欧洲赢得胜利的喜悦；他没有活着看到日本帝国行将垮台的那一天；他的一个伟大目标——建立联合国的问题，依然悬而未决。她希望他所设想的组织终将成为现实。尽管她不是政府机构中的一员，她觉得她的声音能够把富兰克林·罗斯福的宗旨向人民传播。她计划利用她的文章和演说进行这一工作，并且认为利用无线电会成为她进行工作的另一有效途径。她计划在国内外做广泛的旅行，她的计划是雄心勃勃的，声调是乐观的。

我母亲往下谈到的并不是我父亲对她的长期不忠给她的打击，而是在他身后的最初日子里，她必须处理的其他紧急问题。

她告诉我，在灵柩从温泉运到白宫东厅以后，与苏联大使之间发生的一次很糟糕的外交事件。按照母亲的指示，已经盖棺，准备公祭。苏联大使却要求为他的随从和他自己个别开棺。

母亲不同意，大使坚持要开，声明斯大林元帅要求检验。母亲拒绝开棺的理由是，父亲的脑溢血已经大大改变了他的脸面，实际上是不可能辨认的。这位大使提出了最后的要求，声明斯大林要求确定罗斯福总统不是被毒死的，这不是杀害总统和斯大林本人的阴谋的一部分。这使母亲心烦意乱到了极点，但她仍然拒绝开棺。

接着她告诉我，她在护送遗体从华盛顿到海德公园的火车上时的心情。她在专列的最后一节车厢里，父亲的内阁成员和国会领袖在前面一节车厢里，杜鲁门总统在第三节车厢里。父亲的密友一个接一个地到后面来和母亲谈话。杜鲁门总统今后打算依赖哪些人共议大事这个问题已开始露头。母亲越来越为此焦虑不安。她感到哈里·杜鲁门正在选择二流人物承担这一任务，而不是父亲和她感到最能胜任的人。情况越来越明显，杜鲁门将按自己的旨意行事。

令人吃惊的是，她仅仅对露西·默塞尔的事一带而过。她确实说起，她思前想后不那么生安娜的气了，她不再为那件事而怨恨，那件事已经完全被遗忘了，而且并不重要。

"但是妈妈，什么东西使您得以自我排解的呢？"她回答说，她知道父亲设计了他自己的墓碑。当她站在墓旁看着碑上的铭文时，展现在她眼前的只有他们两个写在一起的名字。父亲一直在爱着、关心着她,把她看做妻子,不仅今生今世,而且永世无穷。他希望她死后将埋葬在他的身旁。他懂得他们作为伴侣共同工作了40余年。他和她的理想完全一致,他们两人荣辱与共。当然他们也偶有不和,但是碑上的铭文说出了一切。她几乎能听到他的呼唤:

"巴布斯,我爱你。继续我们的工作吧。当你疲倦时,我们又会在一起了。"

母亲在1962年11月7日逝世,埋葬在她丈夫的身旁。

我的母亲

在我一生中,对我影响最大,直到今天还在起作用的重要事件,就是1913年我母亲的去世。

母亲在世时,经常为我的前途操心,她对我的境况和为我的前途花费了她不少精力和时间。

母亲不到40岁就去世了。由于早婚和多病,使她的健康状况每况愈下。当然,在我母亲那个时代,女孩子在少年时代就结婚已成习俗。另外,母亲每天忙于哺育她8个儿女和操持繁重的家务,如磨面、做饭、纺线、织毛衣、洗衣服和绣花等活计,这些没完没了的累人活儿,使她在短短的几年里身体便垮下去了。

我上小学时,母亲到突尼斯城来过几次,她每次来总是说四肢关节疼痛难忍。那时候,人们把这种关节炎叫做"神经病"。不过她幸运的是,1913年,我领到了小学毕业证书,母亲对此颇为高兴。因为这样一来,我有资格继续上中学。我领到毕业证书的一两个星期之后,在所有合格的小学毕业生中间,就选取萨迪基学校住校生一事发生了一场辩论。我也参加了这场争论,结果被接受为住宿生。当时校方保证负担住宿生的食品、茶水、衣服和每半个月一次的洗澡费。学习期限为六年。

在当时,具有这个学校的毕业证书是非常重要的。因为,凭这张文凭,就可找到翻译工作。

这是由于那时的保护制当局缺少翻译的缘故。

我记得,在母亲得知我被选为住宿生时,她欣慰地说:"今天,我对这孩子算是放心了，因为萨迪基学校成了他的'母亲'，承担对他六年的教育和提供衣食，他已走上了他的兄姊们所走的道路。他将成为一名翻译，通过自己的劳动来养活自己。"

1913年10月，我回到突尼斯城，升入中学一年级。有一天，这可能是11月第一个星期的一天，校总监走进教室叫我出来。他告诉我，母亲去世了，批准我回家奔丧。

回到莫纳斯提尔，一跨进家门，屋里屋外哽咽的哭泣声和号啕声便包围了我，母亲的遗体停放在那间简陋的外屋，上面遮盖着白布。父亲走过来哀悯地对我说："去，快吻一下你的妈妈吧！"当我将嘴贴在母亲前额上时，才觉得我是在接触一具僵冷的躯体。母亲的头上蒙上了一条绿色的丝头巾。根据母亲生前的愿望，决定把她埋葬在善良的圣徒西迪·本·阿里墓旁。入葬时，掘墓人发现她头上蒙着的那条绿色头巾仍没有变样。

这是一件很重要的事件，它深深地震撼了我的心灵。从此以后，我的身心一直受着这一事件的影响。就是在最近的几年里，每当我去祭扫布尔吉巴家的墓地时，总要恭敬地立在母亲坟前，痛哭得像小孩一样全身发抖。今天，我已经度过了我一生中的第七十五个年头，在这些岁月中，我经受过各种惊涛骇浪，遭遇了许多灾难。在劳鲍夫堡我熬过了我的流放生活；我曾面对过法国审判官道吉朗·杜凯勒的审判；我也遇到过同志们同我闹翻了脸，在法庭上作证反对我。至于果佐岛和马耳他岛，也是我熟悉的地方。在那里我也度过了不短时间的流放生活。面对这一切，我没流过一滴泪，我的心一直坚如钢铁。任何暴风雨般的袭击都没能改变我的意志，甚至一直坚强不屈。因为，自从投身到斗争的怀抱以后，我就决心牺牲自己，并毫不畏惧地接受死神的挑战。但在我一生中，却一直在怀念我的母亲。所以，每当我战胜四面刮起的场场风暴，站在母亲坟前时，就心如刀绞，不禁热泪滚滚。母亲一生吃过很多苦，遭受过严酷的精神折磨。当她还是个吃奶的婴儿时，外公艾哈迈德·哈夫沙曾因一件不足挂齿的小事，同我外婆赫杜澈·马扎利离了婚。那时候，丈夫休妻是很容易的事。

一次，外公发现饭是凉的，便发誓要把外婆休掉。其实饭不热并不是外婆的过错，而是外公的兄弟媳妇搞的鬼。外公不明真相，他一怒之下履行了他的誓言，把外婆休掉，另寻新欢了。外婆无奈只好带着我母亲搬到娘家马扎利家去了。

外婆被休以后，坚持不再结婚。她在娘家从未间断对她闺女的培养和教育。当母亲长到十五六岁时，父亲向她求婚，随后俩人结了婚。母亲出嫁后，外婆仍然坚持同她闺女住在一起，帮助操持家务。她同我们一块生活，爱护和同情我们。她发现父亲的经济状况不佳，就毫不犹像地变卖掉她的家产，把钱全部交给我父亲用。所以，我那时总是亲昵地叫她"亲爱的姥姥"。

外婆有一位姐姐叫阿尤莎·马扎利，住在我家对面的那座房子里。她同阿卜杜勒·阿齐兹·阿尔维的父亲穆罕默德·阿尔维结了婚。

外婆还有一个女儿，名叫法图迈，她去世很早。这位姨妈的早逝，是外婆遇到的最大灾祸。

姨妈死后，外婆很少待在家里，她几乎每天都要出去看她女儿的坟，出门时，她总是对人讲："我到法图迈那儿去。"真的，姨妈去世四五年后，死神又夺去了外婆的生命。

我们同外公不相往来，但有一次例外，一天，我和父亲经过位于今天的独立广场附近的一个咖啡馆时，看见一个脸色微红、威严、庄重的老头，正坐在里边吃着什么。父亲对我说："去，向你外公问好！"我走进去，向这位老人问安。

1913年母亲的去世是一桩最重要的事件。

（突尼斯）奥古斯托·弗雷德里科·斯密特

母亲的账单 | STORY

难为了妈妈

我认为我妈妈真是个了不起的女人。我爸爸因心脏病去世时，我才21个月大，哥哥5岁。她再嫁的那个男人如果不是烂酒鬼，本来很可能会成为一个好丈夫。那次婚姻破裂后，她虽无一技之长，又没有受过教育，却毅然负起抚育哥哥和我的责任。

嗣后多年都是过一天算一天的日子。我们在佐治亚州培根郡的小农场与佛罗里达州杰克逊维尔市之间搬来搬去。

妈在杰克逊维尔一家雪茄烟厂做工。她是卷烟工人，一天要卷6000支雪茄，赚的钱才够我们糊口。那地方的气味连死人都受不了，工作是又热又脏。

答案是因为别无他途，也因为她是个有勇气和自尊而不会要人救济的女人，而另外我认为绝大部分——是由于神秘的母性。家境中落时，主持大计者往往是做母亲的人；在别人都丧气认输的绝望时候，做母亲的会单独挑起重担。

在我11岁，哥哥15岁那年，妈开刀动手术，身子上了石膏躺在床上，过了3个月才摆脱石膏模改用拐杖。再过3个月，她可以不用拐杖，回到卷雪茄烟机前工作。这期间我哥哥辍学到纸盒厂中去做大人的工作。他要到长大成人，从陆军中退伍后才能重返学校读书，然后进大学，但他从没抱怨。他的口头禅是："别人最受不了的时候，对我可正合适。"他这种态度是从妈那里得来的。妈总是现实地面对世界，从不闪避。她从不丑化世界，但也不美化世界。

我记得我9岁时找到了一份在街上卖《杰克逊维尔日报》的工作。我需要那份工作是因为我们需要钱——虽然是那么一点点钱——但是我害怕，因为我要到闹市区去取报卖报，然后在天黑时坐公共汽车回家。我在第一天下午卖完报后回家时，便对妈说我决不再去卖报了。

"为什么？"她问道。

"你不会要我去的，妈。那儿的粗手粗口非常不好。你不会要我在那种鬼地方卖报的。"

"我不要你粗手粗口。"她说道，"人家粗手粗口，是人家的事。你卖报，可以不必跟他们学。"

她并没吩咐我该回去卖报，可是第二天下午，我照样去了，因为她自己就会这样做。那年稍晚时候，我在圣约翰河上吹来的寒风中冻得要死，一位衣着考究的女士递给我一张5美元的钞票，说道："这足够付你剩下的那些报纸钱了；回家吧，你在这外面会冻死的。"结果，我做了我知道妈也会做的事——谢谢她的好心，然后继续待下去，把报纸全卖掉后才回家。冬天挨冻是意料中的事，不是罢手的理由。

1967年的一个晚上，我打电话给妈说："好消息。我刚卖掉第一部小说。"

一片沉默。她眼看我写作而没卖出一篇作品已有10年之久。她一直努力从事的实际工作，就是养育孩子并使自己活下去，因此对于我要编写故事给别人看这种构想难以接受。

"你是说他们明知道你说的是假话，可是还给你钱？哎哟，竟有这种好事？"她说，"我想我这一辈子也不会明白这种事。"可是她错了，她后来对这很了解。她看了我写的每部小说。她看一部小说所花的时间和我写的时间差不多一样长，可是她如果看过一部小说，那就是很认真地看过了，她很快就明白好小说写的总是一件事：男男女女，尽最大努力去做他们该做的事。她并不把他们看成是什么象征，或是巧妙地表现任何社会学或者心理学理论。他们只是依照自己认为最好的看法过日子的人，有时讲信誉，有时不讲；有时勇往直前，有时畏缩。她知道各种环境凑合在一起能令最了不起的人屈服，也知道环境虽然使我们屈服，但并不使我们变坏，只使我们表现出人性。一个从来没有远离出生之地的女性，没有受过多少教育而对艺术的本质有这样的认识和了解，可说是近乎奇迹的了。

我知道的那一点社交礼节，都是妈费了不少心血教导的结果；她要我记住，她不想让我长大后成为一个受人鄙视的人。我小时候她常告诉我："弄脏了并不丢脸，弄脏了而不理才丢脸。"

等到我长大了以后，每次要出门时她都会告诫我道："要学好，要做得对。"人生可能遇到的事，几乎全用得上这句话。在我看来，她不仅要做我的妈妈，而且要代替我死去的爸爸。她教我制造捉鹌鹑的罗网和捉兔子的陷阱，还教我怎样诱捕鱼儿，沿着小溪岸涉水去，把两臂伸直，向水底植物根部去抓鱼。

最重要的是她教我一定要苦干。她会说："要是牛陷在沟里，你非得拉它出来不可。"哪怕是天冻得连眼珠都会裂开，或者下雨，再或不论你喜不喜欢，甚至你不舒服，总是要把牛拉上来。没有人会像奇迹一般出现前来救你。能救你的只是你的苦干决心和奋斗出头的决心。没人愿意或能够救我的时候，全凭这种苦干和努力向前的决心救了我。

别人碰到是非难分、左右为难的情况，可以犹豫拖沓，但是妈妈心里有数。哥哥和我从来不用猜想我们能做和不能做什么。我们心里有数。在变化无常的世界中，她一直是中流砥柱。

一则生活的教训

"最好的总会到来，"每当我失意时，我母亲就这样说，"如果你坚持下去，总有一天你会交上好运。并且你会认识到，要是没有从前的失望，那是不会发生的。"

　　母亲是对的，当我于1932年从大学毕业后我发现了这点。我当时决定试试在电台找份工作，然后，再设法去做一名体育播音员。我搭便车去了芝加哥，敲开了每一家电台的门——但每次都碰了一鼻子灰。在一个播音室里，一位很和气的女士告诉我，大电台是不会冒险雇用一名毫无经验的新手的。"再去试试，找家小电台，那里可能会有机会。"她说。我又搭便车回到了伊利诺伊州的迪克逊。虽然迪克逊没有电台，但我父亲说，蒙哥马利·沃德公司开了一家商店，需要一名当地的运动员去经营它的体育专柜。由于我在迪克逊中学打过橄榄球，于是我提出了申请。那工作听起来正适合我，但我没能如愿。

　　我失望的心情一定是一看便知。"最好的总会到来。"母亲提醒我说。父亲借车给我，于是我驾车行驶了70英里来到了特莱城。我试了试爱荷华州达文波特的WOC电台。节目部主任是位很不错的苏格兰人，名叫彼特·麦克阿瑟；他告诉我说他们已经雇用了一名播音员。当我离开她的办公室时，受挫的郁闷心情一下子发作了。我大声地问道："要是不能在电台工作，又怎么能当上一名体育播音员呢？"

　　我正在那里等电梯，突然我听到了麦克阿瑟的叫声："你刚才说体育什么来着？你懂橄榄球吗？"接着他让我站在一架麦克风前，叫我凭想象播一场比赛。

　　前一年秋天，我所在的那个队在最后20秒时以一个65码的猛冲击败了对方。在那场比赛中，我打了15分钟。彼特告诉我，我将选播星期六的一场比赛。

　　在回家的路上，就像自那以后的许多次一样，我想到了母亲的话："如果你坚持下去，总有一天你会交上好运。并且你会认识到，要是没有从前的失望，那是不会发生的。"

（美）罗纳德·里根

喜欢风的女孩

　　每年，当天气渐凉的时候，我便会想起我的母亲。她总是第一个指出秋天来临的征兆：像黄昏时分天空出现的从邻居家壁炉里升起的缕缕淡淡的白烟，突然而又急促的鸟鸣，朦胧而熹微的晨光。

秋天的大自然中有许多可吸取的教益，因而母亲常常要杜撰一个故事。在她的寓言故事里，会讲话的动物总是说，变化不仅仅标志着结束，同时也意味着开始。

聪明的狐狸会说："你们必须记住，秋天枯萎的叶子还会在春天再生。"

平衡与不平衡，和谐与不和谐，丧失与获得，这些似乎是贯串于母亲的故事乃至她一生的话题。

记得我7岁那年，在母亲40岁生日的那个夜晚，母亲带我走出房门站在月光下。那皎洁的月光照亮了花园的每一个角落。"你用它来观察月亮，"母亲说着递给我一副望远镜，"你看到略呈红色的部分了吗？那是万籁俱寂之海；看到它旁边的阴影了吗？那是风暴之洋。"接着她便说到人们在生活中必须学会如何在这两种海洋中航行。

说老实话，我既没有看见大海也未见到大洋。我通过望远镜凝视着月亮，高兴得有些晕头转向，只看见母亲的脸在幽蓝的夜空中穿过朦胧的星辰在我眼前飘荡。

在一个天气凉爽的夜晚，我在自家的花园里想起了当时的情景。我看着月亮在地平线上树木轮廓的优美纹影之间时隐时现，忽然想起狐狸可能会说些什么，便忍俊不禁。

在不知不觉间，我的思绪一下子回到了过去，遨游在对母亲的幸福然而有时又很可笑的回忆之中。例如她让我开着家里的汽车沿着乡间小路驶向食品杂货店的那段经历。我那时11岁。结果我们的车开进了邻居家的一块田里。

想起那一天，我不免笑出声来。这又使我愉快地回忆起母亲从"流放的庄稼地"回来时的情形。紧闭的门突然被打开，母亲当时的模样和她说的话、我望着母亲时以及听她讲话时的感受，全都历历在目。

我的母亲喜欢风。在我一天天长大的岁月里，她经常给我朗诵这首诗：

谁见过风？

你没有，我也未曾见过；

但每当大树在点头鞠躬，

那便是风的行踪。

母亲曾给我讲过，当她还是个小姑娘时，在一次去教堂的路上，风如何吹起她头上的帽子，并将它带到了一座陡峭的小山脚下。那是一顶深蓝色的草帽，是她最好的帽子，她也害怕将它丢失会遭到责骂，于是她穿过低矮的树丛来到山下，找到了草帽，同时带回了一只被遗弃的小猫。这只猫后来成了她最心爱的宠物。母亲告诉我，她给它取名"和风"，因为它就像和风一样轻柔。

母亲的账单 | STORY

在我家相册中，有一张很早以前母亲和那只小猫的照片。母亲当时大约10岁，她抱着正企图从她怀里挣脱的灰色小猫，风吹拂着她松散地垂在眼前的几缕长长黑发。这个喜欢风的女孩正在微笑着，或许正在享受柔风拂面的美好感觉。

母亲曾告诉我，她自幼喜欢狗，可家里不许养狗。因此她虚构了一只名叫莫利的中等大小的花狗，每晚睡觉之前，都要到后门去唤它进屋。

母亲讲到这一关头，总要着手演起她的故事来。我至今还能描绘出她的一举一动：母亲转瞬间变成了一个身穿长睡衣的小女孩，她的黑色发辫垂直腰间，在一个寒冷的夜晚站在门前。"莫利，莫利。到这儿来，莫利。"她哈出的气在空中形成团团白雾。

当对着童年时代的母亲微笑时，我终于能够追忆起母亲而没有强烈的悲痛与失落感。头脑里继而又闪现出其他情景：我听到了穿过海港飘来的意想不到的风笛声，旋即又看见母亲正在苏格兰长大，在对着镜子练习苏格兰高地舞。我用母亲的汤匙搅着茶，突然间想起她每天晚上递给我银器摆桌子时的神情。我想：是的，没有了母亲，我可以开始寻找我在世界上的新的位置。

于是，在一天晚上，我坐在自己房间的地板上，打开了母亲的手提包。那个包是我在她去世的当天从医院带回家的，还一直没有打开过。

包里除了口红、钱夹及她的孙儿女的照片外，我还发现了一张折叠着的小纸片，母亲在上面写下了描写大自然的作家温德华·贝里的一段话：

"在广袤的大森林里，当你独自一人跨入另一个新地方时，在好奇与激动之余，总会有一些恐惧感困扰着你。那是在你第一次接触到你所走进的荒野时，对未知世界的一种自古就有的恐惧感。"

这正是聪明的狐狸所要说的那些话，这么多年过后它仍然能给我以启迪。

我走下楼去，打开厨房的窗子。突然，一阵微风吹来。我想："你已经与风绝缘达六年之久了。"然后我发现自己在自言自语地念道：

谁见过风？

你没有，我也未曾见过；

但每当大树在点头鞠躬，

那便是风的行踪。

（美）艾丽丝·斯坦巴克

雄心壮志之源

"如果有什么是我最不能忍受的，那就是半途而废。"

我母亲已经不在人世，但是在我心中，她仍然活着，偶尔还会早上天未亮就把我弄醒，跟我说："如果有什么是我最不能忍受的，那就是半途而废。"

我这辈子不知听她说这话多少次了。就是现在，我躺在被窝里，在漆黑之中慢慢醒过来，也感觉到她在气冲冲地教训我体内的那个懒汉，那个只想重回梦乡而不想去面对新的一天的人。

我默默地抗议：我已不再是小孩子了。我已取得一些成就，我有权迟些起床。

"罗素，你跟瘪三没两样，都是不思进取。"

从我还是个穿短裤的小男孩起，母亲就不断用这些话来鞭策我。

"做人要有出息！"

"做事千万不要半途而废！"

"小伙子，要有点志气！"

在我的内心世界里那个渗透世情的我，常常嘲笑那些崇尚实利、热衷求取功名的人。那个我读过一些哲学和批评社会的书，认为把生命花在追逐名利、权力这些东西上是粗鄙的，完全不值得的，而且——"有时候，你的表现使我觉得就是一枪把你轰掉也浪费子弹。"

自从外祖父去世后，母亲便没有好日子过了。外祖父除了债务以外，什么都没留下。祖屋卖掉了，儿女四散。外祖母染了致命的肺病，意志十分消沉，终日嚷着要自杀，最后终于被送进精神病院。那时母亲刚上了大学，但在这种情况下，不得不辍学去找工作。

然后，母亲结婚了，生了三个孩子。五年后，在1930年，父亲去世，遗下她一贫如洗，只好把小女儿奥迪莉送给人收养。把只有10个月大的奥迪莉送给汤姆叔叔和高蒂婶婶收养，也许是母亲有生以来需要最大勇气去做的事。汤姆叔叔是父亲的弟弟，在铁路局有份不错的差事，跟着他奥迪莉便有好日子过了。

母亲带着我和妹妹前往新泽西州，去投靠他哥哥艾伦。舅舅好心地收留了我们这三个穷亲戚。后来，母亲在洗衣店找到一份修补杂货店工作服的工作，周薪10美元。

母亲当然更希望我长大后能成为总统或富商，可是，她虽然疼爱我，却不至于这样不切实际。我小学还未毕业，她已看出我不是能赚大钱或赢得万民拥戴的料子，于是开始引导我对文字发生兴趣。

她的家族书香世代。从母亲的外祖父起，便似乎有个文字遗传因子一代一代地传下来。外曾祖父是位教师，他的女儿蕾莉是个诗人，儿子查理是马里兰州巴尔的摩市《先驱报》驻纽约的记者。上世纪末本世纪初的美国南部在内战之后，生活仍然十分艰苦，文字工作确是一条出路。

母亲的表兄艾文就是一个最突出的例子。他是《纽约时报》的执行编辑，足迹遍及欧洲各国。他证明以文字为媒，的确可以令一个人无往不胜。而待在乡里只能直瞪着眼，对他既羡慕又妒忌。母亲常常以艾文为例，说一个人即使没有天分，也可以有成就。

"艾文·詹姆士不比别人聪明，但你看看他今天的成就，"母亲一次又一次地跟我说。结果我长大之后，就把艾文·詹姆士看成一个只是运气好的呆子。也许这真的是母亲对艾文的看法，但她的话却另有深意。她是在告诉我，要做到像艾文那样并不用很聪明，攀上高峰的方法便是努力、努力、努力。

母亲看到我可能在文字方面有点天分时，便开始加以栽培。我们那时虽然非常贫困，但母亲仍然给我订购了一套《世界文学名著选》，每月寄来一册。

我很尊重那些伟大作家，但我读得最开心的却是报纸。每天我都贪婪地读那些五花八门的罪案、恐怖的意外，以及发生在远方战场上的血腥屠杀，一个字都不放过。描述凶杀犯怎样死在电椅上的报道往往令我着迷，而且我很留意死囚在最后一餐所点的饭菜。

1947年，我从约翰霍普金斯大学毕业，知道巴尔的摩市的《太阳报》在招聘一名采访犯罪新闻的记者。我有两三位同学同时申请这份工作，我不知道他们为什么挑了我。这份工作的周薪仅为30美元，我向母亲抱怨，说这样的薪水对一个大学毕业生来说实在是侮辱，但她毫不同情我。

"如果你肯努力工作，"她说，"也许就可以做出点成绩来。到时，他们自然会加你薪水。"

7年后《太阳报》调我去跑白宫新闻。对大部分记者来说，当白宫记者是梦寐以求的事，而当时我只不过29岁，自然得意万分。我把这个消息告诉我母亲，希望见到她喜悦的神情。其实，我应该早就知道结果是怎样。

"罗素，"她说，"如果你肯努力干白宫记者这份工作，也许就能取得点成就。"

母亲要我走的路就是不断努力向上，千万不要因为小小的成就而自傲。停下来沾沾自喜的人很快便会跌下来。一个人即使已登上顶峰，也仍要自强不息。

在我从事新闻工作的初期，我经常幼稚地胡思乱想，要向艾文表兄报复。假如有一天我成了一个杰出的记者，得到《时报》礼聘，而《时报》却完全不知道我是"伟大的艾文"的亲戚，那不是很有趣吗？假如艾文亲自请我进入他的大办公室，问我："年轻人，你可以不可以自我介绍一下？"那不是更妙不可言吗？假如我这样回答："我就是你的穷亲戚露西·伊利沙白·罗宾逊的独子。"那是何等痛快的报复啊。

但后来发生的事却完全不像我胡思乱想的那样。《时报》真的来找我，不过我到任时，艾文表兄已离职。最后，我甚至得到了美国新闻界最高的荣誉：替《纽约时报》撰写专栏。

我写的不是那种报道新闻的专栏，而是作者可用各种不同文体来议论时事的专栏；可以是散文，可以是讽刺文章、怪论，有时甚至可以是小说。这个专栏证明了当年母亲是绝对正确的。要不是她在我小时候就看出了我的长处，引我进入文学世界，我就不会有这个成就。

我的专栏赢取过不少奖，包括1979年的普立策奖。不过，母亲永远无法知道了，因为先一年她的脑部出了大毛病，住进疗养院，从此不知不觉，脱离了现实生活。

我只能够猜测母亲在知道我获得普立策奖时的反应。我相信她一定会说："好极了，小伙子，这证明只要你埋头苦干，努力不懈，终有一天会干出点成绩来的。"

有个时期，母亲所宣扬和我所一直依从的那些价值观受到了冲击，在60年代和70年代，一个人如果承认自己希望有点成就的话，便会被批评是个浪费生命的实利主义者。

起先，我设法追随这个新的时代潮流。我决定不要像我母亲当年鞭策我那样鞭策我的孩子，不迂腐地要求他们有所成就。

新时代标榜爱、满足自我，以及标榜消极地劝人无欲无求的东方哲学。对我来说，这些道理似乎很多都十分荒谬。不过因此我还是把我那些反潮流的疑惑深藏起来。

但后来，我发觉我的孩子竟然一点抱负都没有，我于是崩溃了。有一次，我们一家人吃晚饭时，我听到自己在叫嚷："难道你们不想有点成就吗？"

孩子们面面相觑。有点成就？从来没有听说过。我知道他们在想：叫嚷的不是爸爸。那不过是他饭前喝的那些马提尼酒作怪罢了。

令我大叫大嚷的不是那些酒，而是我的母亲。酒只不过令我有勇气向他们宣布：是的，我一直都相信成功这回事，我一直都相信若不勤奋自爱便不会有什么成就，也不配有什么成就。

后来的发展证明了孩子学业成绩差并不表示他们长大后一定一事无成，而只是表示他们当时不肯对成规盲从附和。对于这一点，我的确引以为傲。现在他们都已长大成人，有儿有女。我们一家人相亲相爱，每次相聚时都欢乐无穷。

这就是家的意义了。我们承先启后，把上一代的遗志传给我们的子女，一代一代传下去，使我们的先人虽死犹生。

"如果有什么是我最不能忍受的，罗素，那就是半途而废。"

老天爷，我仍然听见她说这话。

（美）罗素·贝克

我做得到

洛克·里昂兹是纽约空军喷射机防卫队队员马丁·里昂兹的儿子。洛克5岁时，有天和母亲开着小货车行经阿拉巴马的乡间小道上。他悠闲地睡在前座，脚则舒服地放在母亲凯莉的大腿上。

凯莉小心地将小货车从两线的乡村小路面转向狭窄的小桥。没想到路上有个坑洞，使整辆车滑出路面，向路边冲出，右前轮也因此凹陷。由于害怕整个车子翻覆，凯莉赶紧用力踩油门，把方向盘转向左边，试图把车子拉回路上。但是事与愿违，洛克的脚被卡在凯莉的腿及方向盘中。因此车子失去了控制。

小货车跌跌撞撞掉到20尺下的峡谷中。一直到车子掉入谷底，洛克才醒了过来："妈咪，发生什么事了？车子怎么四脚朝天？"

凯莉满脸是血，不辨东西。车子的变速杆插进了她的脸，从额头到嘴唇被撕裂。牙龈残破，脸颊损毁，肩膀也被压碎。一段粉碎的骨头竟从她的腋下穿出。整个人则被支离破碎的车门压得动弹不得。

而洛克则奇迹般的毫发未伤，他嚷着："妈咪，我会带你出去。"他从凯莉的下面爬了出来，经由车窗离开了小货车，并尝试着将母亲拉出车子，但凯莉一动也不动。凯莉在昏昏沉沉中只是哀求："让我睡一下吧！"洛克则大声喊叫："妈咪，你要支持住，千万别睡着啊！"

洛克又钻进了小货车，并将凯莉推出车子的残骸。又告诉凯莉，他将爬到马路上去拦车子求救。由于害怕在黑暗中，没有人会看到这么小的男孩，凯莉拒绝让洛克单独前往。母子两人只好慢慢地爬上堤防，洛克用瘦小的身躯将二倍半重的母亲往上推。就这样一寸一寸有如蜗牛爬行。凯莉感到如此疼痛，几乎要放弃希望，但洛克始终鼓舞着她。

为了鼓励凯莉，洛克告诉妈妈想想《小火车》的故事。其实这是个典型的童话故事，叙述小火车虽然只有小小引擎，却能爬上陡峭的山头。为了提醒凯莉振作起来，洛克则重复故事中提到的"我相信你能做到，我相信你能……"。

仿佛过了一世纪，他们终于爬到了路边，洛克才有亮光看清母亲受重创的脸。他开始泪流满面，挥舞着双手，对着驶过的货车呼喊："停下来，请停下来！"向司机恳求："请带我妈咪到医院。"

总共花了8个小时，缝了344针来整合凯莉的脸，虽然她如今看起来和以往大不相同；过去她有笔直的鼻子、薄薄的嘴唇以及高高的颧骨，现在则是扁鼻、阔嘴、塌颊。但脸上留下很少疤痕，而且已经痊愈。

洛克的英勇事迹成了大新闻。但这个有胆识的小男孩，却很谦虚地认为自己没有做什么事。他说："这一切都在意料之外，我只是做了该做的事，任何人在当时都会那样做的。"凯莉则感动地说："如果不是洛克，我可能早就因流血过多而死了。"

（美）蜜雪儿·柏芭

母亲的账单 | STORY

记住，我们在养小孩，不是在养花！

大卫——我的隔壁邻居——有两个小孩，一个5岁，一个7岁。有一天他正在教他7岁的孩子凯利怎样使用瓦斯驱动的割草机割草。当他正教他如何在尽头将割草机掉头时，他的妻子，姜，叫他去谈事情。当大卫转身回答问题时，凯利把割草机推到草坪边的花圃上——所过之处，大约2尺宽的一条痕迹已被夷为平地！

大卫回头发现发生的事之后，他开始失控了。大卫花了一大把时间费力地侍弄那些令邻居们羡慕的花圃。当他开始对儿子提高音量后，姜很快地走到他身边，把手放在他的肩膀上，说："大卫，请记住——我们在养小孩，不是在养花！"

姜提醒了我，为人父母必须明了孰重孰轻。孩子以及他们的自尊比他所破坏的任何物质上的东西还要重要。被棒球砸碎的窗户、被孩子不小心碰倒的灯及掉在厨房里的碟子都已经破了，花也已经死了。我必须记得不要打破一个孩子的心灵，使他们充满活力的感觉变得麻木，再增添更大的损失。

几个礼拜以前，我买了一件运动外套，并和店主马克·麦克斯讨论为人父母的问题。他告诉我，当他和他的妻子以及7岁大的女儿出外晚餐时，他的女儿打翻了水杯。这对父母在水渍擦干净后并没有责备女儿。她抬头看着他们说："你们知道，我真地很感谢你们不像别的父母一样。我大部分朋友的父母会对他们咆哮并且教训他们要更小心一点。谢谢你们没有那样做！"

有一次，我和一些朋友共进晚餐，相似的事件发生了。他们5岁的儿子弄翻了桌上的牛奶杯。当他们开始责备他时，我也故意弄翻我的杯子。当我开始解释我在48岁还会弄翻东西时，男孩开始微笑了，而他的双亲似乎也明白了我的意思，不再生气。我们多么容易忘记我们仍然在学习啊！

最近我听到一个有关史蒂芬·葛雷的故事。他是个曾经有过重要的医学成就的科学家。有个报社记者采访他，为什么他会比一般人更有创造力。是什么因素让他超乎凡人？

他回答，在他看来，这都与他两岁时他母亲给他的经验有关。

有一次他尝试着从冰箱里拿一瓶牛奶，但瓶子很滑，他失手让瓶子掉在地上，溅得满地都是——像一片牛奶海洋一样！

他的母亲到厨房来，并没有对他大呼小叫、教训他或惩罚他，她说："哇，你制造的混乱还真棒！我几乎没看过这么大的奶水坑。反正损害已经造成了，在我们清理它以前你要不要在牛奶中玩几分钟？"

他的确这么做了。几分钟后，他的母亲说："你知道，每次当你制造这样的混乱时，最好你还是得把它清理干净，让物归原处。所以，你想这么做吗？我们可以用一块海绵、一条毛巾或一只拖把。你喜欢哪一种？"他选了海绵，于是他们一起清理打翻了的牛奶。

他的母亲又说："你知道，我们在如何有效地用两只小手拿大牛奶瓶上已经做了个失败的实验。让我们到后院去，把瓶子装满水，看看你是否可以拿得动它。"小男孩学到了，如果他用双手抓住瓶子上端接近瓶嘴的地方，他就可以拿住它不会掉。这堂课真棒！

这个知名的科学家说，那一刻他知道他不需要害怕错误。除此以外，他还学到，错误只是学习新东西的机会，科学实验也是如此。即使实验失败，我们还是会从中学到有价值的东西。

如果每个人的父母都跟他母亲的反应一样，那不是很好吗？

几年前，保罗·罗威曾经在收音机上说过一个在成人关系上也适用的故事。

有个年轻女人下班后开车回家发生了碰撞，撞坏了挡泥板。她在说明那辆车是出厂才几天的新车时边说边掉泪。她回家怎么向丈夫解释呢？

另一辆车的驾驶员充满同情心，但他也表示他们必须记下彼此的驾驶执照和车牌号码。当这年轻女人从大大的棕色信封中取出文件时，有张纸条掉了出来。上面，男人的笔迹写着："如果出了事……记住，亲爱的，我爱的是你，不是车！"

且让我们记住，孩子的心灵比任何物质还要重要。当我们这么记住，自尊和爱的花朵就会开得比花圃中的任何花更美丽！

（美）杰克·坎菲尔

母亲的账单 | STORY

发上之花

　　她总是在她的发际上插一枝花。多数情况下，我会感觉它看上去有些别扭。白天戴着花？去上班？去开专业会议？在我所工作的庞大而忙碌的事务所里，她其实是一位很有抱负的女性。但不知为什么，她每天都要用一种极时髦的弯曲头饰在她那齐肩的长发上佩戴一枝花。通常情况下，她是用不同颜色的花儿来同她不同款式的衣着进行搭配的，在浅黑色波浪的背景下，插上一枝盛开的花儿，像一把色彩鲜艳的小阳伞。有好几次，好像是在公司的圣诞节晚会上，她发际间的插花之处增添了少许欢乐的气息，而且看上去非常得体。但是，如果在工作时间，花儿看上去就显得有些不合时宜。有好些"事业型"的女性几乎对她的这一举止表示愤慨，并认为应有人把她带到一边去告诉她某些在商业界中需要认真对待的"条例"。包括我在内的我们中间的另外一些人，则认为这只不过是一种怪癖，并在背地里叫她"花仙"或者"女儿花。"

　　"'花仙'把那份关于华尔街个案计划的初步图样完成了没有？"我们中的一个会这样问另一个，脸上带着一丝讪笑。

　　"当然，结果挺不错——她的工作果真'开花'了。"也许是这样的回答，而后面带一种在与别人分享快乐之后以恩人自居的笑容。我们认为我们的嘲讽在当时是很单纯而无害的。据我所知，没有人去问过那位年轻的女士为什么她每天都要头上戴着花儿来上班。事实上，假如在她出现时头上没有了花。我们反而可能会去问她的。

　　有一天，她真的这样做了。当她把一份设计方案送到我的办公室里来的时候，我问了她。"我注意到今天你的发际间没有了花，"我无意地说，"我已经习惯了每天都看到你戴着它了，以至于现在好像有一种茫然若失的感觉。"

　　"嗯，是的。"她用一种低沉的语调，温和地回答，这同她往日倩丽活泼的性情完全不相符。在一段沉默之后，好奇心促使我又问："你好吗？"虽然我是期待着一个"是的，我很好"这样的答复，但在直觉上，我知道我已经在开始谈论一件比仅仅是失去了花儿要重要得多的事情。

　　"嗯。"她柔声说，脸上充满了一种回忆与伤心的表情，"今天是我母亲去世的周年纪念日，我很怀念她，我猜我一定是有些情绪低落。"

　　"我理解你。"我说，感觉到有些同情她，但同时又不想渗入更多的感情成分。"我想，你一定很不愿谈论这件事，"我继续说。我的工作责任感希望她能够就此而止，但心里明白我们的谈话才刚刚开始。

　　"不，一切还好，确实。我知道我今天格外敏感。这是令人伤心的一天，我想。你瞧……"她开始向我讲述她的在事。

　　"我的母亲知道她正在被癌症夺去生命。最后，她去世了。我当时才15岁，我们非常亲密。她是如此的可爱，如此的体贴别人。因为她知道自己将要不久于人世了，于是就录制了一盘生日祝词，让我每年过生日之时去观看。从我16岁一直到26岁。今天是我25岁的生日。早晨，我看了她为我的今天所预备的录像带。我想我依然在回味着它，我希望她还活着。"

　　"唉，我很同情你。"我说，感觉自己的情绪也受了她的感染。

　　"谢谢你的好意，"她说："噢，你刚才问到了那失去的花儿。当我还是个小姑娘的时候，我的母亲就经常在自己的发间插一枝花儿。在她住院之后，我有一天从她的花园里给她带去了一枝漂亮的大玫瑰。我拿着花把它放在母亲的鼻子上，好让她可以闻到它。她把花儿接了过去，一句话也没有说。然后，拉我到她的身边，抚摩着我的头发。花儿从我的脸旁掠过，她把它插入到我的发际。如同当我年幼时她自己曾做过的那样。正是在那一天的晚些时间，她去世了。"她继续往下说，已是热泪盈眶。"从此以后，我就总是在发间戴着一枝花——它使我感觉母亲还依旧陪在我的身边，就算是灵魂，但，"她叹了一口气，"今天，当我看那为我的这个生日所制作的电视录像时，她在其中说她很抱歉不能在我长大之后陪在我身边，她希望自己曾是一个好家长，她希望在我生活可以自给自足时能给她一个标志。这就是我母亲所想的——她所说的。"她注视着我，依然沉浸在记忆之中，竟天真地笑了。"她是如此的精明。"

　　我点了点头，赞同着："是的，听起来她是很精明。"

　　"这样，我就想，一个标志，那能是什么呢？看起来花儿不得不离开我了。但我会想念它的，它能象征什么呢？"

　　她继续往下说，红褐色的眼睛里充满了对往日的回忆。"曾拥有她我是多么的幸运。"她的声音逐渐变小了。她的目光同我的目光再次相遇，她凄婉地笑了一下。

"但我不是一定要戴着花儿才能回想起往事，我的确也懂得这个。它是我的珍贵记忆里的一个明显的标志。这些记忆依旧会在脑海里，即使花儿已不存在了……但仍然，我会想念它的……噢，这是那份设计图案，我希望它能得到您的赞同。"她把那个早已准备好了的整洁的文件夹递给了我，在她的名字下面，用一个手画的花儿。她的商业标记，作了记号。

当我年轻时，我记得听到过这样的一段话："不要对别人妄下断语，直到你已在他的鞋内走过了一里路之后。"我思考着过去每一次对这位头上戴着花儿的年轻的女士非常冷淡时候时的情景，以及我自己在缺乏信息，不知道这位年轻女士的命运和所背负的十字架的情况下，竟那样做了该是怎样的悲哀。我自诩自己懂得我们公司里的每一个复杂的平面，而且精确地知道每一个环节是怎样地在对下面的环节起作用。我该是怎样的悲哀呀，过去还曾信奉了这样一种观点，那就是一个人的情感同他的事业应该是截然分开的，并且应该在走入集体生活的大门时把它们抛开。直到那天，我才懂得了那位年轻女士插入发间的花儿是她的爱的感情流露———一条对她来说能够把她同她年少时便已去世的母亲联系在一起的途径。

我翻阅了一遍她所完成的设计图样，深切地感到它是为了感觉……关于人而被一个具有相当深度和广度的人处理过的。难怪她的工作一贯优秀。她每日生活在自己的内心世界当中，并使我重新去检省自身。

（美）贝蒂·杨斯

4000美元的故事

女儿简娜读高三时获得作为交换学生到德国学习的资格。我为女儿能有这样的学习机会感到高兴。但不久负责交换学生的组织通知我们须缴纳4000美元的费用，6月5日之前交上，离现在只有两个月的时间。

那时我已离婚，带着3个孩子生活。筹集4000美元简直无从下手。我收入微薄，手头拮据，没有积蓄，没有贷款的信用，也没有亲戚能借我钱。那当儿我感到非常无助，好像要我去筹集400万美元似的。

幸运的是那时我刚参加了杰克·坎菲尔在洛杉矶举办的一个"自尊研习班"。我从中学到了三样东西：第一，要想得到什么，那就得张口；第二，要想得到什么，那就得下点决心；第三，要想得到什么，还要采取行动。

我决定把这三条原则付诸实施。首先，我写了这么一个表示决心的字条："6月1日之前愉快地筹集到4000美金供简娜赴德之用。"我把它贴到浴室的镜子上，又复印了一份放到钱包里，以便每天都能看到。我还填了一张（空头的）4000美金的支票放到汽车仪表板上（我每天开车的时间很长，这样的提醒很是醒目）。我又拍摄了一张百元面值的钞票，放大之后贴在简娜床头的天花板上，这样她每天从睁开眼到睡觉之前都有看到它。

简娜15岁了，是个典型的南加州的少女。她对如此种种近乎荒诞的想法无动于衷。我向她和盘托出这一切的缘由并建议她也写上一份表示决心的誓书。

现在我的决心已经明确，需要采取行动，向人张口了。我一向自给自足，不依附别人，不向别人伸手。所以对我来说，张口向所认识的亲朋好友要钱已属不易，更何况向陌生人相求呢！但我决定做一下，于我又有何损？

我做了一张传单，上附简娜的照片和她为何想赴德学习的陈述。底部留一附单，人们何以撕下来连同汇款一起在元月一号前寄还我们，我请求5、20、50或100美元的赞助。我甚至留下一空行，以便赞助者自行填写赞助金额。然后我把这些传单寄给每一位亲朋好友甚是点头之交的人。我还寄给我工作的办公室、地方报纸和广播电台几份。我查询了本地30家服务机构的地址，也给他们邮了些。我甚至给航空公司去信请求他们让简娜免费乘机赴德国。

报纸没有刊文帮我呼吁，电台无动于衷，航空公司也回绝了我的请求。但我继续求助，继续发我们的传单。简娜开始梦想意外之财了。随后的几个星期，我们开始收到资助了。第一笔5美元，最大的一份馈赠是亲朋好友的800美元。大多数是20或50美元，有的是认识的人寄来的，有的则来自素昧平生的人。

简娜对这种构思着迷起来，她开始相信这能使她如愿以偿。有一天她问我："你认为用类似的做法能让我考到驾驶执照吗？"我保证说可以。她试了试，果然拿到了驾驶执照。到6月1日时，我们竟收到了3750美元。真让人激动不已。然而尽管不错，对还差的250美元如何筹措，我还是一筹莫展。6月5日之前还得想法弄到这250美元。6月3日那天，电话铃响了，是镇上一家服务机构的女士打来的。她说："我知道我已过了最后期限，现在是不是晚了点？"

我回答道："不晚。"

"那好。我们真想帮帮简娜。但只能给她250美元。"

总共加起来有两家机构和23名资助者使简娜梦想成真。在德国的一年中，她给他们去过好几次信谈她的经历。回国后简娜还在那两家机构作了演讲。对简娜来讲，从9月到5月在德国沃尔森的交换学生的生活是一段美好的经历。这拓宽了她的视野，使她对世界和人类有了新的理解。从那以后她在欧洲漫游，在西班牙工作了一了夏季，又在德国工作了一个夏季。她以优异成绩大学毕业，作为美国服务志愿队在佛蒙特的一家艾滋病防治机构工作了两年，现在正在攻读公共健康管理的硕士。

简娜赴德后一年，我重新寻觅到一生所爱，还是用的那3种方法。我们是在一次"自尊研究会"上相遇的，结婚后又参加了"夫妻研习班"，之后的7年里我们到各州旅行和长住，其中有阿拉斯加州。我们还在沙特阿拉伯住过3年，现在我们住在亚洲。

像简娜一样，我开阔了眼界，生活也变得丰富多彩。这一切归功于我学会了对所想得到或成就的物和事，要一张口、二下决心、三采取行动。

（美）克劳德特·亨特

起了作用了，妈妈

住在隔壁的夫妇和他们的三个小儿子忽然发现他们家现在是三代人一起生活，丈夫的母亲因为生病而搬来和他们一起住。祖母感到很难适应三个孙子，他们不停地活动着，发出各种吵闹的声音，这让她经常生气和发脾气。

事情似乎渐渐好转起来，直到有一天妈妈发现7岁的儿子正蹑手蹑脚地上楼时，她才感到有点不对劲。她发现儿子边上楼边仰起头警惕地观察着楼上。

妈妈马上知道是怎么回事了。原来祖母正坐在卧室的椅子上密切注视着楼梯，她几乎一整天都坐在那里。孩子做什么事她都会看在眼里，并且会严厉地询问他打算做

444444444444444

什么。

现在这小家伙正在想尽一切办法不让祖母看见自己，他其实只是想回到自己的房间里去。后来，在比较隐蔽的厨房里，孩子告诉妈妈他不喜欢祖母。

对孩子的妈妈来说，必须得让祖母住在那间屋子里，这样一旦她需要什么就可以随时拿给她；但是让自己的儿子在自己家里感到自由和安全也是非常重要的事情。现在她看到的情形是，她儿子的自由和私人空间被一个脾气不好的成年人给打破了，因此儿子在想办法避开这个成年人。

妈妈希望通过一种直接的交流来使这两个人达到和解，而且都能更好地理解对方。她建议儿子在经过祖母的卧室时进去问候一下。

"我做不到，妈妈，"儿子伤心地说，"我都不敢看见她。"

"你都不敢看见她，这是怎么回事？"妈妈困惑地问。

"她说话的时候我感到非常害怕，所以就不敢看她的脸。"儿子说。

"噢，这是很严重的问题。"妈妈在心里想着，同时为儿子感到高兴，她感到儿子已经能够也愿意把自己的想法清楚地表达出来了。现在她非常希望能帮助这个感情丰富的年轻人。

"你可以这样试一下，"妈妈说，"下一次如果祖母再叫住你，并且让你感到很生气的话，你可以直视着她的眼睛，同时在心里这样对她说（不要说出来）：'我原谅你。我原谅你是因为你在生病，我们都需要对你特别关心一些。'"

"你可以试着说这些话，即使祖母听不到这些话，但是这样做可能会让你有勇气看着她的脸。"

一两天后，孩子向妈妈说："起作用了，妈妈。"

这个小男孩通过宽恕自己的祖母而获得了化解愤怒的力量，这些愤怒如果不化解的话，一定会严重干扰他的日常生活的。宽恕让他的心情好了起来，如果只是回避的话，他就会一直心情不好，老想着这件事。

稍后，孩子的妈妈鼓励孩子去和祖母好好地说说这件事，告诉她自己知道她感到很不舒服，但是他因为失去了自己的私人空间也感到很不自在。或许她可以坐在卧室里靠近窗户的地方，从那里看见的景色可能会更好些。

小男孩试着这样去做了，然后他知道祖母感到寂寞。祖母并且向他道歉，而且答应把椅子挪到靠近窗户的地方。小男孩也答应每次经过她的卧室时都进去问候一声，哪怕是说声"你好"或者拥抱一下也行。这样，每一方都获得了胜利。

我的智多星母亲

　　再没比描述自己的母亲更费事、更不好意思、更愚蠢、也更百无聊赖的事了。写好了是给自家人拍马，俗不可耐；写得不好则免不了不肖子孙之讥，还要遭别人嘲笑一通，以为大可以写得恰如其分嘛。而且，不管什么时候，只要写到母亲，总觉得有股腥臊气从铅字背后冒出来。

　　那些恨不得杀了才好的讨厌的老太婆，想来也必是某户人家无上宝贵的母亲，对自己来说这世上唯一神圣的存在，在别人眼里也不过就是个普通老太婆。岂止如此，甚至说不定还是那种恨不得杀死了事的可恶的存在。夸又夸不得，藏又藏不住，真是难缠之至，就连写作本身也多少觉得蹊跷了。从前有个女王，但凡她手碰到的东西都会变成黄金作响，孩子们、尤其是男孩子，无论何时只要写到妈字，总会给那股腥臊味熏得受不了。

　　那为什么还要写母亲呢？对这个问题想了很久，还是不太清楚。一心准备秘而不宣，可不知不觉地却想："我老娘有点怪，所以要是我捏着鼻子写不至于出膻气，烦劳看的人也暂时捏着鼻子的话，说不定也能消磨点时间吧。"这是不成借口的借口，也只能恳请诸位原谅了。

　　说我母亲怪，当然不是指吃生蛇、颈子伸得长、一到三更半夜就舔油之类的异怪，只是稍微比别人做得过分，或者称执拗，要不然就叫穷讲究吧。

　　几年前，她给我在西班牙国立孵化场搞幼雏鉴别工作的弟弟寄去一个装满海苔、霉干菜、煎饼等日本风味食品的包裹，可不知怎么阴错阳差，包裹最后没寄到弟弟那儿。你要问她怎么办，首先是对所有邮政行业心怀疑问和敌意。自那以后，她每次去邮局，都要将邮局配备的圆珠笔据为己有，再抓上一叠取款单。这些战利品成了她经营的小酒吧里的常备品。就到此为止的话还不能算作怪，她对邮政部门的报复可是愈演愈甚。复仇鬼有一天给我打来个电话。

　　"明后天左右你会收到一张明信片，怎么样，给回一张噢。"

　　"知道了。就这事吗？"

"就用那张明信片回噢！"

我一时没明白她说的意思。这又不是打棒球，往返明信片的话不得而知，一张普通的明信片能这么传来传去的吗？

"没问题的。"复仇鬼像是怕被窃听似地压低了嗓门，"我已经在狗邮局可能会盖戳的地方都涂了蜡，只要仔细把蜡刮掉，戳就没了。地址和内容是铅笔写的，用橡皮擦掉就行了。这么一处理明信片又整治如新，可以再用一次喽。"说到这儿，复仇鬼痛快无比地开怀大笑起来。

第二天还是第三天吧，我仔细观察母亲寄来的明信片正面左上角，果然发现上面薄薄涂了一层蜡。用刀一刮，邮戳随着蜡一起掉得干干净净。要照复仇鬼指挥的做，正符合邮政法第八十四条"伪造有关邮政费用的代用票证、改造或消除已使用痕迹者"，给发现了要处以"十年以下徒刑"。再怎么父母之命，这也不能听啊。她不知我用另外一张新明信片写了回音寄过去，那段日子一直以为自己报复成功，让邮局损失了七日元明信片费，所以兴高采烈，开心得要命。

上面看到的这种多少有点古怪的独创功夫，其实是母亲的天性，我从小便为此伤透了脑筋。

举例子之前照理本应就母亲的生平、她与父亲的罗曼史等逐一道来，可根本就摸不着边际。

出生年月也是一忽儿明治末年，一忽儿大正初期，随当时的心情变来换去。要强调年长功高，就说是明治末年生的；想方设法显年轻时便坚持生于大正初年。出生地也一样，谈起小田原，就说"啊呀，那是我出生的地方呀"；话题涉及横滨，又吓唬人"我可是土生土长的横滨娃，所以在这儿说两句啊"；提到新宿，便煞有介事地开口道"就连我这新宿生的对新宿如今这变化也……"真搞不懂到底是怎么回事。我们几个儿子只能理解为母亲是"明治末至大正初、关东地区南部出生"。

不过，姑娘时代她确实是新宿柏木某医院家的女儿，或者是女儿身份，同东京药专毕业、在这家医院当药剂师的我父亲恋爱，而后嫁到了父亲的故乡山形。父亲家是开杂货店的，药就不用说了，从文具到鸡饲料，从中小学教科书到普通图书，什么都经营。不久便是千篇一律的婆媳不和，而且媳妇一张刀子嘴，八面威风，不仅不逆来顺受，还对婆母颐指气使。心软的父亲夹在中间，哄哄这个又骗骗那个，到头来不知是操劳过度还是由于生来的体弱，于昭和十四年暴卒身亡。母亲半路上冲出婆家，经过三个月的刻苦学习，拿到了药材商执照，就在原先的镇上开了一家药店。四面八方债积如山，还要抚养三个长得正旺的男孩，所以母亲这时候千方百计想搞点钱，想着想着天性中某些古怪的独创嗜好便开始抬头了。

一到夏天，乡下药房最好卖的就数那种盘式蚊香了。母亲注意到点燃蚊香是件大事。即使现在，这种盘香也还是不容易点燃，一根火柴很难点着，当时的话更是困难，都用木头尖上涂着硫磺的"点火棍"来点。母亲考虑这太不方便了，要能动脑筋将蚊香的点火部分做成火柴头一样的话，只要在哪儿擦一下就能"嘭"地着火，而后蚊香的主体部分也随之点燃。这要能成功，以前的不方便就一下子烟消云散，蚊香大量畅销，定能大赚一把。

糟就糟在母亲当时最爱看的书是《居里夫人传》，虽没打算靠改良蚊香来获取诺贝尔化学奖，可她是人我也是人，没有人家能干成自己却干不成的道理，于是母亲废寝忘食关在药房里，将自己参加药材商执照考试时那点可怜的药品知识倒腾来倒腾去，终于以火柴头的药品为主要成分，成功地给蚊香主体添加了点火药。可试着在火柴盒的纸硝上一擦，火力太强了，哪里是什么蚊香，分明是熏香烟花，眨眼工夫飞溅到废纸篓上起了一场小火，让消防分队长给臭骂了一顿。要是减少药量的话又不容易点燃，就是没法做得恰到好处。随着夏日暑热的渐渐消退，母亲的研究热情也日益衰竭了，一直奉为座右铭的书《居里夫人传》，不知何时也已收进书架深处，她的化学家时代就这么无所建树地结束了。

不过在那种时候，就算顺顺当当造出了一种"十分方便、一擦即着的盘香"，也不知能否卖得出去。当时正值太平洋战争前夜，想来也没什么客人因为图点方便就蜂拥而上吧。那时"方便"就是"奢侈"的近亲，而奢侈则被视为大敌。

战争一开始，物资渐渐匮乏，母亲的独创本事甚至普及到我们的衣服上。在风雪交加、咫尺难辨的山形，冬天都要裹上罗纱斗篷。有一年初冬，拿出塞着卫生球的斗篷一看，我这一年大概长得太快了，本应长遮膝盖的斗篷这会儿还不及腰长了。上学前，母亲见我把短小的斗篷拉来扯去想拽长点，便说："把那件给弟弟穿吧，我给你做件新的。"虽说我也从"给你做"这句话里感觉到一丝不祥，但那时还无心怀疑母亲，欢呼雀跃地上学去了。上课时眼前浮动的也全是新斗篷。放学时大雪霏霏而下，披上斗篷的同学问："哎，井上，你的斗篷呢，没有哇？"

我回答说："嗯，今天会有一件新斗篷。"兴冲冲穿过积雪回到家一看，斗篷确确实实做好了。

可这斗篷不过是块蔓藤花纹的包袱皮，正中间剪了个口子好能伸出头，衬里上缝了各种各样的碎布片，兜得严的话也不会不暖和，只是实在穿不出去。从那以后，每当我许下什么无法实现的诺言后又爽约，给人责备"别尽摊大包袱皮"时，总会记起那件蔓藤花纹的斗篷。她的大包袱皮性格似乎已经准确无误地遗传到自己身上，一想起就够烦的。什么样的父母养什么样的儿女，有其子必有其父母，这些格言似乎都是真理。

有些时候对母亲这种独创癖也反其道而用之。刚进新制中学时，总是莫名其妙地肚子饿。早晨肚子塞得再满，一到第三、第四节课还是咕咕乱叫。于是背着老师啃饭团，中午冲回家又干掉两三碗。当然肚子也确实是饿了，再加课堂上偷吃盒饭在当时大概被认为是某种半英雄性的举动了吧，所以动不动就来一个。有一次，这种早餐盒饭连着暴露了三天，班主任老师跑到家里来了。我想不采取措施的话肯定得挨骂，于是等老师一走赶紧问母亲："有没有什么办法好让早餐盒饭绝对不会被发现呢？"

母亲本准备对儿子滥用盒饭好好教训一通的，就这一句话，像是一下子刺激了她那根独创癖神经，顿时将说教忘得一干二净，说声"这个嘛简单得很"。她从书架拿出书的外包装盒，用糨糊和剪刀把饭盒改装成了一本书。说得准确点，是将饭盒的面子、里子和背面都糊上封皮，合上就是一本书，揭开封皮是饭盒，再掀开饭盒盖子，便露出了盒饭。盖子藏到桌里，等老师走远了就吃盒饭，走近了就合上封皮纸放到桌上，变化无穷。我心想，大可不必如此正经八百嘛。见我看得目瞪口呆，她急忙命令："明天赶紧试试看。"

就这样训人的一下子成了共犯，我免了挨骂自然可喜可贺，可一想到自己独立生活之前只能依靠这个胡作非为、变化无常的母亲，心里就一点底也没了，记得还后悔不如干脆让她骂一顿算了。而且这个早餐饭盒也没派上什么用场，第二天，第三节数学课上刚用饭盒便让老师轻而易举地发现了。也不为别的，就因为用作封皮纸的外盒上贴的是亡父藏书《近代剧全集》中的一册，明明上数学课，桌上却摆着《近代剧全集》，当然要露馅了。数学老师一看饭盒咆哮不已："如此愚弄教师实属可恶，得赶紧告诉你妈妈，让她狠狠教训教训你！"

"老实说，这是我妈的杰作。"听我这么回答，他大感败兴，自那以后，学校再没就早餐盒饭的事往我家提什么警告了。大概知道了母子同谋而惊讶万分吧。

母亲的这种古怪独创癖取得成功，是昭和二十三年左右首创"麻州子卫生带"的销售。关于这件事的原委，前面类似小说的描述已经有所触及，这里再重新开张自然不太好意思；不过，因为这次是她的独创癖同时代车轮完美啮合的唯一事例，所以无论如何得提提。

我家附近有块小沼泽，里面丛生着柔软的藻草。我常被母亲叫去割藻草，却不知她做什么用。母亲一遍又一遍用水仔细将草洗净，然后拿到太阳底下晒。晒干的藻草不知怎的更加柔软了，闻上去有股淡淡的水腥味，却一点也不难闻。待藻草彻底干透，母亲用手纸做成五厘米四方的小袋子，再把藻草塞进袋里。每次都要做上几十个，收好搁在大橱底。现在想来，这必是卫生巾无疑了，可当时的我对女身以月为单位的神秘事业一无所知，只为挣点零花钱才勤快地跑去割藻草。

不久，割藻草几乎成了每日必不可少的工作，那是因为隔壁太太、对门姑娘、中学女教师等越来越多的女子听说它好用后，纷纷跑到母亲药房来，希望能匀点儿分点儿去，于是有一天，对其性能已信心十足的母亲终于在店面贴了一张大海报，曰："蹦也好跳也好尽可放心。现售麻州子卫生带。"

每份油纸做的类似裤头的东西（现在看来很像短内裤）上加五张手纸包的藻草算一套。忘记一套多少钱了，不过原料只是些沼泽的藻草和药房里有的是的油纸，所以价格一点不贵。而且正因为价钱便宜，才惊人r 畅销。

那时还没有像样的用品，几乎所有女子都只用些破布烂棉花凑数，而且社会也终于开始步入稳定，奢侈为敌的标语自然不见了，人们正期待着某种能替代破布烂棉花的产品问世。就在这时，清洗干净、充分吸收阳光照射的藻草出台了，并且是一次性使用，万事皆备。紧赶慢赶地抢着割草制带，还是供不应求，于是又长期雇用了好几名割草工，我家客厅里摆满机器，附近的太太们成了临时缝制工。直至一年之后从中心城市打入脱脂棉为止，可以毫不夸张地说这种藻草棉带几乎席卷了整个山形县南部。

从烂棉花到脱脂棉的过渡期里，母亲大捞了一把，要是她的这种创见功夫持之以恒、不知懈怠的话，说不准接下去就会想到"麻州子卫生巾"之类的（不是我偏袒，从这种藻草棉到某某卫生巾其实只差指掌之距，再走一步、就只剩一步了），到如今肯定是响当当的女实业家，卫生巾行业之雄——或称之雌吧，总而言之也能适当地心满意足了。可她手持意外钱财有点得意忘形，过于热衷文化事业（说是这么说，在我们乡下小镇，文化就是浪花曲的同义词），结果让文化人（浪曲师）给骗得精光，弄到最后连小镇也待不下去了，在东北各地颠沛流离。

说到底还是最忌外行出点子，一星半点的发明才智只会招致身败名裂，人们凡事应该知度，适可而止，母亲简直就是一个样板。

后来母亲听说一关市有个大堤工程，便冲到一关，不知怎么一来，成了某个大土建公司下转包商下面的转包商的一个小包工，指挥手下十几名粗汉，还真赚了不少。可大公司的转包商下面的转包商，因为克扣、侵吞底下小包工"麻州子队"的工资款而破产，这下从队长本人开始形势急转直下，缠住一关市面条馆的服务员才算勉强糊口。在那之后仍是时起时落、荣枯无定，要一一写来，纸都不够用了。

但是，直到现在母亲仍未与独创癖断绝关系，时不时出点意想不到的主意，让我大吃一惊。

比如，饲养小鸟刚热起来时，母亲问我："为什么小鸟都留全发呢？"我可从来没考虑过这个问题，所以没吭声，于是母亲说："来点头发三七分开或者中分式的小鸟不也蛮好吗？"又加上一句，"我觉得这种小鸟卖出去肯定叫响。"

又有一天早晨，她出其不意地拨响了我家电话，问道："我刚起来，正刷牙呢，牙膏管的牙膏不小心挤多了。挺浪费的是不是？"

"牙膏一旦从牙膏管里挤出来，再让它回去可就大难特难了。这个问题要能解决可是个高级专利，保准财源滚滚来啊。"听我这么说，便问："固体牙膏怎么样？或者把固体牙膏装到口红式的容器里怎么样？"我说那也不太好，最好把焦点集中在如何将弯弯扭扭烂乎乎的牙膏还原到牙膏管里。听了我这话，她一下子泄了气把电话挂了。

上次她突然开口问："东京的空气还是一如既往浑浊得很吗？"我一边打哈欠一边哼哼哈哈地应付："听说连氧气罐头都有得卖了。"母亲马上用一种斩钉截铁的口气说："你查查看氧气能不能造成固体的，要能行的话，就做氧气糖卖。正当空气污浊的世道，所以既赚钱，又能给人们造福。"我在科学方面一窍不通，完完全全让这主意给蒙住了，连着几天到处查询能否将氧气固体化，结果多半是不行，白卖了傻。

如此这般，我对母亲的独创癖实在是难以接受，可时间一长没音讯又不免挂念，这大概正是母子之间百无聊赖、无可救药的地方吧。这边担心了，主动挂个电话过去问问："最近有没有什么值得一提的想法？"

母亲小声嘟哝："有没有什么办法能让开吃起来的花生中间停下来？哪怕用药、用机器、用巫术也好，不管什么法子都行。"

母亲开的酒吧里花生是免费随便吃的。将这种一吃起来就停不住的东西定为免费，哪像是创见功夫深的人干的，真是失策。

（日）井上厦